U0927500

老骥伏枥，退休后开始旅游新生活，大有裨益
风华正茂，行万里路宜早不宜迟，且行且珍惜

信马由缰大西南

冯大千　王路◎著

企业管理出版社
ENTERPRISE MANAGEMENT PUBLISHING HOUSE

仰观宇宙之大，俯察品类之盛，所以游目骋怀，足以极视听之娱，信可乐也。

——王羲之《兰亭集序》

且夫天地之间，物各有主，苟非吾之所有，虽一毫而莫取。惟江上之清风，与山间之明月，耳得之而为声，目遇之而成色，取之无禁，用之不竭，是造物者之无尽藏也，而吾与子之所共适。

——苏轼《前赤壁赋》

梗　概

一对热爱旅行的夫妇，在先生 70 岁退休后才开始了迟到的信马由缰的生活。他俩背起背包历时 8 年游走了华夏大地二十余个省、市、自治区。他们首选的目的地是我国旅游资源最为丰富的大西南，用几年时间在四川、重庆、湖南、贵州、云南和广西等省、市、自治区的土地上游走，避喧嚣，觅清幽，在山山水水、原野村镇上徜徉，沉醉于千姿百态的自然风光，体味着纯真朴实的风土民情，见识了社会的众生百态，抒发自己的感悟之情。感悟之余，他们把所见所闻、所思所想，结集成了一部游记。

本游记只收录了西南旅行中的部分游记共 66 篇，每篇均附有照片，便于更直观地表现风物景象。

前言

退休生活从旅行开始

2006年12月，校园里弥漫着繁忙而紧张的气氛，师生们都在为期末考试做准备。我要提供好几门课的试卷，还得逐一阅卷、评分、报成绩，任务相当繁重，可心里却时时泛出些许轻松的感觉，那是因为已届古稀之年的我，即将结束46年的从教生涯，要在这年的最后一天退休！之前已送走了最后一批研究生，手头的科研任务业已完成，担任的社会工作不是硬任务，也就“快刀斩乱麻”了；忙过这个期末，我人生的一出大戏就此谢幕，退休新生活即将开启！

工作是生命的重要组成部分，我和老伴都热爱教师职业，在讲台上、下辛勤耕耘几十年，付出了心血，也收获了学生的信任与尊敬，甚感欣慰。自认以往的教学生活是充实而美好的，没有辜负这一光荣使命，可以无憾地告别这个舞台了！

退休是人生的一个转折点，我们钦佩那些继续为教学和科研发挥余热的同仁们，更对秉承“一息尚存，工作不止”信念的老先生们肃然起敬，不久前传来噩耗，我的一位老师伏案离世了！他把毕生精力献给了树木分类事业。但在敬重之余，却深感自已很难做到，因为我们对退休生活怀揣着太多的憧憬，渴望拥有人生的新规划、新体验。

许多人把“读万卷书，行万里路”作为人生目标，我们读书、教书几十年，未知达万卷否，可感到当下最紧迫的事情是行路！因为余年不多，错失不起了！校园生活相对单纯、平静，我们早就期待着通过旅行来开阔视野、了解社会、增长见识；在山川原野中健步，还可以强健体魄、陶冶情操。有人说："世界是一本书，从不旅行的人等于只看了这本书的一页；旅行是一扇门，带你走入另一种生活。"庆幸现在终于有了实现这一愿望的机会！

从卸下教学重担和社会工作后，我身心完全放松，以往深夜里经常纠缠折磨我的艰险跋涉、迷失路途的噩梦也突然消失了。趁着身体尚健，状态不错，我们决定把外出旅行作为退休生活的开端。我办完退休手续一周后，就偕老伴离开学习、工作了半个多世纪的农大校园，满怀激情地投入到登程前的准备工作中。

旅行计划如何实施？需想清楚后才能付诸行动。对此，先辈给我们提供了很好的经验，《徐霞客游记》的序言告诫我们："游，未易言也：无出尘之胸襟，不能赏会山水；无济胜之支体，不能搜剔幽秘；无闲旷之岁月，不能乘性逍遥。近游不广，浅游不奇，便游不畅，群游不久。"此番话把旅行应具备的主、客观条件及旅行方式说得十分透彻，我们与自己的现状作对照，选择了符合自身条件的自由行方式，期待能获得理想的旅行收获，同时享受人生中一段"来自来，去自去"闲云野鹤般的休闲岁月。儿女们一致支持我们的行动，他们积极地订购机票，赠送拍摄器材，提供先进的户外装备。我们每人一个户外大背包，塞得满满的，除野外露宿的物品外，旅行者所需一应俱全，称了一下，我的背包竟达15公斤。现在已背不起啦！

出门前，我和老伴一身崭新的户外行头，孩子帮着调整好背包的重心和背带的长度，插上登山杖、系好腰包，两个老家伙俨然一派老旅行家的范儿。其实，老年旅行者拥有比较专业、完善的装备非常必要，这可不是玩酷，而是保障老人在复杂艰辛的旅行环境中的安全和舒适。孩子们的鼓励与帮助，使我们对即将踏上的旅途更加兴致勃勃、信心满满，雄赳赳、气昂昂地跨出了家门。儿女似乎并不担心父母已是古稀老人，兴奋地放飞了这一对"老雀"，离别时竟连一句"注意安全"的话也忘了叮嘱，想想：我们的孩子可真缺心眼呢！

从2007年春天开始，我们每年外出一至两次，每次二三十天。由于一直生活在北方，对南方的风土人情接触不多，所以，旅行从南方开始，走了不少地方，一晃就八年多了。有人说:“翅尚健，向天飞，折翅落地心不悔。”我们认同“翅尚健，向天飞”的积极、乐观、向上的精神，但不会冒“折翅落地”的风险，每次出发前都要做充分的准备。为保证旅行质量，我们只在淡季出游，且从不参加旅行团。行前数月先在网上筛选出感兴趣的旅行目的地，确定路线，预定好打折的机票;然后，搜集相关的行、游、食、宿等信息，根据需要下载资料，手绘出所需地图，综合起来印制成小册子，作为旅行指南；有不能确定的问题，还会打电话联系对方落实。做好了上述功课，就仿佛在网上预先游览过一遍。这样，即使行走在艰苦偏远的地区也很自信，大可施施而行，漫漫而游，从容尽兴。

旅行的日子自由而快乐！白天徒步于山野乡间，青山绿水抚柔了心灵，清风细雨涤荡了五脏六腑，广阔天地舒展了肢体。陌生环境每每带来新鲜感;不一样的人们、不一样的生活，增长了我们的社会知识，让我们了解了世态人情；衣、食、住、行、游等一切都亲自打理，锻炼了我们的心智，增强了我们的自信心。我们常为锦绣山川而陶醉，因遇好人相助而感动，为成功化解了有惊无险的遭遇而兴奋，旅行的感觉真好！

行程中，每天都有新颖且众多的信息涌入脑海，不及时记录下来恐会遗忘，所以，我们晚上在旅馆一直坚持记日记。旅行结束后回到家里即整理照片、写游记，也忙得不亦乐乎。前几年还在网上发表了数十篇游记，与网友们分享我们的快乐和收获。大家的欢迎与好评更激发了我们的写作热情，后来，虽未继续发表，但我却从未中断写作。因为写作过程中，旅行经历在脑海中再现，使审美感受得到了进一步深化和升华。我乐此不疲，已写了近百篇。

在写游记的过程中，我常感力不从心，纵使美妙的大自然仪态万千、内心的感受汹涌澎湃，要描述、表达，却往往找不到生动、贴切的语言。我意识到自己文学功底浅，需要恶补，而阅读正是写作的基础，便认真地读了许多文学作品，从前人优秀的风景散文、游记名篇中汲取营养。书中那些描写风景的精妙语句常令我惊叹不止、欣喜不已，不忍让它们从眼前匆匆流过，就将其摘录下来，其中一些生僻的字、词、句由老伴逐一作了注释，以备日后仔细品读。几年下来，竟积累了三四千条。

岁月不居，八年时光转瞬即逝。如今老伴已古稀过半，我将迈向耄耋的门槛，身体状况今非昔比；旅行之初那种遇险途而不惧、逢山必登顶的“老夫聊发少年狂”的劲头也减退了不少，看来，退休生活的重心要随之转移了。见到许多老人伏案写回忆录，而我没有这一打算。因为我的经历太简单了，生平用“上学、教学”四个字即可概括。几十年来在校园里重复地走着教研室、教室和家室三点一线的路径，年复一年地迎进新同学、送别老学生、做教学科研这些平凡的事情，真没有写回忆录的必要。近来倒是萌生了将退休后的旅行见闻编辑成册的想法，以备我们老得哪儿也去不了的时候，靠在沙发上翻阅回味：想想当年走南闯北的旅行情景，回看那时精神抖擞的风貌，以曾经拥有的美好时光慰勉我们的余年。另外，也想把这本册子奉献给那些对我们游记有兴趣的朋友们，期待与大家共赏河山之美，同享人情之暖，体验旅行带来的感悟和交流经验，为生活增添乐趣！

目录

首站成都

大西南之行的首选目的地是“天府之国”——四川。因为那里的山水风景资源非常丰富，文化底蕴十分深厚，而且，各景区之间的旅程短，旅游效率高。

四川之旅，计划以成都为大本营。成都的信息与交通都很发达，生活又便利，且家兄与老友都住在市里，可探亲、旅游两不误。我们选定了三条长线，依据春季气温回暖的先后，决定了先南后西再北，先低海拔平原浅山区，后高海拔山区。每游完一条长线就回成都休整一周左右，与亲友们团聚，就近在市内、郊区同游同乐。

我们有幸买到海航 1.9 折的机票，于 2007 年 4 月 4 日从北京飞到成都。老友董志礼到双流机场将我们接回他家。此时的成都正值茶花、杜鹃、栀子花盛开，道路两旁绿叶丛中红红白白的花朵儿装点着街景，散发着淡淡的花香。茂密的树木花草与几条河流把这座城市装扮得生机勃勃。

在成都停留的日子里，志礼夫妇陪我们走街串巷、游公园、逛商场，让我们对这座城市有了一定的感性认识。

成都市美丽而繁荣，几条大河穿城而过。府河与南河在市区里交汇成宽阔的锦江。江中碧波荡漾，岸边绿草如茵。一些区段还建成了带状滨河公园，如府河边的活水公园，不仅绿化好、造园水平高，而且功能多样，在改善都市生态环境、美化城市形象和服务于市民等方面做出了重大贡献，是市民十分喜爱的休闲之处。不过我觉得也有美中不足的地方：在两江交汇处的标志性建筑合江亭旁的安顺桥上，满满当当地压着一个硕大的封闭式廊亭建筑物，据说是由私人老板出资修建的。每当华灯初上，这里高朋满座，在享用美酒佳肴的同时，可尽览江上夜景。老板的经济效益想必不错，但留给普通百姓的空间却只有桥两侧狭窄的过道了。

成都市中心的春熙路和天府广场都很气派，吸引了众多游人。郊区发展得更为现代：从成都市区去温江的路上，全是约四五十米宽的四板五带式大道，不仅道路平坦宽阔，而且绿化水平很高，气度不凡！在市区与华阳之间的开发区，大片的现代化建筑群拔地而起，塑造出崭新、时尚的大都市雏形。只是看到这么多肥沃的农田被占用，不免担心起子孙将来吃什么？仅靠袁隆平院士的高产水稻，就能解决国人的粮食问题吗？当然，这种大面积占用良田开发为新区的现象，不仅仅是成都一个地方的问题。

成都历史文化遗迹众多，巴蜀文化底蕴深厚，经过多年建设，已成为颇具特色的游览胜地。例如，恢宏大气的武侯祠、清幽静美的杜甫草堂、修竹满园的望江楼公园、展现中华悠久文化历史的金沙遗址等，都是游人的好去处，值得游览与品味。

在大街小巷随便走走，都能明显地感受到成都是一座休闲城市。悠闲的生活方式是很多成都人所认同和追求的。他们看上去大多都生活得逍遥自在，并为此颇有几分自豪感。有些人并不富裕，可也能善待自己，真是明智之举！

记得某单位在全国大中城市曾做过一次有关“幸福感”的调查，结果是成都人的幸福感最强。

作为休闲城市的外在特点，我觉得成都有五多：饭馆多，茶室多，农家乐多，休闲的人多，打麻将的人多。川菜名扬天下，成都小吃无人不晓，什么龙抄手、钟水饺、担担面、棒棒鸡、二姐兔丁、老妈兔头……还有许多用老板姓氏命名的小吃，如赵鸭子、杨肥肠、李脑花、王肺片等，这些店名初听还怪吓人的，但据说都很有特色。众所周知，成都菜花椒多、辣椒多、油多，味道浓重！一次，我吃担担面，最后一口不小心咬上了一粒四川花椒，舌头竟麻木了好久才慢慢恢复了感觉。那则“嚼几粒四川花椒即可做牙科手术”的传言此刻似乎得到了证实！虽然每每请师傅手下留情，少放点辣椒、花椒，可没有一次不被辣得满头大汗。买了一小份兔丁，上面竟浇了两大勺红油，只能在红油中捞着吃。看来，成都人为享受三多滋味而不惜冒罹患三高的风险！说来也怪，我还真没听说过四川人的消化道疾病比其它地方多，莫非四川人的基因里有化解这些物质的功能？但不可否认的是——吃川菜确实是既过瘾又下饭还很实惠，无怪乎南北方不少人都乐意接受，还走出了国门。在北京，我们全家有时也会去眉州东坡食府或海底捞火锅店过过瘾。

成都的茶馆数量堪称全国之最，大街小巷、路旁河边，茶座处处有，走多远的路也不必为歇脚与喝杯茶水担心，这在许多大中城市还真是个问题呢。初见很多茶馆的橱窗上贴有“内设机麻”，我这个从不“涉麻”的人不知何意，后来才明白是“自动麻将机”的缩写。心想：打麻将的人真会享受，为了提高效率，连唯一能运动手指的搓麻将程序也自动化了。打麻将是成都人最喜爱的娱乐形式，可谓普遍的很，成为大众嗜好无可非议，不过在一些知名度很高的历史文化景点，如武侯祠、文殊院内也有宏大的搓麻将场面，令人感到与景点主题不太和谐，对历史文化名人似有不恭之嫌。

律娅婧　摄

农家乐众多，正适应了成都休闲度假人多的市场需求。如近郊的三圣乡本是一个花卉生产基地，近几年来也大举进军旅游业。花农们几乎家家都经营家庭式旅馆、饭馆，规模很大，档次也不低。很多成都人来此郊游、聚会，人气旺极了。成都人还有在炎夏进山避暑的习惯，所以，成都附近凉爽山区的农家乐如雨后春笋般比比皆是。比如离成都市 89 公里的银厂沟，农民兴建的宾馆有数百家；距成都市约八十公里的青城山农家乐已形成了街市。许多老年人在这些地方一住数月，每月吃住也不过花费六七百元，据说这还是贵的。这样度夏，既躲开了酷暑又饱览了美景还花不了多少钱，真是何乐而不为呢？

与许多大城市相比，当时（2007 年）成都市的生活可算费用低廉而又方便。从标价看，50~80 元的旅馆不在少数（还有更便宜的）。各种档次的酒店、饭馆鳞次栉比，花不多的钱就能吃得不错。熟食、半熟食品的种类不计其数。一条普通的小街上，理发店、洗浴店、杂货店、小超市、肉品点、菜摊 …… 一应俱全，生活日用品都能就近解决。日常生活的便利，为人们节约了更多的时间去享受余暇。

成都人热情，开朗，对外地人与本地人一视同仁。每每问路、就餐、购物、理发、乘车……都能感受到他们的热心和好客，使来自远方的我们愉快而感动。但当热情转变成声音，嗓门就高了，话也多了，所以，一些场所显得有些吵闹，尤以女性众多时为盛。一次，在公交车上，见一位女士站起来对身旁一女士大声喊着，那位也报之以高声。本以为她们在争吵，仔细一听，双方说的都是“坐倒，坐倒”，这才明白是在让座。同在这辆车上，一位带口罩的女士让出自己的座位，站在椅旁不辞辛苦地弯下腰来，将口罩频繁地拉下戴上，急急忙忙地与坐在其前后两位并不相识的女乘客轮流交谈，其热情令人感动。可在公交车上，当鼎沸的人声盖过了报站名，就给外地人带来了不便。

成都人酷爱自己的方言，有些电视节目说四川话，有的公交车报站名也用四川话。虽说四川话不算难懂，但在环境嘈杂、语速又快的情况下，可就苦了外地游客。我们曾乘 1 路车从红牌楼回四圣祠，因听不懂站名而坐到了郊外。第二次再乘这路车时，我特意请售票员大声报站名，结果，快速的川音还是听不清楚，问了乘客才没下错车。看来，发展旅游业还得推广普通话啊！

在成都的日子里

这次四川之行总共八十余天，旅行以外的时间都在成都度过。

家兄大中、嫂嫂徐艾都在成都石油系统工作，已退休多年。他们有两处居所，一处在市内红牌楼，另一处在华阳镇。因华阳镇非闹市区，房屋宽敞、环境安静，故常住那里。

我家祖居西安，兄弟姐妹高中毕业即离家外出读书，大学毕业后又天各一方，在一起的时日很少。先父曾说:“难得今生为兄弟，一年相见老一年。”手足情义自当珍惜，可大家都忙于工作，我们哥俩已有十余年未曾见面了。现在我退休了，终于有了相聚、相处的机会。

到成都初见兄、嫂是在红牌楼，大中（我家习惯彼此互称其名）患糖尿病多年，显得消瘦；心脏装了起搏器，身体里还换了些“零件”，他戏称自己是“机器人”。好在徐艾身体尚健，精神也好，对大中照料有加，小女儿雷娃一家也在成都工作、生活，方便照应父母，所以，大中的病情比较稳定。看上去，一家人生活恬淡平和，过得不错。

兄弟欢聚一堂，自然非常高兴，畅叙别情之后，一同步行至侄女订好的“老房子”餐厅，用一桌丰盛的川味酒宴迎接我们。饭后，兄、嫂陪伴同游了武侯祠和锦里古街。诸葛亮是我平生最敬重的历史人物之一，这次终于在锦官城拜谒了他，遂了心愿！之后，在旅行间歇回成都休整期间，我们随兄、嫂去华阳家中住了几天，并一起游览了黄龙溪古镇、洛带古镇、三圣乡，参观了金沙遗址博物馆。大中年高体弱，每天给自己注射胰岛素，拄着手杖还陪我们走了那么多路！

兄、嫂得知这个月末是我 70 岁生日，说要庆祝一下。其实，我一向不重视过生日，怕麻烦，每年都想悄悄地躲过去，但都没能得逞。孩子们说："您也要考虑我们的感受啊！"我这才明白，庆生不只是自己的事，还关乎着家人的情感，所以，不能独断专行。这回是兄、嫂的心意，我自然从命！生日那天，兄、嫂特意邀请了我们的好友志礼夫妇。侄女下班后开车把我们四人接到了她预先订好的饭店，兄、嫂、侄婿及侄外孙们已在桌旁等候。在蓉城过的这

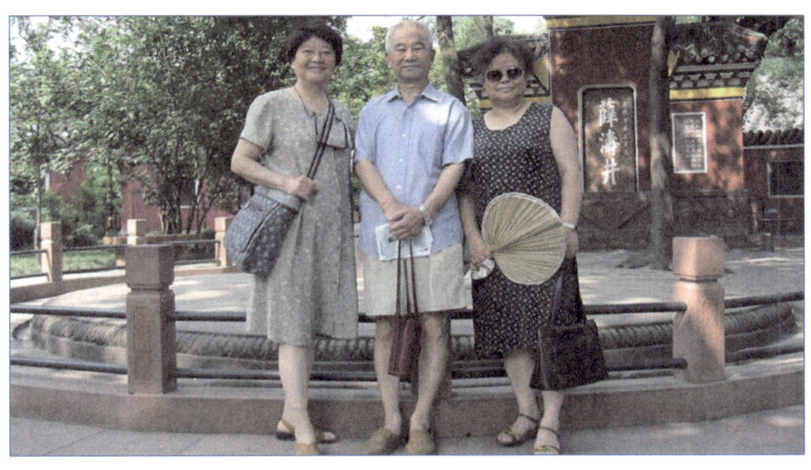

个生日意义特殊：是老哥为老弟庆生，机缘难得；且有亲有友，有老有少，三代人围坐一堂，举杯祝贺、切蛋糕、品佳肴，大家热热闹闹地把我送入了古稀之列！我历次的生日聚会都还没有这么大的场面，内心既感激又感动！此时此地、此情此景必将永远珍藏记忆之中。

由于家兄体弱多病，不便久扰，我们选择住在老友志礼家。他家在四圣祠梅花庭院，两室一厅的房间，四位老人同住尚不觉拥挤。志礼从机场接回我们后，就开始了一家人似的生活。由于彼此早已熟稔，所以，两天后都自然而然地走上了各自的岗位，早晨一起床就各司其职：志礼厨艺好，买菜掌勺做饭；淑蓉爱清洁，负责擦拭家具、洗衣；我有力气，管扫地、拖地；王路清洗锅碗瓢盆很干净。我属身手矫健者，有次在桌上架起凳子，登高取下了多年难得清洁的灯罩让他们擦洗，颇有点自豪感。他家楼下的街上，小商店、小超市很多，菜市场就在旁边，生活非常方便。吃过早饭，我们有时也一起去菜市场买菜，顺便走走看看。回家后，志礼弹电子琴伴奏，我们拿着歌本唱歌。午饭后，大家稍事休息，下午有时唱歌，有时和志礼拉二胡。晚饭后，我们去附近的活水公园或街上散步。淑蓉的弟弟们都会唱歌，大家还在一起歌咏欢宴。每每旅行归来，我们还坐在班车上，志礼就打电话问："到哪儿了？饭已做好了！"回家的感觉油然而生！他俩还陪我们游览了杜甫草堂、望江楼公园、银厂沟等景区景点。

新疆农大在成都的校友众多，四月间适逢一年一度的同学会，主办者钱贵菊同学热情邀我们参加，于是，我们和志礼夫妇一起去了位于郫县的西华大学，有幸见到了不少老校友。除叙旧外，好几位校友都热忱邀请我们下次来成都要住在他们家里。之后，还享用了张珍余老师和董令仪同学的两次宴请，校友的情谊让我们十分感动。在成都的日子，一直被浓浓的亲情、温暖的友情环绕着，生活得轻松而愉快！

重庆一瞥

2007年4月中旬，四川山区的天气还没有完全转暖，林草才刚刚吐出嫩芽，江河的水量也不那么丰沛，不是旅行观景的最佳时节，因此，我们决定先去重庆和川南的低山丘陵一带走走。乘火车从成都到重庆，女儿已从网上为我们预定了沧白路的“莫泰168”酒店。

“莫泰168”是一家座落在嘉陵江畔的经济型连锁酒店，位置好，临江一面的标间168元。在大堂办好入住手续后乘电梯去客房，摁我们所住的八层的按钮，电梯却下行了一层！原来，从大楼的前面看，位于一层的大堂却是这家酒店的最高层——第九层；客房都在街道地平线以下（这也是重庆特色，许多临江的酒店都建于山下江岸旁，最高层才达到山上的街区）。客房设施简洁、舒适，透过宽大的落地窗，嘉陵江的近景、远景尽收眼底，就像在欣赏巨大的宽银幕山水风景片！但是，并非所有的客房都如此美妙，若住进临街一面连窗户都没有，那就惨了，但房价会便宜许多。

重庆山城的夜景非常漂亮，像一幅垂天巨画：自上而下，参差错落的楼房、桥梁、道路及江中游轮上的各色灯光闪烁，宛若礼花散落夜空，把重庆的夜晚装扮得五光十色。漫步于繁华的解放碑街区，放射状的街道、瑰丽多彩的商场橱窗和大幅广告牌、恢弘大气的建筑、璀璨的霓虹灯、熙熙攘攘的人群，都显示出这座城市的繁荣与活力。

磁器口是一座有千年历史的古镇，我们到达重庆的当天就去拜访。街口竖立着醒目的古镇标志——牌坊门。街道两旁都是卖旅游纪念品的小店。在一家门口，见一位手持长矛、身着戎装的黑衣黑脸人高声喊着:“张飞牛肉！张飞牛肉！”让人忍俊不禁！这位张飞先生脸涂得挺黑，只是身板有点单薄，缺少了蜀汉张飞的强健与威猛，不知老板为何不换个壮伙计来扮演这一角色呢？还有一家正在做“木锤酥”糖的商铺，门前吸引了不少游人驻足观看。在一个大树墩做的砧板上放着年糕似的糖团，两位师傅手持大木锤轮番捶打，再用小铲铲起来，反复折叠，最后切成糖块就是成品了，这种手工制作过程挺新鲜的。满街的其它商铺都没什么特点，多是推销旅游纪念品和小食品的，与其它旅游区大同小异。本想在古镇吃晚饭，但众多的小饭馆里除了鸡杂外，似乎没有饭菜可选。游完古镇感到有点失望，这里保留的古物质文化遗产实在太少，千年古镇的古风古韵几乎荡然无存，倒像一个热闹的集市。我以为，中华民族留给人类最重要的财富，可能就是五千年的文明史，这也是全人类的宝贵遗产。可是，现今存留下来的已少得可怜，如再不尽快采取有效措施加以保护，说严重点就是对人类的犯罪！尽管时下仿古之风盛行，可用喷灯把木头烧得再黑的仿古建筑，也还是伪文物。因为“历史文化基因”也同生物基因一样，丢失了就永远不可复得了！

庞皖华 摄

重庆的城市建设还在重建、扩建中，许多地方都在大兴土木，像个大工地，沙土飞扬，污染严重。重庆的交通管理也不完善。游完瓷器口，乘上一辆去解放碑的“公交车”，这辆车一直在一条又一条小巷中穿行，从不停靠车站，可随时有人上车。往往是乘客紧追行进中的汽车，一路小跑飞身而上，售票员站在车门侧拉拽接应。我们怀疑是“黑公交”，便索要车票，可人家给的是正式公交车票！一次，我们在菜园坝乘班车去大足，傍晚返回的车却停在了沙坪坝。又遇周五晚高峰，公交车挤不上去，几辆出租车都拒载，说去解放碑的路太堵。我们等了很久，一位年轻司机说他可以绕路送我们，于是，我们乘出租车上山路、下隧道观览了大半个山城才到酒店。

山城的地形条件造成市内道路交错迂回，常常让初来乍到的人弄不清方向。我们住在解放碑附近，面对那几条放射状的街道，来往多次还是找不到

庞皖华 摄

住处，问过几回路，人家根本不开口，只用手指点一下算是作答，连警察也如此，当然，我们依旧不知所向。但是，有一次例外，正好问到一位身材修长、面容姣好的女孩，她热情、耐心地给我们指路，还介绍怎样走近些，给我们留下了温暖的记忆。因为刚从成都过来，不免怀念起热情好客的成都人，感到在重庆旅行实在不易，原计划去四面山景区，却被告知没有通车！也只好取消了。

火锅是重庆的名吃，到了这里当然不可错过。晚上就去酒店旁的“刘一手火锅”名店品尝。此店也临江而建，落座于观景窗旁，从八层楼俯瞰嘉陵江，有在山顶俯视山谷的感觉。江水从远处蜿蜒而来，长桥与江轮上的灯光在暗暗的江面上投下跃动的光斑，美妙的江上夜景尽收眼底，真乃良辰、美景、赏心、乐事齐并，更兼美食当前，不亦乐乎！我本是个不爱吃火锅的人，此前大家一起吃火锅自助餐时，我仅吃点甜点、喝杯饮料了事，从没感觉出火锅的美味，但这次不仅没让我麻辣难忍，且第一次尝到了火锅的鲜美！奇怪的是吃完后有点头晕，像醉酒似的，不知个中原因。能够做出“火锅醉”的效果来，也算是刘一手绝妙的一手吧！

离开重庆的那天，由于看错了时间，迟到了十多分钟，结果误了去宜宾的大巴车，重新买了下趟车的票。看到老伴很沮丧，检票员也为我们浪费了三百多元钱而惋惜，我忙安慰说：“这是没料到的事，就算是交学费吧！”老伴的情绪很快好起来。旅行中，环境陌生加上旅程安排紧，疏漏过失在所难免，都可成为日后的经验教训，始终保持愉快的心境才是最重要的！

作为直辖市的重庆，在城市建设与民众素质的提高上，还有很长的路要走。此次重庆之行来去匆匆，也跟我们缺少旅行经验有关。期望有机会再来重庆，以弥补我们此行的诸多遗憾！

大足石刻

大足石刻蜚声中外。我们从重庆坐大巴车来到大足县，然后，乘出租车去宝顶山参观（因时间不够没有去看北山石刻）。这处摩崖石刻于公元1179年开建，历时七十余年才建成，可见工程之浩大和古人的执着。宝顶山石刻不在山上，而是隐藏在一个从地面下切而成的不大的峡谷当中。谷底迂曲，有溪流淙淙流过，两岸绿树成荫，环境清幽。两壁山石浑然一体，为石刻造象提供了绝佳条件，且位置隐蔽，从而减少了自然灾害以及人为的破坏，虽历经了八百五十余年依然完好无损，可见创建人名僧赵智凤当初选址与设计构想是多么的绝妙！

宝顶山石刻取自佛教题材，但表现方式和手法却别具一格：它把佛教的思想和信仰用具体、生动的生活场景展现出来，让观者一目了然。这里除有体量硕大、工艺精湛的圆雕，如千手观音、睡佛外，更多的是刻于岩壁上的彩色深浮雕，数以千计的大小神鬼和人物，层层叠叠布满了高五六米的崖面，延伸数十米，形象栩栩如生。在“护法神像”、“六道轮回”、“华严三圣像”等多组规模宏大的造像中，最吸引我的要算“父母恩重变像”一组，它表现了父母为子女含辛茹苦一生，子女应当孝顺父母的场景；而极具威慑力的是“地狱变像”一组，这里展示了从审判到施刑的全过程，由近百个人物组成，分为三层：最上层是一排审判官，中层是艰辛养育子女的父母，最下层是对不孝子孙施以酷刑的场面，那些罪恶深重之徒在这里有被挖眼的、截肢的，即将下油锅的，还有身首两处的……小鬼狰狞的面孔，受刑者痛苦、恐惧的表情，都塑造得真真切切，让人看了毛骨悚然！看谁还敢忤逆不孝做坏人坏事！这种表现方式浅显易懂，易被人们理解和接受，而且记忆尤深。我觉得，有点善良的信仰，对自己的行为有所约束是件好事，那些不守法制、不惧神鬼、没有天良且无所畏惧的人，才是最可怕的。

大足石刻的艺术造诣很深，每组石刻都主题鲜明、构图精妙、人物形象生动传神，同时，生活气息十分浓厚，因而极具感染力。看后我们感触颇深，为有如此精美且保护得这般完好的石刻遗址感到欣慰与自豪！

千姿百态的蜀南竹海

蜀南竹海属宜宾地区长宁县域，仅中心景区的面积就达四十多平方公里，是中国最壮观的竹林。它曾荣获“中国旅游胜地四十佳”和“中国森林十佳”的美誉。但去之前所看过的一些资料对蜀南竹海的描绘多是“翠绿一片”、“竹声呼啸”、“遮天蔽日”……在我的脑海中印上了竹海就是一望无际竹的海洋。成都的一位朋友也说：“别去那儿了，没什么意思，到成都的望江楼公园看看竹子就行了。”我纳闷，真那么单调？可又一想：游小溪和观大海的感觉能一样吗？再说，蜀南竹海所获得的那些殊荣，也不会只源于一个“大”字吧？ 所幸这瓢冷水没有浇凉我们去竹海的热情。

2007 年 4 月 23 日，我们在宜宾汽车南站乘前往竹海的中巴，行程约七十公里后到达长宁县。此车本应直达景区，可司机觉得车上只有 7 个人，跑一趟不划算，途中已与其家人联系让我们换车，他再去宜宾市拉更多的乘客。所以，中巴一到县城附近，就有一辆“面的”在路旁等候。我们提着行李下车又钻进“面的”，后来得知“面的”司机是中巴车司机的父亲。浓云越积越厚，雨滴越来越密，小“面的”窗上很不灵活的雨刮器艰难地摆动着，发出“吱、吱”的尖叫声；车窗外的景象越发朦胧而虚幻了。“面的”快速行驶在平坦、洁净的黑色路面上，在雨水的冲淋下，路面油光闪亮。司机自豪地说：“这路是用进口材料铺的，里面有橡胶，弹性好，成本很高，特别结实！”不知此话是否真实，但坐车的感觉确实不错！过去只知有塑胶跑道，现在连公路也塑胶了，长了见识。汽车很快驶入盘曲起伏的山区林海之中，道路两旁密集的青竿翠叶都齐刷刷地伸向路心，编织成一个遮天蔽日的翠绿色长廊，绵延数公里，被称为“竹林隧道”。行驶在长长的“隧道”中，感到既新奇又壮观！出“隧道”不久，便进入了主要景区范围。“面的”载着我们在竹海西大门买了门票，然后直奔位于景区中心的三合界，在一座名叫“竹园山庄”的三层小楼前停下，原来，这是司机外甥开的旅店！我们稀里糊涂地就“享受”了儿子、父亲、外甥家族式的一条龙的“套餐”服务。还好，这份“套餐”不是陷阱！标间算是一般，包吃住每人每天50元，觉得可以接受，就没有再看其它宾馆。后来，从其他游客处得知，他们吃住竟更便宜。景区里高、中、低档的旅馆都很多，饭馆也不少，完全不用为食宿担心。天公不作美！雨时大时小，一下就是三天。但对游览的影响不是很大，况且有些景象在云雨中欣赏，别有一番情趣。

三天的游览，使我们对蜀南竹海有了全新的认识。它远不止是“竹的海洋”，除竹景外，其它具有独特个性的景观还真不少，以下谈几点比较突出的感受。

浩瀚丰饶的蜀南竹海

蜀南竹海面积之大为国内所罕见。七万多亩竹林覆盖在大小几十座山峦上，登高远眺，一片浩淼无垠的翠绿色海洋，宏大而壮丽，令人心潮澎湃！

四川的森林一般具有树种多样、组成复杂的特点；而偌大的蜀南竹海，在植物的构成中占统治地位的却只有竹类和蕨类，偶见一两株其它树种，也生长得十分艰难。这种单纯的植物组成，充分展示了竹的群体美与个体美。放眼望去，远近高低，目之所见，景致都那么葱茏、整洁、精炼、清丽！真是浩瀚的竹海！纯净的竹海！

人们常用“雨后春笋”来形容新事物的大量快速涌现，当地人告诉我们，春笋一露头，一天能长三四十厘米，一个月就长成十来米高的竹子。这回我们目睹了雨后春笋的数量之多、生长之快，见证了这一成语的贴切、精当。

林区有规定，清明前的竹笋不能挖，它们是竹林的继承者。我们是清明后到达的，正赶上了鲜笋丰收的时节，大量的竹笋破土而出，山民们背着大竹篓、拿着锄头上山挖笋，一天背回好几筐。旅店主的父亲七十多岁了，也每天采笋不辍。他家厨房的桌上、地上的所有的盆、桶、缸等盛器中都泡满了新挖的大竹笋。竹林中不同品种、各种味道的竹笋、竹荪蛋、竹花（又叫竹燕窝）也纷纷出土。因竹的种类不同，竹笋的大小、形状有别。小的如同筷子，大的有十多斤重，状若大炮弹。竹笋的味道也有多种，仅我们在竹海吃过的就有淡味的、甜味的、苦味的，还有甜苦味的。竹的全身都有用，笋衣（嫩笋的薄皮）也可入菜。以前吃竹荪蛋时，曾感到疑惑：竹子的哪部分能长成这般模样？这次才明白它不是竹，而是生长在竹林里的一种菌类。旅馆的小厨师拿来三个竹荪蛋（也叫胎盘，据说是营养价值很高的珍品），我们把它装在小竹篮内摆在桌子上，观察它的生长过程：眼看着竹荪蛋顶长出了菌柄、菌伞，伞下又长出一圈洁白的网状“裙子”，不断地伸长展开，漂亮极了，像个让人怜爱的小姑娘。但它们却只能活三四个小时，若不及时采摘，就会在地里腐烂发臭。真为这美丽而可爱的小东西生命如此短暂而惋惜！在这里，我们一连三天九顿只有竹笋这一种菜（也因为这里缺少其它蔬菜），好在小师傅厨艺很好，又跟我们合得来，变着花样做，味道都很鲜美，让我们过足了竹笋瘾，没有因为只吃竹笋而倒了胃口。

竹林中还有多种药材，其中最好玩的叫“金毛狗”，真像一只毛色金黄的小狗。景区的商店里、摊位上，摆满了用竹子制作的工艺品与生活用品，琳琅满目。我们所住旅馆的主人就是靠制作竹工艺品挣下这座三层楼旅馆的。许多妇女的竹筐、麻袋中都堆满了竹林里产的干货，种类繁多。这些竹产品成了当地人主要的经济来源。

真是美丽的竹海！丰饶的竹海！

蜀南竹海博物馆

在游览景区之前，最好能先参观竹海博物馆。这是一处环境幽雅的园林式建筑庭院。馆内较系统地介绍了各景区的概貌和物种资源，展示了许多竹制品，如形式新颖、做工精良的各式家具，还有竹制工艺品及竹简等，都很精美。这其中，艺术价值最高的就是那幅堪称“世界竹编巨著”的长卷《清明上河图》了。《清明上河图》全长约四米左右，由七位竹编巨匠用薄如蝉翼、细如发丝的100万根竹丝耗时一年精心编制而成，其画风古朴、工艺精细，若不看说明，很可能会误以为是一幅精美的蜀绣。

寻幽涤心忘忧谷

到竹海的当天下午，我们游览了忘忧谷。山谷面积不大，但比较幽深。雨天，游人稀少。只见雨丝沐浴着葱翠欲滴的竹林，涓涓清流穿行于谷底的山石之间，红褐色条石铺就的台阶在绿草中时隐时现；轻柔的流水声、雨滴声，间或传出的鸟鸣声掠过耳际。我们撑着雨伞在此间漫步。一瞬间，思维似乎停滞了，身心彷佛都融化在这清寂的山谷之中，多么难得的美妙忘我的感觉！走过时密时疏的竹林小径，我们来到了忘忧谷的尽头。一座崖壁的巨石上篆刻着“涤尘”两个大字，崖顶一帘瀑布高悬，飞流而下的水珠洒在上面，将崖壁冲刷得一尘不染，“涤尘”二字格外醒目。此景让我们自然地品味起这两个字的含义来：涤心才能忘忧！让我们洗去心灵的尘垢，忘却胸中的忧伤，去拥抱真正美好的人生吧！

壮美的七彩飞瀑

与幽深静谧的忘忧谷相比，七彩飞瀑却是充满了动感的别样景观。跨入景区高大的牌坊门，视野豁然开朗。极目远眺，远山石壁上的“彩练飞堑”四个红色大字隐约可见。山下一条银白色飘带似的水流呈扇型展开，蜿蜒由远而近，来到面前已成了宽达四五十米的水面。在此修建了一座巨型水坝，水流均匀地从高约十几米的坝体顶部骤然跌落，飞溅起团团水花。坝上设有汀步，是亲水观景的好位置。我们踏过汀步，拾级下至深深的坝底，回首仰

望，一帘巨大而平整的水幕从天而降，落地处溅起一条雪白的涟花，飞珠卷雪，吼声雷动，而宽阔的湖面却波澜不兴，可泛舟赏景。动与静的强烈对比，将两种迥然不同的水景之美鲜明地展现在游人面前。

七彩飞瀑景区内的地形由高渐次降低，层层下切，空间也由开敞渐而闭锁，人们的心情随之变化着。这里的水景既有人工营造的，也有自然天成的，有宽阔平静的湖面，也有跳跃奔腾的湍流；有整齐、宏大的帘幕式瀑布，也有自由奔突、大小不一的飞流；有的是怒涛翻滚，有的是涟漪微泛；有的绿如碧玉，有的似层层白雪……水的各种形态美都荟萃在这里。其中最美、最具震撼力的要算最后一级瀑布。因为这里峡谷收拢，汇集了巨大的水量，且地形陡降，巨流从高处被重重地抛入谷底，白色水雾弥漫天地，震耳的轰鸣声在山谷中回响；而台阶就紧贴在瀑布旁，人行其上尽管是安全的，但看到汹涌澎湃的流水以排山倒海之势从头顶、身旁倾泻而下，仍不免心惊胆战，总怕被巨流吞没，在大自然的伟力面前，人显得那样渺小、胆怯，那样不堪一击！听当地人说，若在晴天，这里就会出现一道道彩虹，所以叫“七彩飞瀑”。可以想象，彩虹映照下的飞瀑是何等美丽、何等奇妙壮观！继续下行，最后到了谷底的天雨亭。空气中飘散着浓重的湿雾，坐在亭中，细观汹涌的飞瀑，聆听轰鸣的水声，领略大自然的壮美与威力，一种强烈的激动和敬畏之情油然而生！或许这就是崇高美的感受吧！

险峻奇特的天宝寨和仙寓洞

来蜀南竹海这几日连天阴雨不止，也只能冒雨出游。一天早晨，我们去天宝寨和仙寓洞景区。从住处三合界去那里，先要经过一段在峭壁上开凿的艰险的石阶路。此时细雨霏霏，天色幽暗，浓云锁径。眼前白茫茫一片不见它物，路边也无护栏，走在窄陡、湿滑的阶面上，确有危险，但还是鼓足勇气小心翼翼地移步前行，生怕一失足成千古恨。提心吊胆地上上下下了一阵，终于安全地走完了这段险路。这时，天色渐渐明亮了，也到了天宝寨前。

天宝寨和仙寓洞是悬于数百尺高的壁立山崖上的彼此相连的两个景点。

建造者巧妙地选择了半山崖上一条水平断裂带做地基，劈山、筑路、修庙、建阁，大大减少了工程量，其智慧与勇气实在令人钦佩！远望天宝寨与仙寓洞，像是在巨大的崖壁上绘制成的一幅长型画卷。进入一个在断裂带平面上凿成的高大的岩腔（一面开敞的石隧道），这是天宝寨主景区的开端。岩腔外侧是用条石砌成的齐腰高的护墙，内壁是完整的土红色岩石，岩壁上镌刻着巨幅石浮雕组画——兵法“三十六计”，如“声东击西”、“釜底抽薪”、“远交近攻”、“作壁上观”、“一夫当关，万夫莫开”等。这些作品构图严谨，制作精细，从组画的内容及天宝寨险要的位置来看，这里在古代似乎曾是一处军事要塞。景区内还有巨大的石锥、石盘等自然景石，生动而有气势。山下是广阔的平原、层层梯田和一个个小山丘，还有亮晶晶的水面、深绿的树群、浅绿的稻秧、红褐色的裸壤……它们在视觉中变得小而纤细，被微缩成为一幅线条流畅细腻、色彩和谐的工笔画，十分奇妙！

天宝寨和仙寓洞之间没有明显的界限，我觉得出了天宝寨的西门就进入仙寓洞景区了。这里的地基比天宝寨宽大些，上方是开敞的，建有大雄宝殿，还有双层楼阁等，而且，体量都不小。在地形如此艰险的条件下，修建出这种结构复杂、工艺水平高的建筑物是何等了不起啊！此外，这里还有深浮雕睡佛和金身观音立像，神态自然安详，十分传神。庙内佛前烛烟缭绕，香火很旺，真有些步入仙寓的感觉。这里没有了忘忧谷的清幽，也没有了七彩飞瀑的灵动，只留下了令人久久难以忘怀的险俊和奇特。游完仙寓洞，要攀登一段长长的山路台阶才能出此景区走上大路。年老体弱的人游完这两个景区后会感到疲劳，所以，这儿有“守株待兔”的抬滑竿的师傅为您服务，不过这二三百米的路程需付出 40 元的脚力钱。

成都人的避暑胜地——银厂沟

银厂沟距成都以东89公里，属龙门山的一处风景区，因明朝曾在此开采银矿而得名。这里最高海拔达2000米，峡谷陡峭，景色峻美。全年最高气温只有24℃，进入峡谷前还有一段较长的河谷，清流淙淙，绿树披岸，环境清幽。每至盛夏，成都市区闷热难耐，这里却凉爽宜人，相距又不远，市民们争相来此消暑度夏。我们也想去看看。

在成都期间，我们和老友董志礼夫妇一同生活，董兄夫妇不常出门旅行，这回作为东道主陪我们一同去了银厂沟。专线车花了近一小时才从拥挤的城区挤到城外，不久便进入白水河区域。是年旱情严重，河里的水量很小，山丘上的竹叶也发黄了，可山前河谷的景色依然不错，河边绿树扶疏，两侧浅山绵延，时见一幢幢两层小楼散布其间，一直延伸了六七公里，都是农民自建的小型旅馆，现在大都空置着，到了夏季，避暑大军拥来，就一房难求了。有些退休老人来这里一住就是两三个月，听说包吃包住每人一天才二三十元。汽车开到景区入口处并未停车，售票员只在窗口向车下的工作人员喊了一声:“都是老人！”便径直进入景区，老伴还不够免票年龄也被免了。汽车在山谷中上行，直到大龙潭景区才停。下车后附近就有几幢建在山坡上的宾馆。时下游客少，一个标间包两人吃住才90元，早餐有蛋、粥、小菜，午餐、晚餐都是三荤两素一汤，价格相当低廉。在宾馆吃过午饭，便一起溜达着去黑龙潭。步行近十分钟到了山下，仰见山势嵯峨，巨石层层叠叠，从山石缝中冒出来的青松、绿树依然茁壮茂盛。山间一帘瀑流迂回而下落入潭中，潭边一石上刻有“大龙潭”三字。其实，此潭不大，因还有一个更小的龙潭，它便居大了。这两处都是银厂沟的知名景点。

大龙潭水面虽不算大，可潭水澄碧，清澈见底。从潭边缘溢出三股水流注入宽大的河谷中，河床被急流切割得又宽又深，河中乱石丛立，大者如屋，小者如斗，湍流激荡其间。一座吊桥横架，长约三四十米，高四五米。走在吊桥上，晃晃悠悠地如同坐轿，等我三人兴冲冲地过了吊桥，董兄一人才小心翼翼地踩上桥板，扶着护网，慢慢地走了过来，他有恐高症。董兄夫妇体能差些，没随我们一起上山，先返回住处了。我俩过桥到山下，迎面便是银苍峡谷，两壁屏立夹涧，拔地腾霄，气势巍峨。在入峡路口处横拉着一根绳子，旁边写着“前方施工，请勿进入”。我想不通，你卖了景区门票，却不让游人进入景区是何道理？我们也不是只为黑龙潭一小窝水而来的，正在思索着如何是好时，身后来了几位年轻游客，他们毫不犹豫地一个个迅速地从绳下钻过，疾步上了大桥，我俩也鼓足了勇气，尾随其后，冲过了这条“封锁线”，跨过一座大铁桥，走上对面的栈道。栈道是在壁立的山崖上横插水泥柱、再搭上水泥板而成，远看十分危险，可走上去却很稳当。这条全长 8 公里的栈道，据说是我国景区中最长的山壁栈道。栈道与两山间的几座吊桥相连。我们走栈道、过吊桥，在两山间迂回而上，站在高处的吊桥上四顾，左右危峰夹峙，

身下深渊万丈，虽心惊目眩，却并不惧怕。刺激、兴奋的美感油然而生。

当我们登上 1700 米高处的通天桥时，那几位首先闯关的年轻人已从山上下来了，他们说最精彩的还在上面，有几处瀑布和老鹰岩等景点，但正在施工，路被封闭了，他们两次冲关均以失败告终。看着他们都悻悻下了山，我们就更没指望了。淡季出行有很多优势，可常会遇到景区维修，让人无法尽兴。但想想天下事哪能处处顺心、十全十美呢？有得就有失嘛。何况，中国最大的瀑布我们都要去看，这几个名不见经传的瀑布不看也无妨。如此这般地自我安慰了一番，便心平气和地调头下山了。我是个随遇而安的人，遇到自己无力改变的情形时，会给接受现实找一个充足的理由，这样便能坦然面对，不给自己增添烦恼了。在下山途中，我们居高临下，仔细地欣赏了这个山谷的别样美景：峡谷十分陡险，满谷上下巨石重叠成屋成楼，气势磅礴；汹涌的激流奔腾而下，与巨石相撞，四迸飞雪，声震山谷。那些小小的水潭，有的碧蓝，有的墨绿，有的棕黄，还有一潭多色的，都一样的清澈、明净、秀丽。为什么会有这样的效果呢？不明白！这次入峡，未能尽览银苍峡的美景，准备第二天再去碰碰运气。次晨早早赶往，可这回更没机会了，远远地就看到入口处已有人把守，庆幸昨日的果断决策，否则，永远也不知道银苍峡原本是什么模样了。

从大龙潭闯关失败后，我们立即转走另一条线路去小龙潭。由于沿途没有景点，便搭乘乡民的“面的”穿越整座山林，跨过两座吊桥直接到了对面的半山坡上。这里建有一个观景平台，临近高处还有一座亭子，可以眺望小龙潭。十多米高的山顶上一挂瀑布喷涌飞坠而下，由于观景平台距瀑太近，飞溅的水花从高处披头盖脸地浇向游客，吓得游人急忙后退。这种安排不知是为让游客亲水还是设计失误？瀑布虽不雄伟，但也奔泻如注，铿然有声，与瀑下的碧潭、巨石、激流和亭台、吊桥合为一体也是一幅美景。

接引寺又在另一座山巅，自山下需徒步登上1200个台阶、穿越整个山林才能到达。老伴腰关节有旧伤，便留在山下活动，我一人登山。石阶在林中曲折而上，登山的多是年轻人，也许是想到接引寺去接引好兆头吧！可有些还没到山顶已累得满脸通红，张口喘着粗气，瘫坐在石阶上，缓过劲来之后竟放弃了登顶，转身下山了。我看着这些膀大腰圆的年轻人，遇到这点事就吃不消了，若是大敌当前，他们能去保家卫国吗？我顺利地登顶！山顶被人工推平，接引寺建在这个平台上，寺庙是两间大平房，好像只有一位和尚守着，但香火甚旺。我无所求，不用进香，只是站在矮墙边眺望风景：视野无拦，左右峰峦耸翠层列，皆在身下，面前是一条宽阔的谷地，一直向下延伸数里直达平川，山坡上绿树繁阴，其间还点缀着点点白屋和晶亮水池，看上去爽神悦目，接引寺真是选了块宝地。

下山后，我们去了住处附近的五龙湖、银苍长廊、鸳鸯泉等人工造景，一走而过，就此结束了银厂沟之旅。没料到，第二年就发生了汶川大地震，这里还是重灾区，对银厂沟的破坏是毁灭性的：大龙潭被滚石彻底填埋完全消失了，十多米高的小龙潭瀑布只剩下三四米高；接引寺除塔之外其它完全被毁，峻美的银苍峡的栈道、吊桥也难逃厄运，整个景区一片狼藉，惨不忍睹。全镇882家客栈，70%完全倒塌，剩下的几家也成了危房，损失达20亿元。灾后去的游客用“全毁了”、“两山包了饺子”、“被地震洗白了”等词来形容这里的惨状。庆幸我们在地震发生的前一年造访了这里，目睹了险峻壮美的景观，还拍了照片和录相。每次回放这些永远消失的美景时，心情都很沉重，深感惋惜与悲伤。

乐山观大佛

2007年5月10日，我们在成都新南门汽车站乘大巴车前往乐山。这条路线的车况、路况都不错。客车大而新，座位宽敞、舒适。

汽车飞驶在高速路上，天高地阔，田野的景色很美：连片的农田、劳作的农妇、小丘上茂密的树丛，还有那错落分布在田间的别致的农舍，它们多为简朴的二层小楼，粉白的墙面上一律描画着褐色大方格，形成统一的特有的民居风调。一幅幅质朴、恬静、和谐的田园图景从眼前流过，像是在欣赏一部优美的田园风景记录片，赏心悦目！不久，车载电视打开了，播放的是重庆某台的文艺晚会。屏幕上不时出现一些不堪入目的表演，加上男主持人低俗的所谓"笑话"与调侃，令人作呕！让人愤慨！没想到在这样的公众场合，竟敢明目张胆地用如此污秽的垃圾来玷污优美的环境和乘客的视觉与心灵！交通管理系统真该认真地管管了！我又反问自己：是社会风气变坏了？还是自己思想落伍了？

两个多小时就到了乐山市。要做的第一件事情当然是拜谒大佛！我们虽不是佛教徒，但乐山大佛拥有一千两百余年的悠久历史、用时90年才完成的浩大工程和非凡的艺术造诣早就令我们向往不已，一定要亲临现场，一睹真容。在肖坝汽车站乘13路公交车到码头附近下车。先乘船观赏大佛，船票每张50元。开船后，江边就是高耸的凌云山，可远近都看不到大佛的身影；几分钟后大佛突然出现在眼前——原来他隐藏在崖壁的凹陷处——这一安身处不仅增加了大佛的神秘感，也起到了很好的保护作用。我觉得乘船在江心观赏大佛全景是最佳位置：佛鼻不显得太长，手脚不显得过大，身体各部分的比例最恰当；同时，还可完整地反映出大佛与周围环境的关系。举目望去，以佛为中心，两旁险峻的九曲栈道及上下的游人、山林、巨石、江水、天空都奔来眼底，显示出一派佛光普照、万物归心的景象。在江上还可观览到远处“睡佛”的全景。所谓睡佛，是在江中某一方位远望，视觉将两座一前一后的青山部分叠合，其中远山为头，近山为躯，浑然一体，“组合”成的一个完整的仰卧形象，倒也有几分相似。江上观佛，只给了十几分钟时间，加之船上人多拥挤，未及仔细观赏，就调头回码头了。时间如此之短，票价如此之贵，实无道理！可是为了获得这种特有的观赏效果，也只能任他宰割了。

近两年来连续干旱少雨，江面萎缩了近一半，滩岸大面积裸露着，三江汇合处昔日那波涛翻滚、浩淼连天的激动人心的景象完全看不到了；更由于江水被污染，水质富营养化，导致大量的蓝藻滋生，漂浮在水面上，不仅恶化了水环境，也破坏了景观，真让人扫兴又忧心！

上岸后又乘 13 路公交车去了乌尤山。此山不大，和凌云山仅一江之隔。来到山下的售票处，未见游客，按规定我们只买了一张 39 元的半价票，端庄美丽的中年女售票员并未因此而不悦，仍热情、耐心地给我们介绍旅游路线、如何去凌云山以及怎样应付可能遇到的麻烦，如亲人一般，让我们非常感动。

我们背着大背包进入山门，迎面古树遮天蔽日，满目葱茏。沿着一条红色石阶路拾级而上。路上也没有遇到一位游客，只有一位野导游尾随我们很久，这就是售票员告诫的会遇到的麻烦之一，被我们礼貌地谢绝了。一路走来格外寂静，只有轻柔的风声与竹叶摆动的沙沙声。我们默默地走着，贪婪地享受着这难得的静穆。心想，乌尤山可真成了我们原先误认的“无忧山”了。

乌尤山虽没有多少供人游玩的景点，但它以清幽的环境和佛教寺院见长，其中的五百罗汉彩塑堪称一绝！据介绍是邀请了全国二十余名泥塑名匠集体完成的。罗汉的体量与真人等同，制作工艺精美，形神各异，喜怒哀乐情态逼真（谢绝拍照）。让如此众多、风格殊异的罗汉们济济一堂，何其不易！感到不足的是，供奉罗汉的空间小了些，一位紧挨着一位，有点拥挤。

乌尤山除了寺庙外，有两处山亭值得一提：设于山中部的旷怡亭和山顶的云景亭，都是游人休息赏景的好位置。尤其是云景亭居高临下，既可俯瞰三江汇合处的壮阔水面，又可眺望对面的凌云山景。我们在此处遇到两位中年游客，他们坐在亭中的石桌旁，身边放着一个大热水壶，一边悠闲地聊天，一边品茗盖碗茶，好不逍遥（游客可在服务处买茶水带到山顶饮用）！可见，乌尤山独特的景区内容与环境，已成为觅静寻幽、修心养性者的好处所。

不到两小时游完了乌尤山，一出“如般若门”山门，便踏上了连接两座山的大桥。其主桥为拱桥，两端的引桥上均建有精美的古典廊和亭，饰以红色为基调的艳丽彩绘，在茂密绿林的簇拥中，显得十分宏大华贵。过桥后又步入另一长廊，一直把我们引到高高的凌云山门前。此时，十多公斤重的背包已压得我举步维艰了，便卸下背上的大包，坐在石阶上歇歇腿脚。

走完长廊，跨进山门就进入了大佛寺景区。上行至半山，路旁有个庭院，内为碑林，收集了不少书法篆刻作品。院内廊下设有茶座，可在古典乐曲声中品茶休息、欣赏碑刻。在近山顶处有一帘瀑布，是我们进山以来看到的唯一水景，不少游人在这儿歇脚观景。我们很快就登上山顶。顶上为一处不小

的平台，边上是陡峭的千尺崖壁，直插江中，乐山大佛就依壁而坐。沿山顶边缘建有观景长廊，廊外便是大佛的头顶。为了全面、细致地观赏大佛，我选择了四个位置。其一，在山顶，可近距离观佛的头顶。佛顶像个小广场，上有 1021 个圆圆的小丘状的发髻，每个发髻的面积可安放一张大圆桌，可见佛顶之大、智慧之深！其二，沿栈道下至佛像头侧位置，可近距离平视大佛的五官。其三，再下至佛像胸部，可观赏佛的上半身。最后，下到大佛的足下，仰视安详、雄伟的大佛坐姿全貌。

通过对大佛全身不同角度与方位的欣赏，我对大佛的形象和意蕴有了一定的认知，感受多多。首先，觉得大佛的选址与构思独特、精到：没有让大佛高居于山巅或隐身于幽谷，而是临江而坐，直面三江大地，关照庶民疾苦，叫人感到佛心贴近民心！其次，大佛的形态十分质朴、祥和，镌刻刀法遒劲简洁，具有鲜明的工艺美特点。这种简约概括的形象塑造，淡化了外形的细部刻画，着力透射的是佛心境界的纯净，表现手法尤其高明！其先进的工程技术水平确保了大佛千年的安稳，更令人叹服！我深为造佛的先辈们所具有的智慧和毅力而自豪！不由想到，在文化艺术宝库中，我等中华子孙又能留下些什么让后辈们骄傲呢？

五通桥和罗城古镇

宿五通桥

五通桥距离我们要去的罗城和西坝两个古镇都不远，环境也比城市幽静，所以，游过乐山的当日下午，就乘公交车赶到五通桥住宿。我们住进了坐落在岷江边的人和宾馆的六楼，观景效果不错：窗外的五通桥镇背山临水，山青水秀；宽阔的、水量丰沛的岷江穿镇而过，将古镇分为两部分，由五座形式各异的大桥相连通，据说镇名由此而得。这是一个比较繁荣的大镇，街道上人与车熙来攘往。络绎不绝的三轮车是最方便、廉价的代步工具，一般两三元钱就能解决镇内交通问题，成了街上的一道风景。旅馆、招待所不少，小饭馆也多：素菜、凉拌菜五角钱一小盘，肉食和荤菜的味道不错也不贵；米饭和各种稀饭一元管饱，对旅行者来说实惠又方便。在这儿生活了两天，从接触到的人来看，感到民风淳朴、和善。

五通桥是个有 2300 年历史的古镇，但现在它的古韵已相当淡薄了，岷江上坚固、整齐的条石驳岸高高竖立，架起五座时尚大桥；高楼林立的街区和鳞次栉比的时装商店，处处都展示着今日的五通桥早已旧貌换新颜，只有泯江边那些伛偻着苍古身躯却依然枝叶繁茂的百年大榕树，还在俯首向人们诉说着古镇悠远的历史。

罗城古镇看船形街

一夜小雨，早上依旧淅淅沥沥的，我们打着伞出发了。五通桥没有去罗城的班车，只能坐三轮到镇边的三岔路口等候乐山至罗城的过路班车。在一个简陋的雨棚下站了二十多分钟总算盼来了车。乘客很快就坐满了，其中只有我们两位是游人。雨下个不停，本就坑坑洼洼的路越发难走了。一大段土路真成了“水泥”路，汽车艰难地在泥浆中爬行，就像一条搁浅的大鱼摆来摆去却无法前行。司机让全体乘客都集中在车厢的尾部压住后轮，才算安全驶过这段路。一个多小时后到达罗城汽车站。下车后撑着雨伞直奔目标——船形街。据记载，船形街是一条有 380 年历史的难得一见的、保留完整且透着旧时气息的古街。其结构尤为特别：约两百余米长的街道两端窄，往中间逐渐加宽，中心最宽处约有十米，建有一座精美而高大的戏楼，楼两侧仅能过人；街道两边是宽敞高大的平房，房前一律伸出约三米宽的凉篷房檐，贯通了整条街道，所以，人们也把这条街叫作“凉厅街”。因其两头窄、中间宽的街道形状很像一条大船，因而又叫“船形街”，若能从空中俯视，这条“船”形想必会更加逼真。

船形街的房屋多为店面，主要经营小吃、小百货、竹编器具，还有茶馆。路边停着不少摩托车，店里顾客很少，可茶馆里和凉篷下却坐着许多人，或品茶聊天，或玩着一种长条形的古老纸牌，在阴雨连绵的日子里，他们也过得这般安闲自在！为何要建造如此奇特的街道？我感到好奇，因当时雨大，未便访问当地居民。据说，从前这里久旱不雨，为祈求天神保佑雨水丰沛、河中能行船，才建了船形街。我倒有另一种解释：当初住在此地的居民可能是一些生活富足的大户人家，他们才有丰裕的经济条件修建这样高敞的房屋和整齐、有篷的街道，避免了风吹雨打日晒，还把戏楼建在街道中心，全街人足不出户都能看戏；为了看戏时互不遮挡视线，就把街道建成了两端窄、中间宽的船形，设计得多巧妙啊（以上纯属想象，不足为凭）！

从船形街出来，立刻去寻找久负盛名的“罗城牛肉”专卖店。转了一大圈才在一条小街的尽头看到了它，真是“酒香不怕巷子深”啊！罗城牛肉味道浓香、肉质紧密，并不像其它牛肉干那么发硬、纤维化，而是老少咸宜！与张飞牛肉相比，我更喜欢罗城牛肉。店里摆放着六种口味的产品，有十克到数公斤重的不同包装。我们选购了几种，都是十克左右的真空小包装，买了一大袋。不光为品尝，也为旅途应急之用。我们的经验，肚子饿了，只要两小袋牛肉干外加几块奶片就是很管用的能量补充；而且，这种小包装便于携带，方便取食，可避免病从口入。买过牛肉，感到又冷又饿，于是在一家小店吃了一碗热乎乎的牛肉汤面，每碗才 2 元钱，味道还行。吃罢，又顶着小雨去汽车站等车返回五通桥。

西坝好人

为方便去我们向往的西坝镇的桫椤峡谷，选住了五通桥。可五通桥到西坝没有直通车，中间隔着宽宽的岷江，需先坐小面包车到江边，再乘摆渡船到对岸的西坝。

2007 年 5 月 13 日，我们在宾馆吃过早饭，坐三轮车到五通桥镇的钟楼（一座顶上有大钟的楼房），换乘小“面的”后约十分钟到码头。江边停靠着一条很大的平板渡船，我们上船坐在唯一的一条长木凳上等候开船。陆续上来的都是当地人，挑箩筐的、背背篓的、推自行车的、骑摩托车的、扶老携幼的……看来，不填满所有空间是不会开船的，耐心等吧！不久，一位六十多岁戴着眼镜且有点瘦弱的女士走了过来。她穿着整洁，举止文雅。船上已没有座位了，我老伴往一边挤了挤，请她坐下。我们聊了起来，知道她是西坝中心小学的退休老师（事后打听到她姓黄），家住五通桥，今天去西坝参加同学会。当她得知我们两个远道而来的老人要去桫椤峡谷时，脸上顿生难色，关切地说：“路上要注意安全啊，不要让别人知道你们是来旅游的，就说是来西坝探亲的。”还说：“桫椤峡谷离西坝还有五六公里路，没有交通车，一般都是坐摩托车去，很不安全。”她沉思了一会儿，又说：“我要去开同学会，不然，我就陪你们去。我老伴的侄儿倒是住在那里的山上，可怎么通知他呢？”看着她着急的样子，我们就安慰她说：“我俩走了不少地方，不会有问题的，您放心吧！”她却坚持说：“那里不好找，交通又不便，你们两位老人自己去不安全，得想办法找人带你们去！”下船后，我们三人一同走进西坝街区，见一位骑摩托车的中年人迎面过来。黄老师急忙拦住他，向他说明缘由并请他一定要帮我们安排好交通工具。原来，中年人是西坝高级中学的老师（后来得知他姓李），今天是来此赴约的。他略微迟疑了一下，就爽快地答应了，黄老师这才放心地与我们道别。我们依依不舍地一再回头向她招手，望着她的背影，完全是至亲亲人的感觉！

我们随李老师一起步行到西坝镇边缘的度假村，他跑前跑后地忙了一阵也没找到车，不巧摩托车又发动不起来了，只好推着车去镇政府想办法。由于恰逢周末，又是雨后，大家都呆在家里休息，找不到熟人。他几次打电话托朋友，费尽周折才找到一辆私家桑塔纳车。他带着车来找我们，向司机安排好往返事宜，看着我们坐进车里、车开了才离开。为给我们找车，李老师奔波了近一个小时！若无黄、李两位老师的热情相助，这回可真要抓瞎了。

坐在车里，我俩心潮起伏，久久不能平静！事后，我们在游昆明时曾致电黄老师，才得知由于担心我们的安全，她和李老师在西坝办完事回到五通桥后，还一起去了我们住的人和宾馆，得知我俩已顺利地完成了旅游计划离开了五通桥才安心地回家了。放下电话，我眼眶湿润了，万千感慨涌上心头！我们何德何能？在这陌生的地方，受到萍水相逢的两位老师如此的关怀与厚待，何以为报啊？

司机是位不足二十岁的男孩，话不多。车开到景区附近，我们跟他商量："请你等我们四五十分钟好吗？"他却说："你们别着急，慢慢玩。只要玩得开心，等多久都行。"我们以比较快的速度边赏景边拍照，出了峡谷也接近两个小时了，坐上小司机的车回西坝镇。

西坝豆腐是享誉四川的名吃，可我们事先并不知情。黄老师告别时曾说："桫椤峡谷可以不去，西坝豆腐不能不吃！"坚定的语气让人吃惊：那是什么样的豆腐？一定得尝尝！应我们的要求，小司机直接把我们送到此地最有名的"方德饭庄"。事先商定的车费是往返 60 元，我们觉得小司机服务热情、周到，为我们花费了近三个小时，就付他一张百元钞票，让他别找零了。可他却跑到附近换成零钱，又回到饭馆退回 40 元。经过一再推让，他才勉强又收了 20 元。

大家都吃过豆腐，各种各样的，可不去西坝哪会知道豆腐菜肴竟有这么多品种、品相能这般漂亮、味道会如此香美！难怪饭馆的墙壁上贴满了中外宾客的赞许与推崇，中央电视台还做过专门采访报道。看着方德饭庄的菜谱，几十种豆腐菜让我们无从选择。经理根据我们的情况推荐了有代表性的四种：绣球豆腐、糖醋豆腐、怪味豆腐和豆腐汤，总共才 40 元。端上桌的每盘豆腐菜品色泽的光鲜、形式的独特我们都未曾见过，像精湛的工艺品而不忍下箸，端详了一阵拍了照才开始品尝。绣球豆腐由肉馅和豆腐组成，每个

鹅黄色的“绣球”上都摆饰着细细的鸡丝，外观淡雅素净、色调和谐，味道嫩滑、清爽、醇和，回味无穷；糖醋豆腐则完全不同，其色泽金黄、红亮、鲜艳，外皮酥脆、内里油润，糖醋汁浓稠甘美；豆腐汤滋味醇厚清香。以我们的胃口，两菜一汤已是极限，就把便于携带的怪味豆腐打包带上旅途吃，这道菜同样色、形、味俱佳。没想到这么偏远的小镇里竟“埋伏”着这样的美味，让我们大开眼界，豆腐天地如此广阔无边，中华食文化如此博大精深，完全超出了我们的想象。心想：要是此店开在北京多好，可以经常饱饱口福；但又想：离开了西坝特有的黄豆和水以及生态环境，做出的豆腐还能有这样的美味吗？

这次游西坝，不仅观赏到桫椤峡谷的美景、品尝了西坝豆腐的美味，更感受到了西坝人的美德，它将成为我们永久的记忆！当人们耳闻目睹了当今社会太多的丑陋之后，人际交往变得复杂、困难，产生了信任危机。人们出门在外往往谨小慎微，增加了许多精神负担，降低了享受生活的乐趣。我们却有幸在这个小镇得到这些好人热诚、慷慨的帮助，感受到世界是这样的美好。我们怀着一颗感恩的心，将尽一己所能去帮助需要帮助的人，这可能就是对他们最好的回报！

桫椤峡谷

桫椤峡谷对我们很有吸引力，源于我们特别喜欢峡谷景观。峡谷地形变化剧烈，景观要素丰富，人们的视觉和心理处在一个半封闭的空间内，容易产生很强的张力和震撼力，这种体验是很独特的。在陡峭的峡谷小径上气喘吁吁地上上下下，在天然氧吧中尽情地吐故纳新，使肌体功能得到极大的发挥与锻炼，体能的释放非常过瘾;而这个峡谷更使我向往，是因为它有桫椤树。

我在学习树木学时曾在书上见过这个树种，它产生于三亿年前，也是恐龙时代最茂盛的植物群落，今有“活化石”之称。我们平时见到不少蕨类植物可都是草本的，而桫椤树是唯一能长成大树的蕨类植物，现存已不多了，是我国仅有的几种一类保护植物之一。桫椤峡谷这个特有的半封闭的自然环境正好满足了桫椤树严格的生长环境要求，才能在此生长繁衍且十分旺盛。真是难得一见，定要亲临现场一睹为快！在西坝镇乘桑塔纳轿车到景区约行五公里，在路旁下车，沿着山丘梯田边的小径下行。这里景色很美，层层叠叠的山丘，高高下下的绿树，整齐有序的梯田……正值枇杷成熟时节，桔黄色的果实挂满了枝头，果农们挎着箩筐采摘着，好一派恬静、秀丽的山野风光！我们在田埂上走了一公里左右，过了一座小桥就到了峡谷的入口处。

桫椤峡谷是丘间低地下切形成的，不太宽也不太深，可谓“袖珍版”；但“麻雀虽小，五脏俱全”，丰富的峡谷要素这里应有尽有。从谷底向上看，两侧由完整岩石形成的直立崖壁如巨斧劈就，在垂直的岩石节理和狭窄的山谷空间的对比下，峡谷仍然显得高峻而幽深。峡谷内阴湿水滑，我们踩在竹制的栈道上滑得不敢抬脚，手扶着竹子搭成的扶手小心地移步。很多光滑的石头散落在谷底，湍急的泉水穿流其间，在平缓之处又汇集成蓝绿色的小水池。后来栈道变成了由岩石凿出的石径，谷底生长着茂密的蕨类草本植物和修竹，抬头仰望左右，垂立的两壁间可见一带蓝天；岩石多为灰色与褐色，完整而光滑，也有树木顽强地耸立其上。眼前突然出现了一条细细的黑色管子，从崖顶笔直垂下，长约二十米，几乎接到地面，末端有水流落下，近前才发现它不是水管而是一根藤条，它正在奋力下伸，眼看就要触到谷底的泉水了。走入峡谷深处，我渴望见到的桫椤树终于现身了！大大小小的桫椤树布满了谷底（据说有上千株），大树高达六七米，远看有点像椰树，树干顶端簇生着巨大的蕨叶，叶长达一至二米，如开屏的绿孔雀般美丽！目睹眼前的植物，有水生的、陆生的，有蕨类草本的，而更多的则是成片的桫椤树，让我瞬间感到自己似乎已穿越了漫长的时空隧道，到了三亿年前的石炭纪！因为那时生长的正是这些植物。

走了一个多小时，峡谷越来越开阔，也越来越亮堂了，看到了一个名为“回眸”的小亭，以为景区到此为止就原路返回了。其实，前面还有一株最有名的桫椤树王，可惜我们没能看到。不知是我们忽略了标识，还是根本就没有标识。返回的路上，我又一次感受了小小桫椤峡谷的美丽——它丰富多姿的景观和珍贵的科学价值。真要感谢大自然恩赐给我们这个可爱的袖珍峡谷！也希望它能得到很好的保护，使这亿年前的活化石永远存活下来，让后人还能见到它！

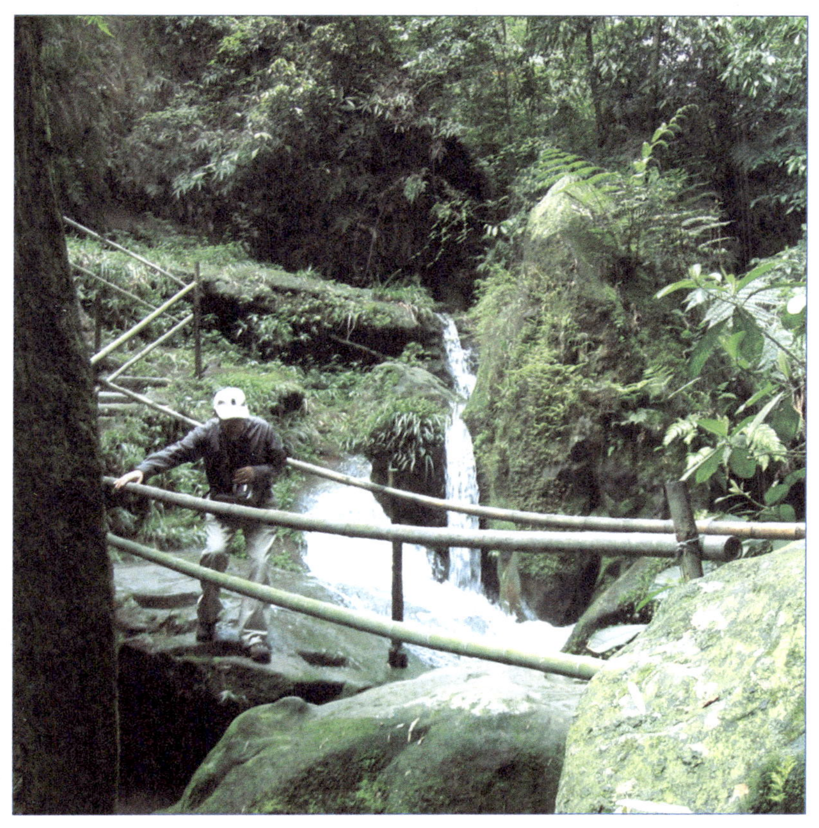

在返回的渡船上，我们看到了让人揪心的景象：江面上成丛成团的绿色漂浮物浩浩荡荡顺江而下，有的堆积在一起像小船那么大。这就是臭名昭著的入侵植物水葫芦（正名凤眼莲），它们又来开拓新领地了。目前，南方不少水域已被它占领。水葫芦因花的美丽而被引入我国，但它的繁殖速度太快了，一株一年可变成几千株；它们密集地封闭了水面，使土著的水生植物因缺氧窒息而死，导致水生生态系统的破坏。据 2003 年的公开新闻报道，我国每年入侵植物造成的损失已达 574 亿元之巨，而且，治理效果多不佳！这都是由于人们的无知和疏于管理造成的恶果。环境的安全，大家不能不关注啊！

难忘峨眉

峨眉山名扬天下，我们心仪已久，现在终于有了一游的机会。由于景区面积大、景点多，想一处不漏地游完每个景点比较困难。所以，依据自己的时间、兴趣和体能，我们制定了以游赏自然景观和景点较集中的景区为主、以人文景观和分散景点为辅的计划。从乐山出发经两次转车来到峨眉山游客接待中心，先在这里买了上山的车票（40元/人）；再到零公里处买景区门票，全价120元。真感谢国家对老年人的关照，我们享受了一免一半价的老人优惠，总共才60元就能游完偌大的峨眉山了！从这里乘观光车进入景区。我们非常喜爱这座山系，在这里游玩的三天里，时时被峨眉山那优雅、大气的自然风光和保护良好的生态环境所感动。

由于人们对峨眉山的介绍和描述已经很多了，在此仅谈谈我们印象最深的几点感受。

别样秀色

我们的第一站是去最远、海拔最高的精华景点——金顶。这天，天气格外晴好，观光车在巍峨的群峰中盘旋而上，那漫山遍野的明丽的浓绿从始至终沐浴着我们的双眸。山路宽阔、平坦，山峦逶迤、巍峨，林深草密，景色秀丽而又磅礴，虽然一直行进在崇山峻岭之中，视野却仍旧开阔、心目豁然。时见开满红色杜鹃花的大树点缀在流翠的山间，漂亮极了！因为此山地处峨眉断裂带上，故而山形多变，造就了她千姿百态的万千气象，更有许多亭台楼阁与寺庙殿堂等精美建筑与自然景观交相辉映，可谓所经之地，处处美景！秀丽的景色我们也见过不少，而当畅游在峨眉的崇山峻岭之中时，却惊异于“峨眉天下秀”是如此地与众不同！那是一种雄浑、伟岸中蕴含着的俊美，是壮丽背景烘托出的秀丽，恰似亭亭玉立、仪态万方的大家闺秀！唯有这样的秀美才独具含蓄大气的鲜明特质。

烟雨金顶

吃过早饭，我们冒雨登金顶。雷动坪到登顶的索道口有 1.5 公里的路程需步行。沿路两侧都是销售旅游纪念品的摊点，商品中最美丽的是蝴蝶标本。我们是第一次看到这么多、这么漂亮的蝴蝶，其中不乏珍稀品种：有一种闪着暗蓝色荧光的名为“月光女神”的蝴蝶，形体不大，从不同的角度观看会呈现出不同的色彩，异常奇妙、美丽；而枯叶蝶则酷似一片干枯的树叶。一版标本上有七八只不同类型的蝴蝶，价格从六七十元到 200 元不等。摊主说有专人捕捉制作、专人销售。现在，人们在山野里已见不到蝴蝶美丽的身影了，彩蝶纷飞的图景只留在我们的童年记忆中。真担心再这么捕下去，美丽的蝴蝶不就绝种了吗？

上山的游客络绎不绝，有许多来自南方和海外。他们胸前捧着大把的花束，以鲜荷花为主，还有其它鲜花与绢花，以及一米多长的“高香”和硕大的蜡烛，身穿灰色长袍的出家人也成群结队地涌向金顶。来到索道入口处，买了缆车票（上行 40 元，下行 30 元），排队等候分批上去。我们等了十多分钟进了大缆车。吊箱内几十个人装得满满当当，游客们前胸贴着后背站立着，多数人根本观赏不到窗外的风景，看到的都是别人的后脑勺，真有一种羊群被驱赶到笼中的感觉。缆车中人声鼎沸，不到五分钟缆车就到了金顶。这么短的距离、这么糟的乘车环境，如此贵的票价是何道理？

金顶高踞于壁立千仞的山巅，但山顶却是个十分平坦、宽大的广场，视野无际。这里曾是普贤的道场，整齐、宽大的台阶通向高处的平台，台阶两侧六牙白象（一头象长有六只牙）列阵，一座直径约五十米的基座雄立中央，其上是四头金象，背上安放着巨大的莲座，托起了高 48 米的四面十方普贤金身像，他目光微低，神态慈祥，金光四射。据说，普贤爱象，因“行之谨审静重莫若象”。雄伟的殿阁分列四围，庄严、肃穆，金碧辉煌。此时尽管冷风飕飕、浓云滚滚、密雨泼洒，天地白茫茫一色，心里却不由生出一种超凡脱尘置身天国的感觉。我们的衣服很厚也冷得够呛，但拜谒佛祖的游客们依然鱼贯而至：一队队善男信女列队于佛前顶礼膜拜，吟诵佛歌；一队出家人穿着统一的灰布长衫，背着上香的大布包，绕着佛祖金像念念有词地转了一圈又一圈。还看到一位已不年轻的妇女登一阶一叩首，直至佛前。这一百多个台阶走上去尚且累得够呛，她却一阶不落地叩头到顶，敬佛之心精诚可鉴。这里香火甚旺，上香也得排队。我们虽不信佛，但也被这种氛围所感染，甚至羡慕他们有如此虔诚的信仰，猜想此时此刻他们的心中一定充满了敬畏、憧憬和幸福的感觉。

游完金顶乘观光列车去一座更高的山峰。下车后冒雨登阶上行约二十分钟，到达万佛寺。这孤零零的万佛寺高踞山巅，海拔 3099 米，为景区内游人可到达的最高点，是观云海及遥望群山的最佳位置。这里游人很少，只见两只松鼠旁若无人地在寺前悠闲踱步。此时依然烟雨朦朦，四望如海，身旁一层层、一团团的云雾时聚时散，随风飘动；天光时明时暗，云景倏忽万变。

群山由近而远呈现出深灰、蓝灰、浅灰和灰白不同的色彩的轮廓，层次分明，与奔涌相驰的云团共同创作出一幅幅绝妙的不断变幻的水墨画。这时回望远处的金顶，当云浪湮没了金顶山只留下金佛和殿阁时，感到它们完全“脱离”了山体，飘浮于高天云海之中，真是妙不可言，“天宫仙境”大约就是这种境界吧！

烟雨中的金顶、万佛顶留给我们的是一种圣洁、虔诚的感动，一种神秘、缥缈、静穆美的享受。

宏伟万年寺

乘索道上万年寺，票价虽与登金顶相同，但感觉迥然不同。缆车设施很好，漂亮、干净，乘坐舒适；其运行时间长，可以从容观览四周美丽的景色。

万年寺的规模相当大，庭院重重，层层而上，建筑宏伟，仅殿式建筑就有观音殿、弥勒宝殿、大雄宝殿、巍峨宝殿、雄伟大殿等，还有一座造型别致的圣寿万年寺。寺内的普贤菩萨金像体量虽不大，却十分精美。寺前香烟缭绕。院内有一小水池（可能是放生池），池中趴着个人工做的大“青蛙”，当人对它击掌约三秒钟后，它就会发出“咕、咕”的回应，引得游客们都要尝试一下。

灵性猴群

我们住在清音阁一家新建的旅馆中。吃过早饭，女主人主动提出带我们去看猴子，说她是猴群管理员，我们惊喜不已！她特别交待不要带包，尤其别提塑料袋。不巧，到达景区正赶上旅行团集中游览的时段，一路上人头攒动，拥挤不堪，根本无法赏景，可猴群凑的就是这个热闹劲儿，因为人多了猴食才多。所以，猴群的造访是定时的，错过了这个时段就看不到猴子了。听这位猴群管理员说：峨眉山有两类猴，一类是峨眉猴，性情温顺，一般不会伤害游客；另一种是藏猴，性情暴烈，行为野蛮、彪悍，稍不顺心就会对人拳脚

相加，山里人都怕它三分，拿着扁担还打不过它们，要特别小心。她说：“你们运气好，今天来的是峨眉猴。”我们这才放心了，也买了两袋猴食交给她，一起挤进人群。但见两面山坡上的二三十只猴子，有的占了游道，向游客索要食品，拿到食物或抢到塑料袋后撒腿就跑，几只猴子随后紧追不舍，在山坡上蹿下跳、边跑边叫，非常热闹！这些猴子一点也不怕人，可能把人已看做它的同类了。我拿了一把猴食走近蹲在木栏上的猴妈妈身边与它合影，猴妈妈灵巧地一把拿走了我手心的食物，动作快而轻盈，我手心没有触碰感。它大口地嚼起来，而怀中的小猴对食物没有丝毫兴趣，一眼就盯上了我雨帽垂吊的帽绳，它一只手紧抓妈妈，另一只小手伸到我胸前，不断地摆弄着帽绳，玩得很开心。母亲和孩子的关注点完全不同：妈妈想有食物才有奶水喂孩子，而孩子不愁吃喝，只对新鲜事物有兴趣，只求玩得高兴！

第一次和猴子零距离接触，它们那柔和的目光、轻盈的动作和机敏的表情已深深印在我们的脑海中了。我想，只有充满灵气的峨眉山才能孕育出这样充满灵性的猴子，而这般聪明的猴群又给峨眉山增添了无穷的灵气！

不和谐的音符

观览峨眉山秀丽的风光犹如聆听一支美妙、动听的乐曲，令人愉悦、陶醉！但在这优美的旋律中也掺杂着一些不协调的音符，让人惋惜！来峨嵋山的第一天，我们兴致勃勃地在雷洞坪留宿一夜，方便第二天上金顶，可这里的食宿状况却给我们当头一棒，是我们在四川之行中遇到的价格最高而条件最差的一处！当时是旅游淡季，可这里的价位似乎永无淡季，食宿依然很贵。我们选了一家较便宜的“全福宾馆”，一晚也要 120 元。所谓标准间，空间小得可怜，设施陈旧破烂，床铺又窄又短，低矮的窗户插销插不上，从外边一抬腿就可进入室内；空调、电话都是摆设，要么是空壳，要么打不开，破旧的小桌上摆着的电视机倒可以打开，可调来调去只有一个画面——漫天雪花。卫生间小且不说还没有通气设备，下水道的臭气熏得不敢开门。以上所言绝无夸大之处！无奈的我们只能对付着过了一夜！

这里饭馆也有特点，饭菜都统一标了价，每盘菜还标明了分量（多少克）张贴在墙上，看后很是感动，我从未见过这样规范化的餐馆！其实，这些完全是一纸空文。饭菜质次量少。例如，一碗清汤挂面，真以清汤为主、没多少面条，却要 6 元，比当时的许多饭馆贵出很多。看来，规定再好若不执行只能成为骗局。所以，希望来此旅游的朋友们最好别住这里。个人认为住在清音阁会好些：那里景点集中，除清音阁外，还有牛心亭、一线天、黑龙江栈道、清音平湖和生态猴区等，各景点之间相距不过一公里左右，每个景点的景观也有特点，可玩得尽兴；而且，清音阁旅馆众多，食宿有选择余地，不会像雷洞坪的食宿那么让人扫兴。雷洞坪的旅馆、饭馆之所以敢这么任性，是因为游客来到这前不着村后不着店的地方别无选择，只能任他们宰割。想舒服，除了舍得花银子直接上金顶的高级宾馆再无它法！

住农家旅馆也有烦恼。我们刚到万年寺就被一妇女盯上了，她热情地上前搭讪拉活，当她得知我们不住万年寺后，就立刻打电话叫来了她的“哥哥”，说他可以带我们走近道去清音阁。我重装在身也想少走些路，便跟着他在小路田边穿来插去，走了一段不近的“近路”才看到了清音阁。他说顺道先去他家新建的宾馆看看吧，我们这才明白了他带路的真实意图。这是家新开张的家庭旅馆，楼房很新，还没有店名，也没有营业执照，就开始接待客人了。设施、被子都是新的，但都是低档产品。主人自豪地告诉我们，他家的马桶盖放下去没有响声，让我们住在这里。不论怎样，人家带了路，房间干净，每天 100 元还说得过去，比雷洞坪强多了，也就决定住下来。哪想，睡到半夜三时许，窗外一声公鸡长鸣叫醒了我们，紧接着远近的公鸡都积极响应，狗也狂吠不止，此起彼伏的鸡犬大合唱折腾得我们无法入眠。清晨打开窗户一看，楼前的洼地是个鸡圈，养着一大群鸡，一股浓烈的鸡粪臭味冲进屋里，赶紧关上窗户。我们把这事告诉店主，他一脸的狐疑，好像在说：这有什么？很正常嘛！他无奈地把我们换到对面的房间里，噪音干扰、鸡粪的臭味这才有所减轻。这次的经历提醒我们，以后入住农家宾馆不仅要看室内设施，还要了解外部环境，看室外有无猪圈、鸡圈、旱厕之类的污染源；

闻闻有无异味；听听有无其它噪声侵扰。这些问题在农村不足为奇，但对游客都很重要，否则，会造成很大的麻烦，影响旅行生活。

在各个有名景区都将宾馆外迁的时候，我们看到峨嵋山的山民还在景区大兴土木修建宾馆，这也是不和谐的音符吧？

风情万种的峨眉山令人难忘，多么希望秀甲天下的峨眉山秀丽永驻！

寂静的瓦屋山

资料称：古代的瓦屋山与峨眉山齐名，分别为道教和佛教圣地，朝圣者终年络绎不绝。网上介绍：瓦屋山是花的世界、洞的天下、云的故乡、雪的摇篮、神仙的舞台、动物的乐园，拥有 72 条瀑布、24 个溶洞；还是观云海、日出、佛光、神灯的绝佳去处，我国最大的森林公园……如此丰富的历史文化背景和自然景观资源吊足了我们的胃口，遂将其作为四川旅游的重点之一；更受宋朝文豪苏东坡诗句“瓦屋寒堆春后雪，峨眉翠扫雨余天”的诱惑，在峨眉刚感受完“翠扫雨余天”的当日就直奔瓦屋山，去寻觅那“寒堆春后雪”了。

留宿瓦山镇

去瓦屋山的班车上只有我们两人是游客，邻座的年轻人是瓦屋山镇的村民。他看到我们身旁的大背包，知是来旅游的，便热情地介绍起镇里的食宿和去景区的交通来，并说他刚去过北京：“北京春天的风太大了，刮得人站不起。”看着他瘦小的身躯，我们都笑起来。到达瓦屋山镇时已近黄昏，班车司机建议我们去景区附近住宿，我们因不了解情况不敢贸然前往，于是决定留宿镇上，次日再上山。眼前的瓦屋山镇没有丝毫的古镇迹象，街道宽阔，两旁的五层楼房一栋接一栋，每层都有八九间房。第一层都是小商铺、小饭馆，俨然一座新城。同车的那位朋友热心地为我们介绍了住处：是临街一栋楼的四层，客房面积不大，设施简陋，但看上去用品都是新置的，也是标间格局，卫生条件还不错，比起峨眉山赫赫有名的雷洞坪 120 元 / 天的房间强多了。问起房价，女主人说:“20 元。”不会吧？再问一遍，还是“20 元”！几年来，不知住过多少旅馆，这可真是一个惊爆价！

放下背包去吃饭，那位同车朋友说村长家开的饭馆做的菜最好吃，我们欣然跟他去了。饭馆宽敞干净，摆着四五张桌子，没有客人。我们邀请朋友一起进餐，可他说什么也不肯，掉头就走了。我们刚在峨眉山游玩了三天，那里的菜贵、量少、质差，今儿坐车又折腾了一天，体力消耗大，肚子很饿，于是点了川味浓郁的回锅肉、麻婆豆腐和空心菜，还有青菜豆腐汤。不一会儿，饭菜都端上来了。厨艺果然不错，菜品看着鲜亮诱人，吃着喷香可口！只是没想到盘子这么大、菜这么多，本不想浪费，可怎么也吃不完。结账时也是 20 元！这荤素三菜一汤、两碗米饭怎么能这样便宜？未料又被惊爆了一回！

在住处楼前，跟一位来此出差的客人攀谈，他来这儿已两次了，说这里的人淳朴、热情，镇上治安很好，夜不闭户……我们庆幸途中能在这个小镇停留，领略如此质朴的民风。回到旅馆和女主人聊天，知道了古镇变新镇、老屋换新楼的缘由：瓦山集团计划在这一地区修建一座相当规模的水电站，要征用这个村子的土地，就用建新镇、盖新楼作为经济补偿。每户村民都分到了一层楼房，自己住不完的房间就做旅馆了。如今寂静的山村已变成热闹的街区。瓦屋山镇的巨变是中国农村发展变化的缩影。城镇化让许多农民获得了比农耕更为丰厚的经济回报和更为舒适的工作、生活条件，因而他们乐于接受这一现实。可是，作为农业生产的良田呢？永远地消失了！

当前，瓦屋山镇村民的身份难以界定：他们还有些土地，仍是农民；参加了瓦山集团的工程建设，也算工人；用自己多余的楼房开起了商店、办起了旅馆，又当上了老板。

从镇上到瓦屋山景区原本只有七八公里路程，路况也好，现因瓦山集团修水电站被淹没了，只能绕行 30 公里沙石路才能到达。这家旅馆的男主人有辆小面包车经营运输。他说去景区的班车每天下午才有。为争取时间，我们决定租他的车，单程竟要一百元，可我们别无选择。

去瓦屋山路上

次晨一早出发。一开车门，呼啦一下，五六位妇女上了我们的包车，她们是上山挖笋的，拿着锄头、提着箩筐，立刻把车厢填满了。我们弄不清她们是搭我们的便车还是要另付老板车费？看来，老板可比他老婆精明多了！

面包车从始至终行驶在泥泞的土路上，不断避让着大大小小的水坑、泥坑和路边的沙石堆，叫人无法坐稳。可沿途的风光不错：起伏的群山由近而远、由低而高、层层铺向远方，视线尽头的那座最为高大的平顶山峰便是瓦屋山。它一直在我们的视野中缓缓移动着，并且总是慷慨地把它那非凡的身躯完整地展现出来，让我们看了个真真切切。山体宏大、敦实，宽厚、沉稳；山顶那条天际线平直得跟瓦房的屋脊一样，整座山形恰似一座大瓦屋！有趣的是这一带层叠的山峦中，这样的山顶还有几座，构成了此地峰端的独特形态。

瓦屋山景区

颠簸了近一个小时才到瓦屋山下。不一会儿，又来了几位游客，大家一起乘景区的中巴车上山。汽车沿着宽敞的山间公路快速爬行。眼前的山峰高大、独立，毫无峥嵘险峻之态，尽显端庄雄伟之姿。山上覆盖着茂密的林木，枝繁叶茂，层层叠叠，苍翠欲滴，空气格外清凉。好舒畅啊，我们的心绪也随着山风在明净的绿波中飞扬。

汽车停在古佛坪，这是在半山腰被推平的一大片场地，建有停车场和一座规模不小的珙桐宾馆，是汽车的终点也是缆车的起点。为什么叫珙桐宾馆？我多说一句：珙桐是一种落叶乔木，为中国特有树种，因开花时两个大大的白色苞片酷似白鸽落在枝头故又名鸽子树。它分布区域不广，难得一见，而这里可看到它的身影而得名。尽管此处视野开阔，环境不错，宾馆设施也很好，还有漂亮的独栋别墅，可没见有客人入住，因为附近没有景点，景点都在山顶上，也跟当时是淡季有关吧。

我们买了上山的缆车票，提着大包钻进了缆车的吊厢。这段索道长1640米，高差七百余米，运行竟需半小时！嗨，又幸会了旅途中缆车行程“之最”！缆车在茫茫山林上空缓缓攀升，翻越过一个个绿色山巅。我们拿出食品饮料，从容地吃着喝着，欣赏着身下不断变幻的景色。第一次坐在流动的“空中餐厅”用餐，享受着恬静、优雅的环境，感到格外惬怀与浪漫！缆车升至终点，双脚踏上山顶的瞬间，扑面而来的景象顿使我们惊叹不已！瓦屋山似与其它山峰并无延连，它单峰独立拔地而起，陡高至两千八百余米，摩云擦天。山顶既不是山下看到的“一线屋脊”，也不是常见的乱石丛立、锐不授足的巉岩，而是高天间一处宽阔的大平台，面积达11平方公里。眼前起伏的山丘上古杉高举、杜鹃铺地。此时，山下已至季春，杜鹃花早已凋谢，可这儿艳丽、晶莹的花朵却争相怒放。一丛丛、一片片盛开的花儿洁净、美艳，温润如玉、灿若图绣，铺就满山，蔚为壮观，成了色彩缤纷的花的海洋！恰如白居易诗云：“人间四月芳菲尽，山寺桃花始盛开。长恨春归无觅处，不知转入此中来。”景象何其相似！

我们漫步在古杉当空的林间木栈道上，被漫坡的杜鹃花簇拥着，无比激动和兴奋！在杜鹃花海中挺立着的这些高大、苍劲的冷杉林，我以林业老兵的眼光看出了它们已届暮年，多数叶疏顶枯、皮鳞斑驳，衰弱的身躯上挤满了苔藓，浅绿的、橘黄的、灰褐的……像紧裹着的一层彩色丝毯，虽年已老迈，但其挺拔之姿、坚毅之态依旧不改！不知从何处飘来的野草种子落在高高的树杈朽木上，茁壮地生长起来，还开出了红艳艳的小花，玲珑可爱，宛若挂在树上的花篮。有了野草野花的美意装饰和亲切陪伴，垂暮的古杉树可以愉快而风光地度过余年了。此时，在偌大的高天山林中漫步的只有我们两人，尽情享受着古杉的爱抚、鲜花的拥抱，吸纳着芳香清新的空气，聆听着虫鸣鸟语，沐浴着习习和风，恍若身处"仙境"，使人陶醉，令人销魂！

在杉林花海中徜徉了约半小时，来到一处紧临千仞深崖边上的大平台，悬崖叫"象耳崖"。平台上有一座两层木楼，楼后还有几幢别墅，这里是山顶唯一可住宿的"象尔山庄"，今晚我们将留宿这里。接待室里空无一人，过了好久才等到一位服务员，把我们安排在木楼内一个五人套间（每张床标价 88 元，淡季优惠价 50 元）。远看这座木楼还挺气派的，楼内却肮脏异常，木质地板和墙板上都积着厚厚的陈年污垢。室内光线昏暗，抬头从木板墙的缝隙里可观瞻屋外的杉林，低头从木地板缝中可看到地面的杂草，真有点在外露宿的感觉。外屋有一张摇摇晃晃的桌子，三张床，里屋两张，每张床上都有两条很脏很重的被子，一个脏枕头。房里冷得待不住，怎么办呢？既来之，则安之吧！

放下背包，去餐厅吃饭！不料，却被服务员告知：淡季不供应饭菜，让我们去小卖部买方便面吃。我们在“下榻”的“山庄”里享受到的唯一服务，就是两暖瓶泡方便面的开水。我们把泡面端到象耳崖边的石桌上，就着蓝天白云、远山近树大吃起来。在这尘外幽境中用餐，虽是一碗简单的泡面，也吃出了佳肴的味道来，格外香美！

填饱了肚子，拿出门票上的导游图细看，才发觉这里已开放的景点较少，资料中宣传的那么多景点也许以后会开发吧？我们沿着林中一条游道上行，两旁依旧是茂密的杜鹃树丛和稀疏、苍老的冷杉林。这种景观也许会让一般游客生出衰败、苍凉的感受，而在我眼里，却是千载难逢的了解森林演替的宝贵机会。透过山林，依稀可见远处青灰色的群山轮廓。不一会儿，林中传来“哗、哗”的流水声，循声疾步，见一股巨流从高处奔腾而下，越过一座小桥冲向崖边。桥旁一木牌上标示：“地球第一长瀑布”，原来长达 1400 米的兰溪瀑布就在前方！可这里位于瀑布之顶，但闻其声而不见其身。我们沿着崖边绕至瀑布侧面，走了很远再回望，才透过林木枝叶的间隙窥见一条细细的白丝带从远处壁立万丈、深不见底的山崖顶端垂下数百公尺，听不到响声也看不全瀑流，我们来回奔走，想找到一处能观赏瀑布全貌的地方，结果不是被林木阻断视线，就是被下端的山崖遮挡了瀑流，最终只看到了这一“地球之最”的半个身子，不知它最终落脚何处？十分扫兴。心想：总不会是有意给游人留下个悬念让去想象吧！如此有价值的景观竟没有提供一个合适的观景位置，这是规划人员所犯的一个大而低级的错误！带着遗憾继续前行，想去光相寺游览，迎面碰到两位游客说那里正在维修，路断了无法通行。我回头又沿着象耳崖下一条宽而浅的溪流走向森林深处，在小河的引导下绕过了几处不高的丘地。一路上除了潺潺的水声和自己的脚步声外听不到其它声息，倒也逍遥自在。突然，头顶上“呼啦啦”的一声吓了我一跳，原来是我惊动了林中小鸟，把它吓飞了！走了约半小时，没见一个人影。越走林越深，光线越暗，寂静得令人生畏。此时，路旁出现了一块醒目的“保护野生动物”的警示牌，让我心里一惊！是什么野生动物？保护它我绝无问题，但它肯保护我吗？我赶紧调头原路返回了。

早上来的几位客人都下山了，服务员们一直在屋里打牌。只有我们两人在山间木板小道上来来回回地转悠着，屋里太黑太冷。打个电话和亲友们聊聊天吧，山庄却不通电话；那就发个短信吧，但上上下下地跑了一阵也难以寻找到“中国移动”的信号。直到下午 6 点才上来了一对六十岁左右的夫妇。

他们住进后边的别墅里，但见荒野里的几幢房屋空无一人，吓得又换到木楼中来，成了我们的邻居。此刻，瓦屋山上只有四位游客，真是难得的清静啊！

当西边的彩霞在山顶消失后，天空立刻变成了乌蓝色。我们坐在千仞绝壁边眺望，天宇无涯，山下的景物都变成了微缩景观，有身在天上俯瞰人间的幻觉。夜色中远处水电站的工地上灯火通明，而瓦屋山上却这般黯淡寂寥，只有林中传出的啄木鸟啄击树干的“嗒嗒”声，说明这衰老的杉林中虫害已相当严重了。山下水电站夜以继日施工的火热场面，与山上日趋衰败的冷杉老林的凄凉晚景形成了鲜明的对比，让人心绪黯然！听说，水电站工程和瓦屋山景区都由瓦山集团承包管理，何故遭此截然不同的待遇？

回到房间休息。这一夜睡得非常辛苦。山顶气候湿冷，屋内四壁透风，唯一的取暖设备是电热褥。我们在十床脏被子中反复对比，选了两床脏得不太厉害的，又在其上再压两床，这才解决了保暖问题。旱厕在楼外偏远的角落，夜里上厕所的辛苦更可想而知了。

窗外稍稍泛白，我们就起床了，穿上所有衣物到崖边观日出。站了不到五分钟就冻得瑟瑟发抖，赶紧又罩上雨衣、戴上雨帽，浑身上下裹得紧紧的才挡住了逼人的寒气。红日刚刚从远山后冉冉升起，一下子又被涌过来的云

层遮盖住了。虽未看到日出，但此时的天空依旧迷人：霞光从云缝里钻出来

辐射出扇形的金色光束，倏然跃起数千尺，把白云、蓝天染成了紫红色，给山林披上了金色外衣；远处的水面泛着银光。居高临下，四野无涯，一幅由云天、霞光和山水构成的宏大而绚丽的画面，深深地震撼着我们的心灵。

瓦屋山之游，虽然设施和管理上的缺憾给我们带来了一些不便，但它自然景观的壮美和神奇已深深地刻在了脑海中，因而更产生了深深的隐忧。我最担心的是瓦屋山顶植物景观的前景。森林植被是山岳的衣着和饰物，名山的森林景观与人文历史共生共荣，缺一不可。瓦屋山顶的植被是以藓类、杜鹃和冷杉为主体构成的独特群落，曾伴随着这座道家名山度过了漫长的岁月，赋予此山灵性。但是，今天植被的稳定性却面临着严峻的挑战。这里的冷杉林已是濒临死亡的过熟林，更可怕的是老树下没有冷杉幼树接替。预示着一二十年之后山顶的森林构成将发生本质的逆转，过熟的冷杉林可能会消失，而被杜鹃和其它阔叶树种所取代。缺少了冷杉的瓦屋山顶，她的仙气、灵气会受到重创，她厚重的历史文化积淀和景观环境的和谐与统一也会遭到极大的破坏！那时，瓦屋山原本的形象将不复存在，这是多么可怕的未来！唯愿我这“乌鸦嘴”的预言永远不会变成现实。瓦屋山有过辉煌的过去，也该有美好的未来。

温馨雨城——雅安

下了瓦屋山即赴雅安市落脚。这里食宿环境好，周围景点多，什么蜂桶寨、喇叭河、芦山龙门……真有点不知何去何从了。最后，从中选了蒙顶山、碧峰峡、上里古镇和望鱼古镇四处。

雅安是沿青衣江而建的一座不大的城市，两岸由数座大桥连通。这里江面宽阔，水流徐缓。江边古树粗壮、绿荫如盖，翠竹摇曳，风景幽雅，是雅安人的主要休闲区。其中一座近百米长的跨江大桥上建有宏伟的古典长廊；廊下商铺众多，成了一条繁华的旅游商业街，是市里壮观而靓丽的一景。晚上，城里的几座桥都被灯光装饰得绚丽多彩。

受雅雨、雅女、雅鱼的吸引，我们在雅安住了 4 天，对这三雅文化只

有点滴了解：雅安是四川降雨量最多的地区，一年中有三分之二的时间在下雨，年均降雨量一千八百毫米左右，故有“雨城”之称。可惜，当时天气晴好，未能观赏到烟雨苍茫的雅景；但也遇到短时小雨，飘飘洒洒、凉爽而清新，算是“雅雨”吗？要说“雅女”，本没有特别关注，倒是有幸得到一位秀外而慧中的女士的热情帮助，感受到了雅女之美。一到这里，我们就按网上信息找寻那家有名的“哒哒面馆”，问路人，答案不是不清楚、就说是搬了家。后来，问到一位刚下班提着蔬菜回家的女士，她当即停下急匆匆的脚步，详细介绍了本地的名小吃，还推荐了“蓝师傅哒哒面馆”。说罢，她转身就要带我们去，当我们得知还要走一段路才能到时，不忍耽误她太多时间，谢绝了她的好意，可她担心我们找不到，就拦下一辆三轮车，操着当地口音替我们砍价。车主要三元钱，她说那里不远，又是下坡路，两元就够了。看着我们坐车走了才离去。这位雅女的友善、热心和那秀丽娴雅的模样深深留在了我们的心里。我们在这里还遇到了一位同样热情、亲切的“雅男”。那时，我们下了蒙顶山同在牌坊门前等车回雅安。班车久等不来，我们就拦住一辆出租车，司机开口要 25 元，旁边一位壮实的年轻人说太贵了，这段路不超过 20 元。刚巧，班车也来了，我们就一同上车了。他见我们是一对来此旅游的老人，便介绍自己姓刘，并把手机号留给我们，让我们碰到困难时给他打电话，语气和善诚恳。我们顺利地完成了雅安之旅回到成都后，给他发了一封短信告知我们的情况，并对他的热心表示感谢；他回信说自己没做什么，力所能及地关心帮助老人是年轻人应尽的义务，并告诉我们以后在四川的旅途中有困难仍可以找他。2008 年，汶川大地震波及到雅安，我们发短信问候，他回信介绍了当地情况，所幸他一家人平安。虽是旅途中的偶然相遇，这位雅安的小刘却也让我们难以忘怀，并时时牵挂着他！

哒哒面是雅安的普通面食，因拉面时面条甩在面板上发出“哒哒”的声响而得名。“蓝师傅哒哒面馆”只一间门面，室内很整洁。有拌面和汤面，我们要了汤面。汤面配料讲究，味道多样，每碗 4~5 元。小菜也有好几种。我们最喜欢吃三鲜哒哒面，汤里有竹笋、野菌等山珍，味道非常鲜美。我们去吃过三次，现在想起来还馋涎欲滴呢！红房子的“谢鸭子”也非常好吃。粥品很多，配粥的小菜味美、价廉、种类多。雅安的小吃尤其多，可惜我们老了，胃口有限，无法一一品尝。雅鱼是此地特产，许多饭馆都有“野生雅鱼100元一斤”的标牌。本想品尝一次，但终究没有付诸现实。心想：这么珍贵的鱼，怎么大小饭馆都有？这种疑心是源于有过“一朝被蛇咬”的教训：三年前和朋友们去海南的兴隆游玩，在一家海鲜店就餐时，想品尝一下鲜鲍鱼，端上来是一只灰黑色外壳的东西，里面有几块肉丁，吃了一块，并未尝出有何鲜味，这就花了两百四十多元。后来在一家工艺品商店见到一种光彩夺目的贝壳，问老板为何物？答曰“鲍鱼”壳。啊？怎么和我们吃的那么不同呢？才知上当了。这回吃雅鱼，会不会再被“蛇”咬一口？出租车司机也说，饭馆里的大部分都不是野生雅鱼。所以，我们至今还不知道雅鱼的味道。

附：我们在网上发表此文后，“雅男小刘”回帖说，希望我们再去雅安，他请我们吃雅鱼！祈盼我们还有机会能再见到热忱的小刘，吃到正宗的雅鱼！

茶文化大全——蒙顶山

到雅安的第二天，就在旅游车站乘上去名山县的客车，到蒙顶山大牌坊前换乘农民的小面包车去景区。游客好像只能乘缆车上山。坐在缆车上四望，从山脚到山顶全是梯田式的整整齐齐的茶园。一片片绿油油的茶田中，插着标有经营单位名称的木牌，有企业的，也有事业单位的，记得一块牌子上写着“北京老舍茶馆”。我们是第一次感受如此大面积的茶山茶园，挺新鲜的。到了山上住在那里唯一的留宿处——银杏宾馆，标间设施好，可价格不低（赶上周末要 220 元 / 日，平时 180 元）。卸下背包在山上餐厅吃了午饭，两菜一汤，川菜味道浓香。下午沿环山游道游了一圈，才发现景区面积不大，两三小时就可游完，根本不需要住宿，可已订了房间，就多玩玩吧！山顶茶神

庙周围的那片古银杏树群高大挺拔、苍翠秀美，树下设有露天茶座，是游客品茗休息的地方。景区游道沿山而建，山上林木茂盛，遮天蔽日，观赏视线常被阻断。林间穿插着小片茶园，路边的不少石景倒也有趣。因天气晴朗，故而看不到“终年云雾缭绕”的特有景象。山顶还建有红军纪念馆和纪念碑。

总体而言，蒙顶山景点不多，景观不算丰富，但茶文化的主题却十分鲜明。遍布全山的片片茶园就不用说了，还有千年古茶树、茶史博物馆、皇茶古园、古井、售茶点、品茶的茶座广场以及为游人演示现场炒制新茶的作坊。不少茶农把自制的茶叶挑到景点来销售。整个蒙顶山，处处都能感受到浓浓的茶韵、茶香和茶文化氛围！虽没有赶上观赏清明前后茶女采茶的场景，但也开了眼界，领略了茶园风光，了解了中国茶文化的知识，有收获！如果您是冲着观赏绮丽风光而上蒙顶山，我想，那就不必了。

峡谷样板——碧峰峡

雅安的碧峰峡因峡谷内山林葱郁、翠色扑面而得名。其实，大自然中的碧峰之峡并不罕见，但这个峡谷的美，是我们始料不及的，是走过的峡谷中内容最为丰富、特色极为突出的一个。所以，是我眼中的峡谷样板！我的旅行经历有限，这样称呼它，仅为个人一得之见。

2007 年 5 月 21 日，我们在雅安旅游汽车站路口乘小巴车前往碧峰峡，景区距城区仅有七八公里路程，汽车沿山谷上行，不久就到了山顶，一片开阔的广场，中央兀立着一座宏大的建筑——旅游接待大厅，别无它物。因为是旅游淡季，没见到几位游客，也看不到峡谷的踪影，显得相当冷清。我们在大厅里买了参观券，参观内容包括：峡谷、熊猫研究繁育基地，还有号称中国第一处生态野生动物园。拿着票就在大厅内一侧乘电梯直落百米，走出电梯已深陷峡谷之底了。举目四望，奇峰林立，拔地而起的百米山壁直插苍穹；林木苍翠茂密，层叠幽深；山石缝中渗出的涓涓细流在谷底汇成一条洁净的小溪。峡谷景区由两条山峡组成：左峡长 7 公里，右峡长 6 公里，串连成一条闭合的游道，高高低低地徒步一圈要 13 公里，最后才能回到原点。对老年人来说，绝对是一次严峻的挑战，我们决定迎战！沿着山边切出的石阶小道曲曲弯弯地上行，只见两崖夹峙，天光一带，茂密的林草蒙蔽了山谷。峡谷中最具震撼力也最让我兴奋的是众多的瀑布！一路走来时有瀑布相迎，什么鸳鸯瀑布、千层崖瀑布、青龙潭瀑布、白龙潭瀑布、三叠瀑布，还有若银丝织就的纱幕，如串珠垂挂的珠帘……瀑形各异。据说，景区内大小瀑布

72 处，是碧峰峡一大特色！谷底巨石丛立，石面光润洁净，凹凸有型。峰间流泉跌宕，触石飞花，山鸣谷应；水流清澈见底，水下石头的颜色及花纹清晰可鉴。我们一路眼观瀑流石景，耳闻风声水声，脚下却一点也不敢怠慢，在这十多公里的陡险山路上上下下，须时时提防受伤，小心摔倒。在山里赏美可真累啊！

我们走出一个峡谷已感脚力疲乏，老伴在山下和当地一位老太太聊天、休息，我则继续登上山去，观看位于翠屏山巅的碧峰寺。此寺始建于唐朝，后来被毁，现在的这座寺庙规模不大。在此，我只见到两位游客，无人上香，显得萧条。

下山后，我们来到了碧峰峡著名的大熊猫研究繁育中心，据介绍，这里生活着二十多只大熊猫，这次有机会近睹它们的芳容了。据说，公元1869年，法国生物学家阿尔芒·戴维在雅安首次发现大熊猫，距今不过百余年，可它却早已名震全球，为世人所钟爱。不巧的是正赶上大熊猫的午休时间，多数在午睡，见不着。

熊猫是国宝，必然享受着国宾般的待遇：生活在清幽、洁净的环境中，住着精致的童话般的房舍，还有自己的后花园。一间尖顶矮屋里，两只熊猫宝宝四脚朝天地躺在地上，抱着一把竹子啃食，无论游客怎样热情问候，人家都不屑一顾；室外还有两只稍大的熊猫在树石间悠闲地踱步，对游客兴致勃勃地招呼同样不予理睬，显得十分高傲，国宝们可真牛啊！另有一只体态硕大的熊猫，据说是大名鼎鼎的盼盼，作为1990年北京亚运会的吉祥物曾红遍世界。现在，盼盼青春已逝，不复当年电视中的风采，27岁的高龄相当于耄耋老人了，行动迟缓，老态明显，作为功臣在这里安享晚年。一位年轻人边看边感叹：“我要是熊猫该多好啊！”他的同伴调侃道：“你要是熊猫，就成不了国宝，也没人想看了！”

告别国宝大熊猫后继续穿行峡谷中，还第一次见到了悬棺，也就是岩葬。这是此地羌族人的习俗，认为死者身体悬空，灵魂可以升天，所以，把先辈的棺材安放在千仞卓立、寸草不生的绝壁之上，常人根本无法触及。我仰面搜索了许久，才看到了在高高石隙中的几口棺材，由于位置过于高远，看上去只有火柴盒大小。把重达数百斤的棺椁放进这高过百尺的半山壁上的缝隙里，没有非凡的才智和勇气是无法完成的，足见生者的智慧及对逝者的崇敬！

顺谷下行，不久就到了摩梭女王园。摩梭人是一个未识别民族，主要聚居在泸沽湖一带，在雅安的碧峰峡里怎么会有摩梭女王的园区呢？这得先说段历史：在半个多世纪前，四川为了睦邻安邦，将雅安的汉族才女肖淑明嫁与泸沽湖的摩梭王，成了摩梭人的末代王妃，实际上是摩梭母系氏族社会的女王，被誉为原始社会的“最后一朵玫瑰”。肖淑明是一位传奇人物，因年少才貌双全而被摩梭王看中，芳龄16即奉命远赴泸沽湖地区和亲。临行时，她带了五十套小学课本和一架脚踏风琴，这位亲善大使小小年纪就把传授文化知识作为大业，真是聪明可贵！她在泸沽湖建立了第一座小学，而第一位学生便是她的丈夫摩梭王。她勇敢、泼辣，聪明过人，帮助丈夫处理政务，还带兵打仗，深得摩梭人与丈夫的爱戴，土司大印就掌握在她的手中。因为这段历史，解放后她曾被判入狱8年，于1987年平反，恢复了公民权。此后，她一直为泸沽湖的发展奔走。后来，她来到碧峰峡，摩梭女王园因她而建，成为展示摩梭人的一个窗口，她又担当起旅游大使的重任，于2008年因脑溢血去世，享年81岁。摩梭女王园以峡谷的自然环境为依托造园，园景具有摩梭特色，风光雅致秀丽。我们在此还观赏了身穿漂亮民族服装的摩梭女孩的优美舞蹈。

当我们来到滴泪瀑布前时，不知不觉已经在峡谷中奔波了四个多小时。此刻，老伴的膝关节已相当疼痛，体力也有些不支，坐在瀑前的石头上不想起来，担心自己走不出峡谷。我忙说:“你可不要和瀑布一起滴泪啊！”好在她能坚持，休息了一会儿，终于走回到了起点，乘电梯升顶了。

我们本该接着去野生动物园，听说那里可以坐在车里与狮、虎、熊等猛兽近距离接触，看到狮子的根根胡须，看到趴在玻璃窗上黑熊的红舌头和呼出的白气，一定十分刺激，可惜天色已晚，无法前往，只好退了票。很后悔来前对景区的食宿未作深入了解，不知景区内有众多的各种档次的宾馆和农家乐，先在雅安定了房，使游览未能尽兴，有所失落地返回了，可碧峰峡独特而多样的美丽给我们留下了深刻的印象!

田园画卷——上里古镇

我们去过一些古镇，最接近心目中的古镇形象的要算上里古镇了。

上里古镇位于雅安市雨城区北部 27 公里处，在进入古镇之前就为它所处的绝妙地理位置而惊叹不已，真乃天赐宝地！远望，数座浑圆、苍碧的山头均匀地环立四围，护卫着坐落于一片宽阔而平坦的土地上的古镇。青翠的远山渐渐俯下身来，款款地伸向中心，缓坡山麓被开垦成层层梯田，再向内沿伸就变成了平坦、肥沃的农田，在绿油油的菜地里，两位农妇正在躬身劳作。一条宽阔、清浅的河流环绕古镇边缘静静地流过，平缓的滩岸上有几处如鲸鱼背般大而平的巨石露出水面，成了极好的临水赏景和亲水的平台。一些人坐石品茶聊天，几位年轻人坐在小马扎上写生。鸭群也有一席之地，它们卧

在光光的石面上安闲地梳理着羽毛。河边绿树披岸，树下有人在垂钓。远处一座巨大的水车把河水一斗一斗地提上来，倒入小渠中浇灌农田。

环镇的河流上均匀地架着十余座渡桥，除了几座高大、坚固的新桥外，其余的都是老旧的石板桥和拱桥，它们彰显着古镇悠久的历史。最有名的一座叫二仙桥，是座石拱桥，桥身高而宽，桥体薄薄的，桥洞比人还高，呈半圆形，桥形秀雅大方。据说二仙桥始建于乾隆年间，现在的桥是公元1776年重建的，距今也有两百多年历史了。由于它地处镇子边缘，少有人经过，似乎也没人理会它，桥身已相当陈旧灰暗了，桥面的石阶缝里挤满了野草，桥侧覆盖着青苔，垂吊着一串串藤条，像一位年迈而不修边幅的衰翁。真为它的未来担心啊，如再无人呵护，这位“老翁”恐怕也不久于人世了！有的古桥是用窄窄的石条搭建的，若两人迎面而行，则需侧身擦肩而过；有的因为年久失修，桥面变得高低起伏，成了折桥，走起来虽不方便，可古韵十足；还有一座水坝，坝顶设有一个个石台，河水从石台间流过，妇女们蹲在石台上洗衣，当农夫挑着担子经过时，她们忙起身让路，彼此打着招呼……这久违的朴素、自然的生活画面，亲切、和谐得让人心动。

跨过渡桥进入古镇街区，脚下的青石板路光亮圆润，迎面是个小广场，尽头耸立着一座精美的古戏楼。悬挂着“首届雨城乡村诗会”的大幅标语，

小镇崇尚文化之风让人刮目相看。广场两侧的房屋多为灰瓦木结构的两层小楼，简而不陋，门窗护栏都用木格装饰着，十分悦目。上层住人，门廊前的绳子上晾晒着一排排金黄色的玉米棒；下层是商铺，门楣上挂着“老东西”（旧货铺）、“鸾凤和鸣”、“蘭来苑”、“明泽苑”等文绉绉的老旧招牌，店里经营的商品也多是当地的食物与传统生活用品。由于光顾的人不多，一些店老板翘着二郎腿坐在门前的方凳上打量着过往的游客。一位大娘在店门口的小碳火炉上煎玉米饼，黄灿灿、香喷喷的，老伴忙掏钱买了两个，外脆里软，满口新玉米的醇香。这里受迅猛发展的现代社会的影响不太明显，似乎还延续着以往简朴、传统的慢生活方式，很是难得。纵观古镇的里里外外，就是一幅幽雅古朴的画卷。在视觉上，最能彰显古韵风采的是那些老建筑：高大的双节孝牌坊、九世同居牌坊、文峰塔、舍利塔、古磨坊和古院落等。眼前这些建筑都已变得灰头土脑，棱角已被打磨得模糊不清了，像是一张张对焦不准的老旧照片，可那独特的造型和精细的一丝不苟的做工依然没有被岁月的风尘所掩盖，足可显示他们的悠远的历史和不凡的身份了。更让我肃然起敬的是它们所彰显的忠孝、仁义的宗旨，我不把它们看作是维护封建统治的精神枷锁，而是做人的道德规范！

著名的韩家大院，我们看了两处。看过街上的大院后，又返回公路去看郊区的那处。在公路上走了一阵，插进一条乡间小路，越过一个山丘，在山丘背后才找到了这个隐藏得很深的院落。当初他们为什么选址在这么偏远的地方呢？这处韩家大院建于清道光年间。在满目尘埃的破落大院门前，一位老太太笑迎上来。她说她是韩氏后人，韩氏家族原籍陕西，远涉四川经商，经过几代人的努力，建起了三处大院。作为陕西人的我，很为老祖宗自豪！川陕商业经济往来已久，在我父亲的回忆录中就有这么一段：“陕西关中的孩子在学堂读三年书，粗通文字、学会了珠算六二五加法和狮子滚绣球后，就算具备了下四川学生意的条件。乡上有几位大财主在四川开设了不少商号。”可见，那时陕西人下四川经商已成风气。他乡遇老乡，我立刻兴致勃勃地操着陕西腔与她交谈，可回应的却是满口地道的四川话！看来，老祖宗的语言她听得懂，却完全不会讲了。虽然她乡音已改，可对来自祖籍的乡党却热情有加。带我们进了院门，庭院不很大，建筑却相当高敞，造型和用料都十分考究，几乎是逢木必雕，门窗梁柱雕工精细，花样繁多，寓意深长。老太太仔细地介绍着那些房屋、陈设与雕饰的历史和含义。来到一个不大的供桌前，上下左右却装饰着十多幅透雕，老太太津津有味地讲了七八分钟。我们怀着复杂的心绪告别了老太太，离开了韩家大院。

在返回的中巴车上我问自己，上里古镇留给自己最深的印象是什么？一是得天独厚的农耕条件，二是如诗如画的优美环境，三是悠久的文化历史底蕴，四是还保留着朴实的传统观念和生活方式。不像许多古镇原有的古风古韵早已被浓厚的商业气息所淹没！所以，想感受古镇风情还是来上里吧！

神奇的九寨沟

在成都休整了一周，为四川之旅的最后一线——九寨与黄龙养精蓄锐，储备了体力。这是我们下四川的压轴节目，所以，更要游得快乐、玩得尽兴，留下最美最深的印象。从成都去九寨可从天上飞（至九黄机场），亦可地上跑。我们选择了后者。这段路程约四百八十公里，主要是崎岖山路，坐大巴需要十个小时左右，是我们四川之游旅程最长的一条线路，明知会比较辛苦，但想到一路都在美景中穿行便觉得吃点苦也很值得。

2007 年 6 月 11 日清晨，我们在成都新南门汽车站乘车前往九寨，车况不错，心情更好，又坐在第一排，沿途景色将奔来眼底，想想都快乐无比！但是，没料到竟出师不利：先是行至都江堰以北地段，赶上了隧道维修，长长的车阵走走停停，本就耽误了不少时间，更有许多小轿车不断加塞，使旅游大巴举步维艰；过了隧道刚走顺了，一进汶川，又遇到山体滑坡，土石掩埋了公路，“车龙”只好在沙尘飞扬的狭窄便道上摇晃着缓慢爬行。接近中午，汽车终于摆脱了困境，驶上了大路，车速这才快了起来。两侧的远山渐渐向公路靠近，最后合拢为一个山口，汽车进入山区。一条大河在山谷中奔流，这是岷江。汽车逆流上行，江面越来越宽，最后变成了长型的湖泊：两岸层峦叠嶂，湖中一桥飞架，影落水中，随波摇曳，景色美丽动人。汽车驶过高高的跨湖大桥，钻入陡险崎岖的山间，行驶在半山仄径上。但见两峰夹峙，谷底深幽，一带泯江滔滔而下。山渐高，林渐密，谷渐深，路渐窄，景渐幽。一些路段不仅崖壁陡峭且山体构造疏松，见有落石当道滑沙成堆，顿时搅乱了我的赏景兴致，担心起前路是否安全。

在一处比较开阔的地段，路旁有几家小商店和饭馆，这里已经停着好些旅游车了，我们的大巴车也停下来休息、吃饭。不远处有个厕所，看上去十分简陋，但有人把守，且收费不菲，可从车门里急匆匆跳下来的人，都顾不得这些了，这才叫乘人之危！吃过饭的游客们，围观路旁四五头牦牛，它们形体矮小，角上系着红绿绸带，全身披着雪白的长毛，大而圆的黑眼睛流露出温柔的眼神，顺从地站在主人身旁，漂亮又可爱，大家争相骑牛拍照。稍事休息后，我们又上车前行了。

天色渐暗，司机急忙提速赶路，但不久又突然停了下来。隔着车窗向前看，一辆接一辆的大巴车泊成了长阵，原来是一辆大“灰狗”在前面的窄路急弯处，后轮掉进排水沟中动弹不得，把路挡了个严实。司机们纷纷下车走到前面出谋划策，似乎也没什么效果；又打电话请来了交警，大约过了半个多小时路才被疏通！接着，汽车驶上了山顶的森林带，再沿着陡险的九曲弯蛇行而下。这时天已黑透，除了车灯照在路上的光束外什么都看不见了。从清晨走到了天黑，怎么还不到啊？真是又急又累！远方终于出现了成片的灯光，经过了几处灯火辉煌的地段，我们乘坐的车总算进了汽车站。看看表，已是晚 9 时，整整 12 个小时的车程！

我们接受司机的建议住进了属于同一交通公司的三星级宾馆（就在停车场院内），可享受优惠价：120元/标间（含早餐）。宾馆很大，方方正正，中间是个大天井，设施不错，服务一般。进了房间，急忙打开背包，拿出食品，先安抚骚动不安的肚子。行前，网上许多人说：九寨吃饭难，食物也很贵。所以，我们准备了方便面、面包、点心、酱菜、果酱、牛肉干、火腿肠、奶酪等，背了一大包。其实，景区外小饭馆很多，看了看牌价也不是很贵。带了这么多食品，就在这天晚上发挥了作用，剩下的总不能扔了吧，结果吃得让人都没了胃口！

九寨沟的名气大，游客多，吸取网友的经验，要赶在旅行团之前进入景区。我们天蒙蒙亮就起床，在宾馆吃过早饭，步行10分钟到了景区大门。门前是个大广场，广场右侧竖立着一方巨大的荧光屏，不断地切换着九寨风光的画面；左侧是一座时尚的建筑——游客中心，一大片漂亮的绿地装点在门前，宽大而通透的景区大门就在广场尽头，铁栅栏门上“九寨沟”三个大字格外醒目。我们在售票处买了门票（220元/人，60岁以上者减50元）及观光车票（90元/人）。一张门票可使用两次（欲二次进沟者在买票时需声明，并就地拍照印在票上），但观光车票还需再买。我们办了二次进沟手续，两人总共花了700元，票价不菲，就这还是享受了优惠的。

九寨沟景区处于一个Y形的山谷中，一进大门的这条沟叫树正沟，长14公里，然后分为两个岔道：左侧是则查洼沟，右侧为日则沟，沟长均为18公里。多数景点分布在树正沟与日则沟内。

景区大门内整齐地停着一排豪华大巴，游客随上随开。车体宽敞，内外洁净，台阶低，上下方便、安全；司机着装整洁、统一，每辆车上都配备了一位身穿藏装的年轻漂亮、训练有素的藏族导游，一路为游人介绍景点、照应游人上下车。他们热情、大方，服务亲切、周到，同车的一位坐在轮椅上的瘫痪老人，都是导游帮老人的晚辈抬上抬下。目睹了这位老者弯曲变形的双手，听到他含混不清的语音，不由心生感动：老病至此还有兴致到遥远的九寨一游，让我们对老人及其晚辈肃然起敬。此外，也表明了九寨不愧为五星级景区，人们对它的美景如此向往、对它的设施与服务又是如此地信任！

我们乘车直达日则沟的终点——原始森林景区下车，自上而下地游览。这时，阴云密布，天色灰暗，小雨时断时续，游人很少。我们穿着雨衣，撑着伞在林中的木栈道上漫步，一抬头就看见那座矗立于林木之上的剑岩，似一把直指苍穹的“长剑”，在涌动的浓云中时隐时现。云雨中的原始森林幽深、静谧，空气湿润、清新；清浅的溪水淙淙流下，木栈道旁的花草树木在细雨的滋润下，出落得愈发鲜艳、俏丽了，红桦的树皮泛出明丽的红光，一只毛色亮黄的小鸟在枝头啼啭，还大胆地在我们前后飞旋……要说这些景色似乎没有非凡的地方，可当这一切聚合在一起，就呈现出一种朦胧山林特有的恬静与幽雅，置身于“白云为我结，飞鸟为我旋”的奇妙境界中，让人享受不够！我们在雨中流连、徜徉，不乘观光车沿着林中步道下行，于是一个接一个的海子、瀑布、滩流依次出现在眼前……目之所及，莫非美景！虽然都以水景为主题，可景点所呈现出的美态却各不相同。一路欣赏、拍摄着，为景色如此瑰丽、丰富多彩而赞叹着。阴雨天观景都能让人这般愉悦尽兴，晴天呢？我们期盼着游九寨的两天能一雨一晴，当然，也明白这是可遇不可求的美事。可是，我们偏就有这样的机缘：第一天在烟雨濛濛中观览了云雾缭绕、山水苍茫的景象：雨中的九寨形无定姿、朦胧变化，使我们如置身于神秘虚幻的仙界，那些古诗词中描写的“山色空濛雨亦奇”、“云来山更佳，云去山如画。山因云晦明，云共山高下”等佳句，至此才有了真切的感受，所以，“云来”、“云去”都不想放过。第二天，苍天盛意竟赐给我们一个雨后放晴的天气，完全是另一番风光：碧空如洗，树木草地青翠欲滴。我们欣喜地起了个大早，先于旅游团两个多小时进入景区，几乎又游了个遍，饱览了“水光潋滟”的胜境：有清波滟滟的，有鲜绿美艳的，有蓝光盈盈的……阳光下的湖水蓝绿黄白青，都那么纯净清晰，撩人眼目！经过两天的亲密相处，感受到九寨是那样的卓而不群，不论是晴姿还是雨态，都美得让人心醉！

九寨沟景区基本保留了原生态的美，没有亭台楼阁与其它人为的干扰。它的原始森林、山和水以及那些沉在水底的、浮在水面上的枯木，连同生长在枯木上的花花草草，都是那么自然天成、赏心悦目。水景当然是主角。第一次看到九寨水，最让人惊叹的是它的水质怎么那样纯净、透明？连沉在水中 10 米以下的木头、石块都看得一清二楚，即使雨天也还是一样的澄澈见底！其次是九寨水怎么那样润泽？映入眼帘的远不是一般水的质感，而像细腻、光滑的绸缎，柔润得让人想去轻轻地抚摸它。九寨水的颜色也很独特，多为碧蓝色，据说是受水中所含碳酸钙和水底沉积物的影响。四周的山林花草、木桥栈道、蓝天白云投影到湖中，一起把湖面渲染得五光十色，鲜亮无比，似一幅幅绝美的风景油画。所谓“九寨归来不看水”不知是否夸张，但它的水景类型之多、景观之美真是无与伦比！它有泉有溪，有河有滩，有池有涧，还有更为壮观的海子与瀑布，且形姿个个非同一般。色彩斑斓的众多海子（湖）是景区的主体，一百多个大小海子被河流串连起来分布在各个沟中。大而宽阔者如长海、犀牛海，最袖珍的五彩池仅像一个小水池，还有由几十个小海子群聚组成的树正群海。由于各个海子的大小及周围环境不尽相同，因而景观也各有特点：如长海水深达百米，它那深深的海蓝色使人迷恋；镜海平如明镜，映在水面上的倒影比实物还清晰、漂亮；五花海以绚丽多彩见长；犀牛海以景观丰富、色彩多变引人入胜；五彩池虽小，却像一块集中了五颜六色的调色板……大多数海子中都有枯木落叶，但它们没有让湖水混浊，却使湖景更加自然、富有诗情画意。清凌凌的湖水中，可见枯枝在细波中微微颤动；水面漂浮的朽木上长满了杂花野草，小树苗也能茁壮生长，我们不由礼赞生命力量的顽强！九寨的海子几乎拥有形成美湖的所有要素，而且，这些要素又是独一无二的，因而创造出了如此超群绝伦的湖景。

九寨的瀑布堪称一绝，不仅绝在它们的数量众多——不大的景区中竟有17个瀑布群，还绝在它们的体量巨大——多数都在50米以上。诺日朗瀑布宽达300米，落差20米；珍珠滩瀑布宽200米，落差达40米！且多为上滩下瀑，水流有的从林中涌出，有的如自天而降。上百条瀑流横向一字排开从崖顶骤然跌落，气势汹涌，涛声震天；宽阔的水帘在幽暗崖壁的衬托下愈显洁白、晶莹。还有些瀑流被高低错落的山石或承接或阻隔，创造了更为丰富多样的形态，及至一瀑百态。

九寨有许多滩，它们可不是一般常见的泥沙石滩，都是钙华滩。其滩底因已钙化而十分稳定，不会污染水体却能让植物茂盛生长，很神奇！例如，树正沟的盆景滩就是一处宽过百米的钙华滩，滩面坡度平缓，视野开阔，一层清浅的水在滩上流淌，涟漪轻泛，琤琤作响。水流中生长着许多形姿各异的矮化树木，宛若园林师精心培育的盆景。再如，日则沟的珍珠滩——巨大的扇形钙华滩，宽阔的水流从倾斜的高低不平的滩底流过磨擦溅起无数水星，在阳光的照耀下，闪烁着点点光华，仿佛欢跳着的万千珠玉，神奇又美观！而当水流绕石而过，又会拉出一条条水花，如千百条珍珠链一行行、一片片欢舞着顺流而下。整个滩面玉溅珠流，让人眼花缭乱！

在九寨美景面前，即便是新手也能拍出漂亮的照片来。若是摄影爱好者可要做好充分的拍摄物质准备。TF 卡的容量要足够大，电池要多带几块。游览中目之所见皆美景，哪一处也不舍割爱，都有拍下来的冲动，如果半路上电池没电了，只能徒增遗憾！景区只有私人充电处，半小时要收 30 元钱，挨宰没商量，这该算是景区一个瑕疵吧！

九寨的美既是个体的美，也是整体的美、综合的美。一进九寨沟就有一种与其它景区很不相同的莫名感觉。景色美先不说，单是那清洁的环境就让人眼前一亮。虽然游人川流不息，但所到之处都洁净、清爽。宾馆全从景区撤出了，没见骑马人和流动的摊贩；篝火、文艺表演等也都安排在景区之外。山坡上色彩鲜艳的藏民楼房内空置的房间不少，问荷叶寨的一位姑娘："游客能入住吗？"她答："不行，要罚款的。"后又小声说：如只有一两个人，可以悄悄住在她家里。问树正寨的姑娘："树正宾馆呢？"她说："拆了，污染环境。"可见，保护好生态环境已成这里的共识。

九寨沟景区内现有树正与荷叶两个藏族寨子，还有一个居民已外迁、只作为遗址保留的则查洼寨。寨子里的藏式民居都是装饰华丽的两三层楼房，墙壁上彩绘着艳丽的图案。荷叶寨的不少楼前停着小轿车，原以为是游客的或景区管理单位的，问一位藏族姑娘才知道这些车的主人就是这儿的藏民，他们生活富裕的程度（2007年）由此可见！旅游业的开发与发展已改变了他们的命运，真为他们高兴！

进入树正寨的大门，直对着一条“民俗文化街”，店面一家连一家都是专营旅游商品的，还有一些民居。小街上熙熙攘攘，除了国人还有不少“老外”，日本游客尤其多。一些日本老人腿脚已不灵便，拄着手杖观景照相留影。在一家小铺里，一只胖乎乎的小灰熊追逐着售货的姑娘要她抱、跟她嬉闹。许多游客驻足观看或拍照，看到小熊与主人耳鬓厮磨的亲热样儿，大家好奇又开心！一家民居的门前竖着一块“欢迎参观”的牌子，我们想了解一下现今藏民的生活情景便进了屋，坐在了小矮桌旁。主人是位藏族姑娘，她操着流利的汉语一边表示欢迎一边顺手拿来价目表摆在桌上，我们这才明白进来是要消费的，于是点了一碗酥油茶（5元）、一个小青稞饼（5元）、一小碗青稞酒（10元），品尝后的感觉是量少、价高，没有什么特别的风味，很失望。看来，纯朴的民风还是经不起金钱的冲击啊，九寨也跟我们去过的许多景区一样。喝完茶、酒，征得姑娘同意，我们上二楼参观他们的居室。一位穿戴华丽的老太太坐在走廊的缝纫机旁，看见客人上楼就礼貌地起身迎上来，带我们进了客厅，用手势表示卧室谢绝参观、室内不能拍照。这家的客厅大而干净，墙壁、家具及用品装饰得都很讲究，墙上贴着一幅大大的、已发黄的毛主席半身像。

九寨的藏族同胞很多在景区做服务工作，对游人友好热情。游火花海的途中，看到一位藏族姑娘在木桥旁席地而坐，当请她唱首歌时，她初显羞涩，但还是欣然同意了，一边抚弄着手中的小树枝一边唱起来。那嘹亮纯净的女高音、那流畅优美的旋律，伴随着滩上“哗哗”的水声回荡在林间、空中。这时，懂不懂歌词已不重要了，重要的是这天籁与人籁合而为一的境界真能叫人销魂，一次多么难得的体验！

九寨景区管理的规范、服务的人性化给我们留下了深刻的印象。虽然进入景区的消费在四川是最高的，但还是感到值得。前文中已介绍过观光车和导游令人满意的服务，九寨交通的便捷与安全还表现在彻底做到了人、车分道。宽敞的公路上只有景区环保车可以通行，其它的车辆与人是不能上去的。一次，我想找个好的拍摄点，刚走上公路便被阻止了。这样一来，路面当然干净，也预防了交通事故的发生。各景点都设有观光车停车点，等车只需几分钟；下了车就可进入景点（上午上行车稍紧张，需等候）。景点大多设了游道，可徒步游览。景区的游道都由木板搭成，板上还铺有防滑网，即使雨天依然行走稳当。卫生间设施先进、净洁方便，不污染空气，而且数量多，游人一般不必为入厕排队，几个路边的景点还安置了汽车卫生间。藏民清洁员手拿工具随时在打扫，因而景区到处都很清洁。九寨沟原本是个牧区，可两天来没见过一头牛、一只羊，当然也不会有牛羊粪便、牲畜当道而影响交通和破坏植被的问题了。如今，牧民在景区内既不能经营旅馆、饭店，也不可放牧牛羊，而是组织起来参加旅游服务工作。现在，他们生活富裕、安闲得让人羡慕。

九寨沟的环保意识与先进设施以及人性化服务的水平是我国目前少有的，这不但给游人创造了安全、便利、愉快的旅游环境，也为它本身的可持续发展打下了良好的基础。看到那么多外宾饶有兴致地观景、拍照以及他们的笑容，真为国家有这样的景区而自豪！我们两天的九寨游，饱览了美景，增长了见识，是一次非常快乐而有意义的旅行！衷心祝愿“神奇的九寨，人间的天堂”越来越棒！

天公绝技造黄龙

按计划，我们游完九寨接着游览黄龙。听说从九寨去黄龙的车票紧张，我们在前一天的清晨就去买次日到黄龙的车票，没料到已经晚了，只剩下一张！眼看要耽误行程，售票员小伙不错，打电话帮我们联系到旅行团的包车，除了车费又交了 10 元手续费，结果如愿成行。

2007 年 6 月 14 日早 7 时，我们离开九寨去黄龙，汽车已满员，旅行团成员坐在前面，听口音是广东人；我们几个散客坐在后面。车行不久，就看到一大片由石片砌成的羌族建筑，屋子普遍很高，体量很大，窗户比较小。形式独特，相当壮观。正在想：羌族村寨真是了得，住房这么高大、气派！后被告知这是九寨很有名的一家羌族风格大酒店，住宿费不菲。

黄龙景区的门票 200 元，60 岁以上老人减 50 元。考虑到景区海拔高，空气稀薄，为节省体力和时间我们买了上行的缆车票（80 元 / 人），广播里反复播放着：缆车是从欧洲进口的、最先进的，4~8 分钟即可到山顶……我不以为然：干嘛要进口缆车？回想起游瓦屋山时乘坐的缆车，虽然没这么美观，可在空中观赏了半小时风景才 50 元，那种感觉多好！现今什么都讲究豪华，怎么不想着为老百姓节省点旅游费用呢？缆车的终点是景区最高处的原始森林区（3500 米）。在那里的山崖边上设有观景台，可仰望雪山，也可俯瞰黄龙沟景区全貌。凭栏北望，视野尽头是雄伟的覆盖着冰雪的神女峰。居高临下，可见在墨绿的针叶树林中间一条灰白的山谷蜿蜒而下，国人喜龙，视它为一条盘旋于林海中的金色巨龙，故名黄龙沟。可我看黄龙沟却像一条飘落在山谷中的长长白练，而那些被它串联起的大大小小的湖泊，在阳光下熠熠闪亮，宛然镶嵌在白练上的颗颗宝石。沿着森林中的木栈道下行，这段路 1.5 公里，因为景观单一，我们就走得很快，但不觉得吃力，一路超越了不少游人。迎面从山下走上来的人可就没有我们这样威风了，多数步履蹒跚、喘着粗气，有的还拿着氧气罐不时吸两口。走出森林进入沟中，广阔、平坦的山谷和覆盖在地表上的钙华滩流呈现在眼前。钙华是一种地质现象：含有大量碳酸氢钙的水，当水温与压力骤降时，水中的二氧化碳释放出来，彩色钙质沉积于地表即形成了这种地貌。这一变化过程如遇上不同的环境条件，沉积物的形态也会不同，所以，黄龙水池的形状和颜色是多种多样的。因池中的水未被污染，又析出了矿物质，因而晶莹透明，成了彩色的“纯净水”。

钙华滩的质地比较脆弱，故禁止游人上滩踩踏；在滩面上为游人架起了矮矮的木栈道，所以，大家仍可近距离地欣赏这奇特的景观。滩面广阔，坡度不大，其上铺满了重叠在一起的瘤状小丘，这个比喻虽不雅却比较贴切。其实，对自然界形式美的评价就有“丑到极处就是美到极处”的说法，其所表现的是一种奇特美与怪诞美。沟内钙华物的形式除上述缓坡钙华滩外，还有堆石状、瀑布状和许多无可名状的奇特形态。色彩也有所不同，灰白、浅灰、浅棕、灰黑以及浅灰底子上加有黑条的。多数钙华滩上都有浅浅的清流缓缓滑过，摩擦出“嘈嘈切切”的声响，似琵琶轻弹；也有水流不到的旱滩。还有两座高而宽的钙华瀑布，一座叫莲花瀑布，一座是飞瀑流辉。后者高三四米，宽十余米，远看像瀑流结了冰，形成一根根冰柱悬挂在崖壁上，十分形似，奇特而美观！这些“悬冰”其实就是钟乳石。

钙华池当属黄龙景区的主角，自下而上大大小小三千余个，它们层层叠叠、环环相扣，贯穿全沟。这可不是一般意义上的水池，真如梦幻似的神奇！它们由钙化物形成池壁，形状就像一个个大小不等的浅沿器皿拼接起来、如阶梯般层层而下。池缘的线形自然、流畅、多变，给人的视觉与心理带来极大的美感。不禁想起城市里许多园林中的园路、岸线设计得那么生硬、别扭，看来，设计师们真应贴近自然，虔诚地拜大自然为师，真正理解“师法自然”才是丰富自己智慧、获取设计灵感的要诀与捷径！池沿有的厚重，有的轻薄，而质感是同样的纯净如玉、细腻如脂，表面上还都饰有各种花纹，竟如能工巧匠精雕细刻的艺术作品！池水深浅不一，都清澈见底；水色多为淡蓝，还有蓝色、黄绿色、绿色、浅棕等，各种颜色对比统一，自然、和谐，绝非人们平日见到的自然之水色，且个个水池都是那么的清丽而优雅。池水的流动也颇具雅趣：由于来水量不大，清水注满池子后，就沿着池缘缓缓溢出；水流从上池进入下池，层层流下去，不少池中还生长着树木。一阵微风拂过，在池面上织出缤纷的网纹，千变万化，光彩夺目，更让人不敢相信它们是自然的水波。

黄龙景观的奇幻令人惊叹，大自然怎能创造出如此美妙绝伦的作品来！我们的语言表述功力欠佳，还是请各位从照片上欣赏它的美态吧！

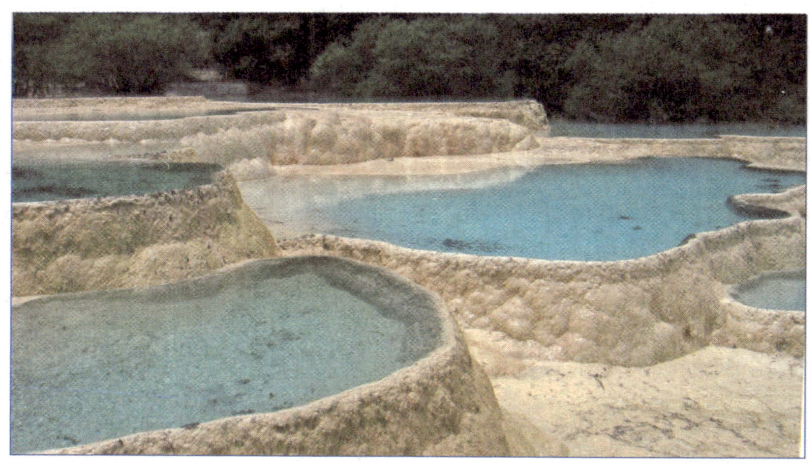

秋游途经兰州

2007 年是我们开始旅行生活的第一年，兴致格外高涨。4~6 月在四川的 83 天（包含在成都的休整时间）中游走了 10 山 10 镇。盛夏将至时，我们“逃离”成都，回到了凉爽的乌鲁木齐避暑，每天都坚持着快走或慢跑锻炼，储备体能以迎接秋游。

2007 年的 10 月下旬，北国的乌鲁木齐已进入晚秋，我们生活的新疆农大校园正值一年中景色最美的时光：高远的蓝天白云之下，大叶白蜡树叶最先换上了纯净的柠檬黄色，清新而亮丽；绿茸茸的大草坪托举着红艳艳的火炬树丛，耀眼又鲜明；年逾百岁的古榆柳依然当空挺立，枝繁叶茂，张覆如盖，苍古的身躯尚焕发着青春的活力。秋色美得着实让人心醉！可这迷人的秋色，也预示着离枯叶飘零的光景不远了。触景生情，想到我们的生命也步入了人生的秋季，虽不奢望有如秋色般绚丽多彩，但也期盼着这短暂而珍贵的“晚秋”时节过得充实而快乐。有诗云：“自古逢秋悲寂寥，我言秋日胜春朝”，秋高气爽正是“离家出走”、投入大自然怀抱的大好季节，于是，我们决定用五十余天的时间游览湘黔滇三省。这是我们的第二次背包自助旅行。

应老友建中、玉莲夫妇之邀同游一段旅程，2007 年 10 月 21 日清晨，我们离开了乌鲁木齐舒适的“老窝”，背起背包踏上旅途。淡季出行机票打折多多，如果再选择转机，那就更便宜了。我们决定乘机经兰州飞长沙，乌市至兰州 120 元 / 人、兰州至长沙 180 元 / 人，正好还可和住在兰州的我们共同的老朋友聚聚。

飞抵兰州后，受到了挚友鸿慈与夫人炳绪的热情款待，还陪我们游览了黄河风景线。当然，时间再紧张也少不了又一次享用最牛的马子禄牛肉面。"食"可是旅行六大要素之一啊！

黄河是中华民族的母亲河，我曾多次从她身旁匆匆而过，提起黄河总是想到汹涌澎湃、奔腾咆哮、一泻千里的形象，从没有认真地观察和思考过她。兰州市的主要景观是黄河，现在贴近她身旁漫步，呈现在眼前的却完全不是脑海中惯有的骠勇、强悍的印象：她北依白塔山，南接平坦的市区，数座大桥连接南北。两岸已建成了规模宏大的风景带：宽阔的河面，平缓的水流，河中游弋着大小船只，两岸宽阔的绿地上人们在健身、跳舞、休憩，数座粗犷的水车随水流缓缓地转动……一派祥和、欢乐气象！正像河边那座"黄河母亲"的雕像，容姿端庄优雅，仪态朴实慈祥、落落大方！依偎在怀中的孩子尽情享受着母亲给予的安宁与快乐，笑得那么可爱、自然。黄河母亲几千年来以她宽阔的胸膛与博大的仁爱，哺育着华夏大地的儿女们，创造出古代文明和如此美好的今天，让中华子孙永远景仰与爱戴。瞩目北岸的白塔山，山上林木苍翠。曾有人对我说：蒋介石做了许多坏事，可是在兰州的山上植树是他的一个贡献。据说，某年他来兰州，在住处北望，满眼荒山秃岭，便责令在山上造林，从此山逐渐绿了。据说，此后他还过问这片山林。此话不知当真否？

兰州市的建设发展很快，老友住的新港城不仅规模宏大、环境优良，而且房舍漂亮、生活娱乐和健身设施一应俱全。这个现代化的新社区完全不输于其它大都市。老友夫妇与儿子一家同住，父母慈祥、勤快，子媳体贴、孝顺，孙女活泼可爱，一家其乐融融。孩子们敬重父执，忙里偷闲设宴欢迎我们，大家边吃边聊亲切热闹，如同家人。

一日欢聚，来去匆匆，次晨与好友惜别，飞往长沙。谁料此别竟成永诀！一向健康、充满活力的挚友不久却意外亡故，倏然间阴阳两隔，计划一起去甘南、青海湖游玩，同赴天水过春节，感受传统的西北年味的约定，终成永生遗憾！

这回途经兰州还有一大憾事：因为停留时间短，想到去年刚在乌鲁木齐团聚过，就没去看望老伴在此地的亲人们，可令她痛心不已的是从此再也见不到如同母亲般的老姐姐了，我们秋游途中得知患心脏病多年的她去世了！在痛惜人生苦短、天命无常之余，深感对老人而言，没有可以等待的未来，最现实的计划就是不要错过眼前该做的事，踏实过好每一天！

今上岳阳楼

2007年10月23日，我们从兰州飞抵长沙。家住长沙的大学同学陈福全，和我已十余载不曾相见。他不顾年老体弱，亲往机场大巴停靠站迎接并带我们入住了他预定好的宾馆。看到高度近视、微微驼背的陈福全吃力地跑前跑后，我心里既感动又怜惜。晚上，他与夫人盛情宴请了我们一行。在长沙小住两日，这时，建中的女儿冯蕾也赶来与我们同游。一起参观了长沙市区，游览了岳麓山及岳麓书院。

踏上潇湘大地，大名鼎鼎的洞庭湖和岳阳楼是一定得看的！25日一早，我们即赴岳阳，大巴走高速路约四个小时到达。在岳阳市郊区的广阔土地上已看不到农舍和庄稼，只见疏疏落落的大型现代建筑群拔地而起；崭新的十车道公路，用漂亮的绿化带装饰得气势宏伟，已初显现代城市新区的雏形。我们在赞叹之余不禁又质疑：未来的岳阳市会有多大规模？需要这么宽大的车道吗？和这里一样，我国许多大中城市都用肥沃的郊区农田大建经济开发区、大肆建筑高楼大厦，难道这是城市发展经济的必由之路吗？

进入岳阳市区，我们选了一家新开张的宾馆入住。杜甫诗云："昔闻洞庭水，今上岳阳楼"，我们怀着和诗人同样喜悦、急迫的心情，吃了午饭即乘市内公交车，直奔位于洞庭湖东岸的岳阳楼景区。

岳阳楼与武昌的黄鹤楼、南昌的滕王阁并称"江南三大名楼"，是我中华古建筑中的瑰宝。它们所具有的非凡建筑工艺和文化历史价值吸引着我们，几年前目睹了黄鹤楼的风采，计划一年后去观赏滕王阁，现在矗立在眼前的是雄伟的岳阳楼！

岳阳楼始建于公元 220 年前后，距今约有一千八百年的历史，在这漫长的岁月里，曾六次被火灾或战乱所毁，又六次重建，此后还经过十多次修葺，才保留了今天的面貌。

岳阳楼高 19.42 米，宽 17.42 米，为三层四柱（一柱到顶）、飞檐盔顶、纯木结构的建筑。在三大名楼中是唯一保留了原貌的一座，弥足珍贵！我认为它属于城楼式建筑，其独特的盔顶形式状若大将军之冠，庄重、威武！

岳阳楼景区呈长条形。进入正门后，游人先看到的是位于中轴线上的，元明清三个朝代的岳阳楼的金色微缩景观（比例约为 1/10~1/15），反映了不同历史时期的社会文化与建筑艺术风格。微缩景观的一侧是双公祠（范仲淹，北宋名将、文学家、千古名篇《岳阳楼记》的作者；滕子京，曾为官岳阳，造福一方，并重建了岳阳楼）。祠内四壁悬挂着很多名人字画，还设有电子阅读器，供游人便捷地查阅历代歌咏洞庭湖与岳阳楼的诗文。双公的塑像分坐茶几两旁，形象栩栩如生，仪态亲切、儒雅。塑像后的墙上挂着两幅画，分别是兰花和翠竹，正是双公高洁人品的写照。他们那"不以物喜，不以己悲"的人生境界和"先天下之忧而忧、后天下之乐而乐"的济世情怀与乐观精神，如一盏明灯照亮了历代无数仁人志士前进的道路，是中华民族珍贵的精神财富！可见，先贤们留给后人的不仅仅是一座岳阳楼！

出了双公祠经几座亭廊的引导，最后才看到了岳阳楼。岳阳楼高大、雄伟中透着秀雅之气，那别致的将军头盔式的楼顶尤显庄重、沉稳。进入楼内，浓浓的文化气息扑面而来，满眼的诗文联对匾额都出自历代名家之手，件件都是精美的艺术珍品。例如，一楼的清朝进士窦序所撰、清朝书法家何绍基书写的 102 字的《岳阳楼》著名长联；二楼，宋朝范仲淹所作、清朝书法家张照手书的《岳阳楼记》的巨幅雕屏；三楼，毛主席手书的杜甫名篇《登岳阳楼》雕屏……读《登岳阳楼》一诗，感受它的大气磅礴，很难想象诗人杜甫当时是一位贫病交加、漂泊无依的老人，在自身最基本的物质生活都难以维持之际，却依然兴致勃勃地抱病登楼览胜，依然倾情礼赞壮丽的河山，依然关怀、悲悯着战乱中的人民，为洞庭湖和岳阳楼留下了这首千古绝唱，这该具有怎样的境界和情怀？

登上顶楼西望，八百里（据说现在仅有一半）洞庭水天一色，浩淼无涯。白居易有诗描述:“岳阳城下水漫漫，独上危楼凭曲栏。春岸绿时连梦泽，夕波红处近长安。”除了季节的差异外，也是我们眼观洞庭的感受。夕阳斜挂，游人渐稀，湖面上渔船的马达声已渐渐远去，岳阳楼在暮色中安静下来。我们仍在凭栏远眺，期待着“日月出没”湖水的画面。眼见灰色湖面的尽头，一轮红日徐徐下沉，在湖面投射出一束明亮的光带，随水波上下跃动；远处缓缓移动的大小船只都变成了黑色的剪影，一幅宁静而优美的图画呈现在眼前。

尽管岁月流失，时代变迁，可眼前的岳阳楼、洞庭水和落日依然如故！此刻不由产生了穿越时间隧道飞回古代的感觉，奇妙而美好！我冥想着，直到华灯初上才与岳阳楼依依作别。

白银盘里一青螺——君山

到岳阳的第二天一早，我们即乘 15 路专线车去著名的君山风景区。离开市区不久，汽车就驶上了一座宏伟的高架拉索大桥。桥下是浩浩荡荡的洞庭水，在桥上行驶了 5 分钟还看不到桥的尽头，问售票员桥有多长？她自豪地回答："18 里！"孤陋寡闻的我们，听说过 18 里长亭相送的故事，还没见过 18 里的长桥，今天在洞庭湖算长见识了！汽车又前行了约十分钟才下了大桥，不久左转驶入一条伸向广阔湿地的公路，穿过了如竹林般高大的芦苇荡，来到了君山景区。

君山古称洞庭山，是洞庭湖中的一个呈丘陵状的岛屿。中唐诗人刘禹锡曾这样形容它："遥望洞庭山水翠，白银盘里一青螺"，说明君山早在唐朝已是秀丽的风景区了。走进高大的牌坊门，眼前是一片开敞的园林：绿树红花、桥亭廊榭，背后是浩淼碧波，一处休息赏景的好地方！在不远处，高高的台阶上座落着纪念舜帝两位妃子娥皇与女英的湘妃祠堂。堂前有个精致的石牌坊，正上方镌刻着礼赞湘妃美德的"遐迩德馨"四个大字。再向前行，就是在绿树环抱之中的"虞帝二妃之墓"了；墓前的两根石柱上刻有一幅对联，上联："君妃二魄芳千古"，下联："山竹诸斑泪一人"，上下联的第一个字合在一起正是"君山"；附近还有几座与湘妃有关的亭廊。看来，颂扬湘妃是君山风景区的主题。这个悲怆、凄美的故事已流传了几千年，对爱情忠贞不渝的湘妃至今还被人们如此热诚地纪念着，可见悠久的中华文明已渗透到华夏大地的山山水水之中，即使湖中的一个小岛也承载了这么古老而动人的传说，历久不衰。

君山的山坡上、疏落的树丛下是片片茶园。一排排修剪得整整齐齐的茶树，绿油油的很是可爱，成了君山的主要景观。园区内还有一些人工水景和供游人赏景、休息的设施。临湖的山上有一座餐厅，当时没有其他客人，我们和友人临窗而坐，透过山林，静静地眺望着茫茫无际的洞庭湖面和远处往来的大小船只，在品茗了清香宜人的洞庭银针之后，又饱餐了鲜嫩、肥美的洞庭鲤鱼。这真是一个能让游人既享眼福又饱口福的好处所！

景区内有一座猴山，10元一张门票，管猴的女孩说买票进去就能近距离与猴接触，还要求我们买了10元钱的猴食(一个小桶里装着十来片南瓜)，这才领着我们上了山。这群猴有二三十只，其中还有一只狒狒与猴相安共处。让我们惊讶的是，威严的猴王竟只有一只手臂。管猴人说是在争夺王位时，它咬死了4只竞争者，自己也损失了一只手臂，才当上了猴王，真是虽残犹荣啊！但我若是猴子，宁愿做个肢体健全的普通猴儿，过安稳日子，决不会去做断臂猴王。出猴山走在林荫路上，突然从树林中窜出一群猴子，拦住了我们的去路，“猴”视耽耽地望着我们(那眼神挺有威慑力的)。定眼一看还是刚才那群！我们与猴儿对峙了片刻，为了不遭攻击，便主动把空口袋翻出来给猴看，以示无食可赠，这才被放行了。这时我们突然悟到：看猴原可不花钱的，30元钱算是白花了，难怪猴山上只有我们两位傻傻的游客！

我们沿着岛的东缘漫步，登上山顶眺望，看到君山岛要比湖面高出许多。尽管秋阳高照，湖面还是水天茫茫，除远处几只模糊的船影外，真是“一片汪洋都不见”。洞庭湖之大，早在北魏的《水经》中已有描述：“湖水广圆五百余里，日月若出没其中”。现在湖面虽小了许多，但仍长143公里，平均宽17公里，乍一看真不知是湖还是海。身下是大片湿地，生长着连片的芦苇和水草，偶尔会有几只水鸟从中飞出掠过天空。此刻风平浪静，几位渔民划着小船在撒网捕鱼，动作悠闲而自在，也有载着游客的机动大船来往于岳阳至君山的湖面上。眼前的景象让人感到洞庭湖的阔大、富庶和安闲。

游君山时还有一次小小的维权行动值得一提。下午，我们打算乘船返回岳阳，在水中好好感受一下八百里洞庭的气势，尤其想亲临桥下，仰观这18里长桥的雄姿。于是走过一大片湿地到了岸边码头，却被告知游艇不开，要我们上一只小船。但低矮的船舱里已坐满了人，船外仅有的一条木凳上也没有空位，我更担心的是这只超员小船的安全性。失望地往回走时，在码头的入口处发现了一块大铜牌，与景区门口售票处悬挂的那块形式完全相同，但内容有所差异：对70岁以上的老人，门口是半价，这里是免票。于是，我们拍照取证，来到景区门口找售票处理论。售票员说要找领导，领导一来根本不看照片，先是道歉说搞错了，接着就退还了半价票款（30 元 ×2），还对监督他们的工作表示感谢，态度十分谦和。可以说这次维权行动大获全胜，但我们却轻松不起来。因为，刚才几位拿着优待证的老人们还是被要求买了半票，不知还有多少 70 岁以上的老人，本该享受国家规定的免票待遇却白花了冤枉钱！看来，这里是专欺老叟！我们决定向上级管理部门举报这种明目张胆地篡改园区规定的欺骗行为，也想为其他老人维权。回到宾馆，我们就按景区公布的举报电话连拨了多次，可根本就接不通！莫非张贴在景区牌子上的举报电话也是假的？真让人纳闷。后续的维权行动就这样以失败告终。眼下在旅游途中会碰到形形色色的侵权行为，游人一定要多加警惕，努力维护自己的权益，不能把它仅看成是多花几个钱的个人小事，这对规范旅游行业作风、净化社会风气有重要作用。

众神之寓——南岳大庙

南岳衡山是著名的宗教圣山，素有“中华寿岳”、“五岳独秀”之美称，是我们与友人在“芙蓉之国”同游的第二个重点景区。

2007 年 10 月 27 日，从岳阳乘火车约四个小时到达衡山。火车站四周有许多饭馆与旅店，我们一行五人在一家饭馆匆匆吃过午饭，即坐公交车前往 24 公里外的南岳景区。景区周围已形成了一个规模不小的街区（相当于一个镇），除了几家小超市、饭馆、通讯器材商店外，有很多食宿兼营的旅店。最多的还是一种特殊的商铺——香行，几乎一家挨着一家，挤满了一条街，大大小小、花花绿绿的各种包装的香、鞭炮和黄裱纸等物堆满了铺面内外，成了此地一大景观。还没见过这种阵势的我们不由担心起来：同类商品这么多，能卖得了吗？后来才明白纯属杞人忧天。

第二天早饭后，我们步行去距住处不足两公里的“江南第一庙”——南岳大庙。

南岳大庙始建于隋朝。现占地面积约十平方公里，是五岳中规模最大的宫殿式建筑群。它采用了严整的中轴线布局形式，进了正门——棂星门，在正对的中轴线上，九座宏伟的宫殿式建筑：四门二殿一楼一阁一亭一字排开。处于中后位置体量宏大的圣帝大庙由十九级宽大的基座高高托举，是整个建筑群的焦点与重心。庙前广场两侧分立着的两个巨大的香炉（实为重檐焚香亭）围合成一个相对独立的空间，是人们拜佛进香许愿的中心区。今天这儿热闹非常，可容纳数百人的圣帝大庙内，祭拜的人群摩肩接踵。忽闻广场上鼓乐齐鸣，回头看见数十名朝拜者列队而至：乐手们走在最前面，锣鼓喧天，唢呐高奏，之后跟着举彩旗的成人和孩子，旗上都有个大大的“魏”字；接着的一队人抬着竹扎纸糊的武士，有骑马的、骑麒麟的；再往后是捧着红红绿绿祭品的人们，有人还身着戏装；最后压阵的又是吹吹打打的鼓乐手。他们浩浩荡荡地拾级而上，挤进大殿进行祭拜活动。这般热烈的场面我们感到很新奇，比正月十五的庙会热闹多了，后来才知道次日是观音生日，信徒们举行的庆祝仪式今天就开始了。

圣帝大殿前的台阶上、广场上，到处都是拜佛祈福的人群：老、中、青俱全，还有成人带着小孩的，举家三代同来的，残疾人、坐轮椅的也不少。他们都提着或背着大包大捆的各式祭品：长长短短的香，书本大小的纸包（或许包着冥币），还有一挂挂鞭炮。圣帝大殿是挤不进去了，只能将祭品摆在殿外地上，就地跪拜。从那些成年人低垂的头和虔诚凝视的目光中，可以感受到他们心灵深处的期盼，跪在身旁的三四岁的孩子也训练有素，跪拜动作有模有样。之后再去焚香亭前排队，依次靠近投放口。由于炉温很高，火光扑面，只能站在稍远处吃力地将一包包、一捆捆祭品抛入炉内，瞬间火焰熊熊，“噼里啪啦”地响成一片，缕缕黑烟升向天空，浓烈的火药味弥漫大庙内外。此时，祭拜者脸上堆满了幸福的笑容。信奉宗教的人，精神有寄托，灵魂有归宿，是否比一般人活得更踏实呢？这时也明白了此地香行与祭品虽如此之多却不愁卖的道理。

大庙有条中轴线，两边用红墙分割，形成了东西两个长方形大庭院：东院为道教区，内有七宫一殿；西院是佛教区，内设四殿四寺。两院的占地面积与主要建筑数量完全对等，体现了不偏不倚、道教和佛教的平等地位。

据介绍，南岳大庙历来吸引着众多的海内外信徒，香客经年络绎不绝。出租司机说，春节期间进香的人多得挤不进庙来，祭品在广场上堆成了小山，几天都烧不完！鼎盛日在阴历八月初一，这天是圣帝菩萨的诞辰，海内外约二十万众信徒云集于此，当日的治安警察就有 1200 人之多。无法想象大庙怎能容得下这么多人？

我们目睹了大庙人气之旺、香火之盛，不由探究起它长期兴盛、经久不衰的原因来：我想这与大庙的佛、道共处是分不开的，因为这种理念和实践顺应了宗教的本旨和人意。早在千百年前，我们的先辈就能让不同的宗教共济一处，创造了佛、道、儒教和谐共存的奇观，实在令人叹服！也许这才是大庙兴旺发达的本源。大庙兴盛的另一个原因，就是除了供奉衡山山神（南岳圣帝）外，还在位于两侧的许多寺庙和道观中供奉着众神。人生旅程不可能一帆风顺，总会遇到种种挫折与磨难，心中也一定有多种期望，如健康的身体、幸福的爱情、美满的家庭、成功的事业、丰厚的财富……人们欲借助神力为自己和家人或排忧解难、或实现心愿。只要你确信神力，这里都有让你心理得到满足之所在：求子的有观音殿，想发财的有财神殿，久病求医药的有药王庙、药师殿，祈求长寿的有万寿宫，求风调雨顺的有龙王庙，想有个好心情的有弥勒殿，求平安的有斗姥宫，企盼死后升天的有天堂寺……这就使得怀抱各种欲望的人们纷至沓来，大庙的人气能不旺吗？南岳大庙拥有宏伟的宫院、精美的古典建筑，又是佛教文化与道教文化的荟萃之地，可谓集建筑艺术和宗教文化之大成，被誉为“南国故宫”，因此，对非宗教人士也颇具吸引力。或许这是大庙兴盛的第三个原因。一进大庙，那众多的庭院和宏大的建筑群就令人震撼！殿宫碑池亭台楼阁一应俱全，几乎是中国古典建筑的博物馆。其规划布局、建筑工艺都有很高的艺术价值和技术水平，可满足人们的欣赏需要；对从事规划与建筑专业的工作者来说，更是不可多得的学习典范。

像我们这样没有宗教信仰的人，来南岳大庙可以集中地了解有关佛、道两教的知识，若运气好还可观赏到盛大的宗教礼仪活动，从而增长见识，也许还能获得一些新的人生感悟。总之，这不是一座普通的庙宇，它所蕴藏着的丰富、深邃的思想文化内涵值得人们去体味。对宗教文化和古典建筑有兴趣的人就更不能放过了解和欣赏它的机会了。

南岳衡山

参观完大庙出后门去衡山景区。路旁有许多出租车在招揽游客，问司机这段路有多远？答曰:两三公里。我们便径直向上走去，其实不超过三百米，庆幸没上当。先在景区门口买了门票，进门后又买了 13 元的车票，乘景区的中巴车至中山带的半山亭停车场（这段路五公里）。下车后，步行游览了玄都观、麻姑仙境、灵芝泉、磨镜台等景点。这些景点多以宗教故事为题材、以人工景观见长，自然风景都很一般。游完又原路返回停车场，再乘中巴车上衡山之巅南天门。

汽车在陡峭而狭窄的山路上迂回上升，随着海拔的升高，云层在不断加厚，天色越来越暗，到达南天门已是浓云密布了。一下车，寒风裹挟着雨点

迎面袭来，猝不及防的人们不由瑟瑟发抖，赶紧躲进寺内。里面已挤满了避风御寒的游客，个个缩头缩脑地来回“运动”着，有人冷得实在受不了，就租了寺里的棉大衣穿。我们穿着既防雨又挡风的冲锋衣，引起一些游客的羡慕；可时间长了，也难抵这般寒冷，只好站在焚香炉边烤了前胸烤后背，暖和了许多。暖和后想出去转转，但见乌云把山头罩了个严严实实，能见度这么低，根本不敢在山上随意走动。想在门前拍照留影，无奈“黑云压城”，连门上方“南天门”三个大字都难看清！我们耐心地等待着，希望天气能逐渐好起来，但等了许久，天公都没给个好脸色，人也冻得没了游兴，只好遗憾地放弃了游览山上其它景点的打算。大家都挤在寺门口等车下山，好不容易盼来了一辆车，几十位游客一哄而上，拥在车门口各不相让，结果是车上的人下不来，车下的人也上不去。这时，佛祖的教诲、尊老爱幼的道德风尚在南天门统统被抛到了九霄云外。又等了一阵，陆续来了两辆中巴车，弱势群体总算上了车。汽车在云雨中下山了，随着海拔的降低，雨停了，云散了，太阳露出笑脸来了。真是山上山下两重天啊！

我们在半山亭停车场下车，步行下山。一路游览了穿岩诗林、神州祖庙等景点。其中印象最深的是忠烈祠。这是1943年为抗日阵亡将士修建的大型陵园，形式类似南京中山陵。园址选在衡山香炉峰下一面长数百米的平直山坡上。坡下建有一座宏伟的纪念堂，堂前是由象征各民族团结抗战的五颗

巨大“炮弹”构成的“七·七”纪念塔，祠堂后沿中轴线上是一带绿草坪，其上镶嵌着白色的“民族忠烈千古”六个大字，十分醒目。两侧则为由数组台阶与平台组成的宽阔步道；制高点处是被苍松翠柏簇拥着主建筑——忠烈祠，雄伟、庄严、肃穆，有强烈的震撼力！将陵园建在南岳衡山，让忠烈们的英魂在这座仙山上安息，一定是寄托了后人对先烈的无限敬仰和无比美好的祈愿！游人到此会脱帽以示敬意！

次日一大早，我们游了衡山景区的水帘洞。它距街区约五公里，没有公共交通，只能租私人“面的”前往，往返包车30元，返回时电话联系来接。我们七点半就到了景区，是第一批客人。这里是衡山一座不高的山峰，是道教的洞天福地，历史上有许多道家名人在此修炼过。山上松柏挺立，景色秀丽清幽，有湖、潭、泉、瀑等自然景观，又有桥、亭、廊、石刻等人文景观。山谷中巨石层叠，清泉穿流其间，汇成河流。遗憾的是当时正值旱季，未能观赏到水流盛势和水帘瀑布的壮观景象。这个景区留给我们的印象是:涧宽、石巨、岩面平；潭多、洞多、石刻多。在许多平滑巨石上的摩崖石刻提升了景区的文化品味，使游人在观览美景的同时，享受了一次诗词、书法与篆刻的艺术美餐。

水帘洞景区面积不大，两小时就游完了。走出大门，“面的”司机已等候在那里。至此，我们的衡山之行也结束了。

凤凰游

夜宿沱江吊脚楼

2007年10月29日，我们从衡山返回长沙，本打算上张家界，但气象预报近日张家界下雨降温，于是改变了行程，当晚就买了次日去凤凰的大巴车票。汽车上午11点才开，这一程竟然走了九个多钟头！到达时，凤凰县城已是灯火通明。花5元钱打的到虹桥，一下车的首要任务就是安抚饥肠辘辘的肚子。走进虹桥旁一家灯光明亮的饭馆，点了几个菜，便大吃起来。第一次品尝了这里的招牌菜——血粑鸭，只觉得味道很特别。饭吃得差不多了，急忙打电话落实住处，不巧原先联系过的几家宾馆都已客满。热心的饭馆老板的姐姐得知后，主动要带我们去沱江边旅馆集中的地方看看，这才定下心来。听她说那里还有吊脚楼，这正是我们的心愿所在！离开饭馆没走多远就到了沱江边，沿江的旅馆一家连着一家，其中有一些两三层的木结构吊脚楼临江而立，是观赏江景和古镇小街的绝佳之处。好不容易才找到一家有空房的吊脚楼入住了。标准间原价60元，因是淡季，40元一天。友人住在一层，店主带着我们沿着狭窄的木楼梯上到三层，客房空间小，木板墙也薄，简陋的小木窗还缺了一块玻璃，屋里湿冷，卫生间设施也差，但这些丝毫没影响我们当时的喜悦心情，反而觉得很新鲜，老百姓的吊脚楼不就是这种感觉嘛！放下背包急忙推开临江的屋门，站在小阳台上观望夜幕中的古镇，的确“别是一番滋味在心头”：宽宽的沱江水静静地流淌着，高高的堤岸两旁，小楼重叠，灯光明亮，房前屋后的檐头大红灯笼高高挂；楼间高挑的马头墙上用彩色光管勾勒出秀雅的曲线，颇有几分古韵；灯光、楼影投射到幽暗的江面上，被细波搅得斑斓多彩；江边码头的石阶上，有人俯身在放河灯，点点红火在水面飘动，不知他们许下了怎样的心愿？一座灯火辉煌的双层廊桥横跨在不远的江面上格外抢眼，这就是著名的虹桥风雨楼，是沱江夜景的焦点。入夜很久了，街面上依然游人如织；江对面节奏强烈的迪斯科音乐声在夜空中振荡，让人感到视觉、听觉竟是如此地不合拍，不禁为那些歌者、舞者感到些许遗憾。好在这强烈的不和谐的声音在午夜 12 点整戛然而止了。街上的游人渐稀，古城终于安静下来，我们也渐入梦境。沱江的夜晚宁静又湿冷，睡在吊脚楼中并没有所期待的潺潺水声的相伴，但也享受了枕江而眠的感觉了。

第二天一早，沱江边轻轻的拍击声唤醒了我们。朦胧中觉得这声音既熟悉又陌生。起身推开小阳台门向下观望，见几位妇女蹲在江边的石阶上，有的洗菜，有的用木板敲打着衣物。哦，原来是“捣衣”声！这久违了的声音顿时把我引向了遥远的童年旧事：那时西安刚解放，我十来岁，家里的生活还很清苦。辛劳工作了一周的妈妈为了少买几担水，周日常带着我们背着大包的床单、衣物，带着皂角、棒槌（敲打衣物的木质圆棒），一大早赶到西安火车站，搭货车（不用买票，爬上去就行）去近郊的灞河洗衣服。当皂角用完了，就在附近拔些灰条草（一种含碱量很高的植物）来搓洗衣物。洗净的被单、衣物摊晒在河边的大石头上，直到傍晚再赶最后一班货车返回城里。这悠悠往事让我觉得很亲切，可想起那时辛苦的母亲心中又十分酸楚。眼前的美景将我拉回现实：江岸上的鸭群摇摇摆摆地跳到江中，竟整齐地自动排成一列顺流而下，小蓬船主悠闲地撑着篙接送游客；江边只有几个写生者和抓拍晨景的摄影者，清晨可真是古镇一天中最宁静、美好的时刻！不久，四面八方就喧闹起来，到处是游人。早餐在虹桥边一家“百年米粉馆”里解决。我们各吃了一碗牛肉米粉，粉足肉多，汤汁浓香，外加一个卤鸡蛋，那个味道可真叫好！桌子上的泡豇豆、泡红椒随便吃，都很下饭，每人才花 6 元钱。真是百年老店，食品如此质优价廉！后来，我们每天都在这儿吃早饭，分别吃了红烧猪肉粉、肥肠粉、三鲜粉和素粉，样样美味！至今不忘。

古城小街

凤凰古城的多数街巷都已改建或开发成商业区了，卖时尚商品的店铺、酒吧、歌厅等鳞次栉比，还有许多店铺、旅馆正在大兴土木向现代化迈进；但是，这些都未能掩盖得了漫长岁月留给古镇的痕迹。看那狭窄的小街和街上光溜溜的石板路，陈旧的小木楼，还有那高高竖起的马头墙、撑篙的小船，岸边捣衣的妇人……街上最抢眼的商品是此地特有的传统商品。走进苗家银饰店，橱架上摆满了苗族妇女从头到脚的整套白银饰物，白花花得满屋闪光。其中最漂亮最让人惊叹的是那顶经过精雕细凿的硕大银冠。据说，苗家普通女孩出嫁时都能拥有这套“凤冠霞披”，那时个个都是公主！当女孩呱呱坠地，父母就得辛苦地为其做准备了。这里的手工纺织工艺品种类特别多，一些苗家大妈还现做现卖。扎染、蜡染的衣物与披肩很受女游客的青睐，那蓝底白花图案的民族特色最为鲜明；还有卖漂亮时尚绣花鞋的、各种款式手提包的、农副土特产的……走进苗家老酒坊，你会感到苗族才是酒文化深厚的民族：店铺的一层层架子上挨个摆放着用彩绸装饰的大酒坛，家家都有十来种自酿酒，真是小街一景！一家腊肉店门边的装饰很有创意：店门外左边挂着压扁了还咧嘴傻笑的腊猪脸、右边是一只伸开双臂的腊鸭子，都在笑迎顾客光临；里边的货架上则挂满了一条条熏黑的腊肉。街上还有不少姜糖作坊，店员把软如面团的热姜糖团挂在店门旁的铁钩上，不断地拉成细条、折断扔进店内的操作台上，再剪成小段包装出售，他们随时会给有兴趣的游客一块姜糖免费品尝。姜糖是用麦芽糖和生姜做的，其色泽黄亮，口感香脆，姜味浓郁而不太甜，我们挺喜欢吃的，一袋售价 6 元，浓浓的姜味弥漫在小街的空气中。

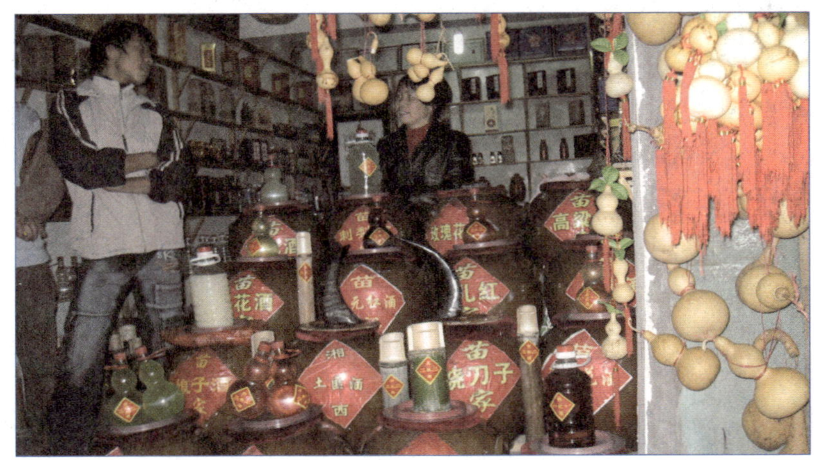

悠扬的葫芦丝乐曲声把我吸引到一家店铺前，见店门上方悬挂着“葫芦丝大王”的横牌，里面坐着一位五六十岁身着苗服的老人，背后的电视屏幕

上正反复播放着他在央视演奏葫芦丝的节目，满屋摆放着制作精美的各种葫芦丝，心想：这位肯定是“大王”了。动听的乐曲、精美的乐器让我产生了购买的欲望。我虽没吹过葫芦丝，可有玩乐器的基础，拿过一支试试，觉得不难，就大着胆子与葫芦丝大王合奏了一曲《婚誓》，效果还不错，得到了围观者的赞扬。“大王”非常高兴，一支又一支地吹着、试着，帮我仔细挑选葫芦丝，有“大王”把关何愁买不到好乐器！最后，我花 180 元买了一支葫芦丝，作为走西南旅途中的消遣之用。

提着葫芦丝来到紧邻西城门的文化广场，这里面积不大，中心有座大型主题雕塑——一只昂首展翅飞翔的凤凰，成了凤凰古城最醒目的标志。从广场可直接登上城楼，一览古城内外风光。

在凤凰，我们还有一次迷路的经历。刚到这里，看到什么都新鲜，一天晚上，在街上走街串巷，不觉已很晚了。古城的街面很相似，曲里拐弯的，夜晚更难辨认，走了几个来回也无法回到旅馆，路上已没有行人可问询。幸亏手机上有店主的电话，只能等他来接了。

在凤凰古城停留了三天三夜，时间不长，但印象深刻：古朴的吊脚楼、秀丽的沱江风光、美味的酸汤鱼、牛肉米粉，轻雾迷朦的清晨和红灯高照的夜晚、热情的凤凰人……

古城取名凤凰，据说源于附近有座状似飞鸟的山，这个吉祥的名字让地处偏僻一隅的小城从此人杰地灵。你看，她那秀美的山水、独特的风韵吸引了世界各地多少游人？又从这沱江边的吊脚楼中飞出了多少金凤凰！大家耳熟能详的就有军事家郑国鸿（清代），政治家田兴恕、熊希龄，文学家沈从文，科学家肖继美，画家黄永玉……凤凰古城真是一块孕育、栖息凤凰的风水宝地！

天龙峡探幽

凤凰古城的小街上，成群结队的游客在导游的喇叭声催促下，忙着拍照、购物，走街串巷，川流不息，就这还算淡季！一些当地的野导游站在路旁，用机警的目光搜索着过往散客，观察着他们的动向。一天，吃罢早餐，我们刚走出米粉店就被“捕捉”到了。一位中年女子走到我们面前，从口袋掏出块小铜牌（上面仅有号码）说她是天龙峡景区的导游，愿给我们提供全程服务：一天游四个景点，包括往返交通、全程导游和一餐丰盛、地道的苗家饭，每人 70 元。并特别承诺：我们可在回程时付款，服务不好不收钱。这条件还能不成交！我们一行五人毫无戒备地跟着她走了。

这里的导游形式很特别，我管它叫“三导制”（有点像培养研究生的导师制了）。这位是“一导”，带着我们走了几条街来到古城北门城楼处就变了卦，要我们先交钱买票，我们让步了。拿了票后，“一导”将我们转交给“二导”。“二导”打手机联系车辆，又等了二十多分钟来了一辆陈旧的七座小面包，“二导”带着我们上车出发了。走了约十几公里车停在一片田地旁，见几位村民守候在地头，他们是天龙峡景区的检票员。检过票，“二导”又把我们转交给“三导”——村里的导游，随着她在田间小路上又走了二十多分钟，才到国家地质公园——天龙峡景区。何故一路被三转手？分明是三方为了分享旅游带来的利益！可我们的感觉呢？跟在她身后走来走去，像是被人贩子转卖了三次！

天龙峡景区入口是一处开阔的下沉山口，两侧山壁的岩石很奇特，是由黑灰色层岩叠成的，薄的每层不到一厘米，厚的有十厘米左右。平展叠压，层次均匀，是名副其实的千层岩。裸露的岩层在绿色植物的衬托下，清晰得显示出一种节理之美。谷底有一条溪流，我们沿着溪边的小石径下行。越走，山越显高，谷越窄，两壁垂立，夹成一“缝”，称作“一线天”。这段峡谷坡

度很陡，湍急的水流发出巨大的轰鸣声在山谷中回响。一股水柱从半山壁的石缝中飞泻而下，叫“飞龙下海”，我以为叫“飞龙戏谷”更贴切。谷底还有碧蓝的水潭，山壁上有个巨大的山洞，钻进去见洞顶悬垂着一个大吊灯似的钟乳石还在滴水，我张口接了几滴，水质清甜。峡谷逼窄万仞，景观丰富多变。其中最刺激神经的是走在那段悬挂在峭壁上的阶梯路，那些随意搭在铁架上的薄薄的板条或板皮随时都可能断裂；飞瀑的水花溅在上面，板条又湿又滑，每登一阶都让人心惊胆颤。

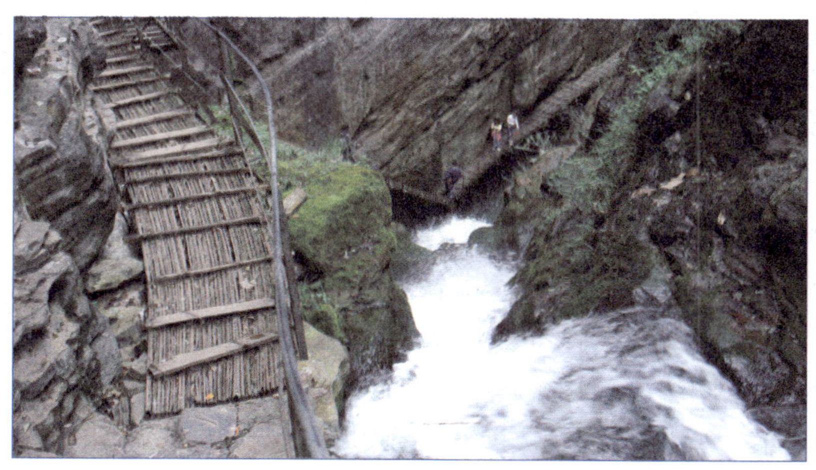

据导游说，天龙峡景区在两个村子范围之内，是两村共同出资 200 万元开发建设的。因缺少资金，景区没有很好规划，设施也十分简陋。险情四伏，两个小时游完了天龙峡。感到这里的景观原始、自然、幽静、险峻，值得一游，但存在着严重的安全隐患！但愿当地政府能关心并参与景区的建设，使设施和服务尽快得到改善，以防患于未然。

感受古苗寨

离开天龙峡就跟着导游参观了岩旮窠古苗寨。一进寨门便有一位身穿苗服的漂亮小姑娘走来，热情地把我们迎进一个院落，随即安排午饭。院内墙上还挂着 20 世纪 60 年代“公社食堂”的牌子。我们围坐在一张低矮的小方桌旁，不久就端上来五菜一汤，是地地道道的苗家菜，绿色食品（苗家人的口味和汉族似乎没太大差别）。食堂旁有一家小铺，一边摆着手工艺品，一边摆着十来个酒坛。坛里盛着自酿的各种米酒，有苗家米酒、老窖米酒、土匪酒、桂花酒等，主人热情地请我们品尝，觉得味道都不错，还很便宜，我们就选了度数低的糯米酒和猕猴桃酒各买了一斤，边吃边喝。这两种酒味道醇香，口感十分好，如果不是人在旅途，一定会多买些带回家中慢斟细酌的。

酒足饭饱之后，小姑娘又带我们参观了岩旮窠古苗寨的军事文化馆、地主庄园，最后还专门为我们五位游客在苗寨鼓堂（演出厅）正式表演了一台节目。苗家人的纯朴、热情让我们感动而不安！演完节目，主人又组织了一些主、客共同参与的活动。在集体踩踏板前行的过程中，大家玩得正高兴，这些不知深浅的苗族孩子为了活跃气氛，竟恶作剧地踩住了我们的踏板使我们全体摔倒在地，幸好我们这把老骨头还没骨折，可老伴珍爱的墨镜镜脚却被折断了，好心痛啊（这是个深刻教训，老年朋友参加这类活动一定要谨慎，弄不好还真会骨折的）！但是，这个插曲仅仅是个人遗憾，并没有影响当时热情、欢乐、友好的气氛，最后，大家以相互献歌的形式热烈告别！

面包车开出苗寨时天色渐晚，在回程路上先来到黄丝桥古城下。导游说因搬迁问题，城里住户与有关单位未达成协议，古城暂不接待游客。我们只能“望城兴叹”了。这座古城很小，周长仅600米，像个大城堡。可它有着雄伟的城楼和用青光巨石砌成的坚固城墙，经历了1300年的岁月，至今保存完好，可谓“固若金汤”。我老家西安的古城墙虽宏伟壮观，但论起二者的岁数来也只能算小兄弟了。汽车从古丝城前开过去不久，暮色中，路旁的山坡上出现了一条“黑色长龙”在群山中蜿蜒而去，这就是著名的“中国南方长城”，也称“苗疆边墙”。原长190公里（现长不详），也有450年的历史了。

短暂的一天，尽情享受了天龙峡景区的清新空气和幽静的环境，还对苗族的悠久历史和风土人情有了一些了解，收获不小！晚上七八点钟才愉快而疲劳地返回了凤凰古城。来到灯火明亮的虹桥夜市吃晚餐，见卖的多数是烧烤，吃客很多。网上推荐的酒酿汤圆可真不怎么样，淡而无味且制作粗糙。后来，在一家店里喝上了用瓦罐煨了六个多小时的野山菌汤，鲜美极了！

山外之山——张家界

2007年11月2日一早，怀着兴奋的心情告别了凤凰古镇，乘班车去张家界。坐在宽敞舒适、视野开阔的第一排，观赏着沿途的美丽风光。四个小时不觉过去，已到了张家界。

先讲一件趣事：有了去张家界一游的计划后，便想了解张家界的情况。一天，在校园里遇见一位湖南籍的工科教授。我提到要去张家界，他不解地说："去那儿干什么？没看头，乱七八糟的山，像乱抹出来的国画一样……"此言一出，吓我一跳，竟无言以对。只笑答："谁不说俺家乡好，你也太谦虚了吧！"其实，这正应了"见仁见智"那句老话：即使是同一事物，若从不同的角度看，也可能得出完全不同的结论来。套用美学中的一句经典名言："灿灿发光的金子在地质学家眼中不过是一种矿石而已。"如仅从地质构造来看，张家界风景区的那些山也只是沉积的砂岩经水蚀切割后形成的各种各样的地貌罢了。但是，对醉心于自然山水的人来说，却是一幅幅无比神奇的千姿百态的天然图画！

行前在网上倒真看到不少反映"张家界乱七八糟"的信息。主要是指张家界火车站、汽车站的旅游服务混乱：游客下车伊始，就会被蜂拥而上的一群人包围游说，或强拉食宿或软磨参团旅游。结果常常使游人担惊受怕，甚至上当受骗。一些游客还曾被小偷趁乱洗劫过。对此，我们心里真有点"乱七八糟"了。情况若真这样，自助游的老人肯定是这些"猎手"的首选猎物，真不能掉以轻心啊！看来，最安全的办法是避开这个泥潭，直接找一位可靠的景区导游接站。于是，我们立即在网上搜集了不少有关景区旅馆与导游的资料，再根据网友的反映，给其中口碑好的几家分别打电话了解情况，最后选定了一位名叫石万太的导游。他家在山上的旅馆设有标间，提供饭菜，还可免费上网，最重要的是他负责到车站接送并代购返程车票。这样一来，我们的主要问题都解决了。此后一直与他保持联系。上山前一周，他每天通过手机短信给我们发送张家界的天气预报，使我们躲过了连续几天的绵绵阴雨，在凤凰玩得踏实。11 月 2 日中午，一到张家界汽车站，他带着车直接接我们上山了。

下午二时许，我们顺利进入森林公园景区大门。先在餐厅吃了午饭，之后直奔百龙天梯上山，顺道可游览金鞭溪景区。因这段游程需要步行七八公里，而我们和友人的背包都比较沉重，所以得请挑工帮忙。一直守候在我们身旁的两位三四十岁的妇女，提出 5 件行李挑到住处共收 100 元。得知人家是为孩子赚学费的，我们便没还价，省出体力就可以畅游了。

此前从图片、影视中看过张家界的山就觉得很特别，可当这些拔地而起的巨峰突然立在眼前时，还是让我们目瞪口呆了！其难以言表的奇特形貌，完全不是脑海中“山”的概念，而是些点缀着青松绿草的千姿百态的石柱、石台、石塔、石墙、石块和难以名状的石峰，让人目不暇接！通过联想，景区给它们取了名，如观音送子、劈山救母、定海神针、双龟探溪，等等。山峰被命名就成了景点，张家界号称奇峰三千，若都命了名，就有 3000 个景点了，那就成景点数量的世界之最了。

金鞭溪、百龙天梯

我们随着石万太导游沿金鞭溪前行。金鞭溪是处于两山间一条开阔的山谷溪流。深秋时节，这条被称作“最有诗意的溪流”水量小，清浅的流水在宽宽的石面上缓缓滑过；野花草装点着岸边；两岸林荫扶疏闭道，洒下一地清凉。陶然之中，《醉翁亭记》中的“野芳发而幽香，佳木秀而繁荫”跃入脑海，句中所描绘的大约就是这般景象吧？但想在这儿欣赏左右奇峰可不尽人意，茂密的树林总遮挡着部分视线，不让你看清全貌，急煞人也！好在饱览奇峰之美的景点在张家界比比皆是，在这里就全身心地感受幽谷清流的兴味吧！少雨季节虽无法领略溪水丰沛的胜景，但清幽的环境、凉爽宜人的气候、新鲜的空气、平坦的道路都是难得的徒步佳境。安步当车走它个七八公里，舒展一下筋骨，也算是上山前的拉练吧！我们虽走得满头大汗，却感到身心俱爽。看到身边匆匆越过的坐着滑竿的游人，不禁为他们惋惜。两个多小时游完了金鞭溪景区，来到了在旅游界和园林界都颇有争议的百龙天梯之下。

来张家界之前，对在景区修建百龙天梯我也是坚定的反对派，而此时身临其境，我的想法却有了改变。这是一座输送游客的大电梯，可从山脚直升山顶。它被巧妙地镶钳在笔直的山崖凹槽中，紧贴岩壁而立。位置隐蔽，色彩与山体也较和谐，对自然景观的影响非常有限，可却为游客提供了极大的方便。否则，许多人只能在山下望山兴叹了。

宽绰、敞亮的天梯运行速度很快，三百多米的垂直距离不到两分钟就到顶了，真有一种“飞檐走壁”的感觉。走出天梯，四野无拦，眼前是个不小的停车场，旅游环保车随即将游客送往袁家界、天子山、杨家界等景区。

当我们步行到大观台附近的石家兄弟客栈时，天色已经黑透。石导几兄弟都从事旅游服务工作，开了几处旅馆。这一处共有 10 间客房，都是标间。房间还算宽敞，卧具也干净。客栈的门厅里摆着电视和电脑，是公共活动区；厨房与餐厅连在一起。男主人和女儿主外，都是导游。父女俩性格开朗，女儿尤爱说笑，跟她爸开起玩笑来像兄妹一样。女主人主内，做饭兼收拾房间搞卫生，寡言少语，有点腼腆，总在低头忙她的活计。我们累了一天，吃过晚饭、冲了个热水澡便早早休息了。

放眼袁家界

预计在山上将要待五夜六天。第二天一早与石导研究游览日程。张家界景区面积辽阔，景点众多，仅核心景区（森林公园、天子山和索溪峪）就达 369 平方公里，遍游是不可能的。依据我们的体力和兴趣商定：选择不同类型、代表性强的一些景点，以住处为中心，可乘环保车，也不拒徒步，先远后近，走多少是多少。

在旅馆吃过早饭，按计划上午先去袁家界风景区。这是一条精品景点较集中的线路。我们在住处附近的公路旁等车时，看到身后有两块大水泥平台。石导说这里原本是宾馆和餐厅，后来被迁出去了。单看这地基的规模，就可以想象那时景区内是何等的热闹了。不久，免费环保车来了，车况不错。我们在袁家界停车场下车，进入景区。

天气晴好。我们一行五人情绪高涨、精力充沛地走在崎岖陡峭的山路上。满眼是林立的奇峰，脚边是千尺深渊，迥异于常见的山地环境，带给我一种全新的亢奋的感受。似天公对张家界情有独钟，突发奇想，在此塑造出如此众多的似山非山、似石非石的特殊景物，把造化的奇、险、神、峻、旷、幽、秀、雅等美态都集中地赋予了她，形成一座天造地设的巨型石景艺术博物馆。这里有独立擎天的“乾坤柱”，有山峰相向、似喁喁私语的“情人”谷，有青峰作阵、摄人心魄的“迷魂台”，有小巧玲珑、翠峰点点的“后花园”……就是那些两两并列的山峰，也呈现出完全不同的景象：看那“闺门初开”——两座壁立千尺的山崖，只被一隙窄缝隔开，恰似欲开似闭的两扇巨门。不远处有两座高峰比肩而立，但见一条巨石横架在两山之巅，正是“一桥飞架”东西，让“天堑变通途”了，这座天然石桥就是有名的“天下第一桥”。远观让人心惊胆颤，但桥上装设了安全护栏，走在“天桥”上虽心跳加快，可绝不会失足落入深渊。我们都亲身尝试了一回“上青天”的滋味！而此后在天子山景区见到的“仙人桥”可就没这么慷慨了——它也横跨在两峰之巅，因其不但险峻且高不可攀，便成了仙人专道，游人只可仰望而无近前的份了。

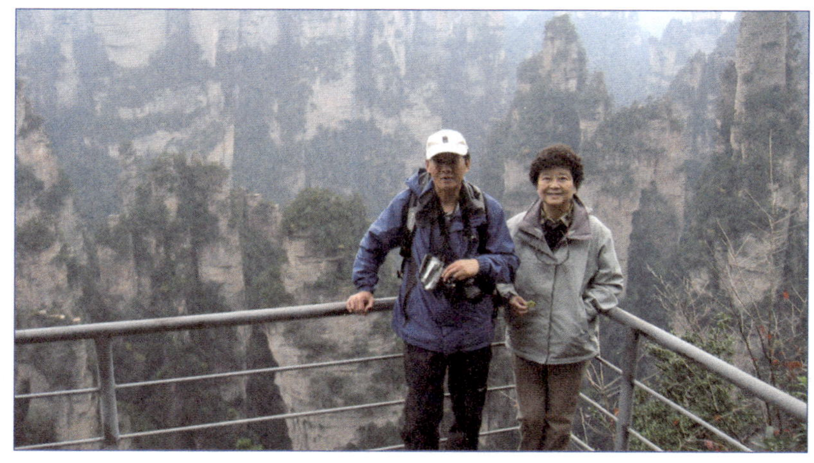

寓秀于旷的“十里画卷”不是指足行十里，而指目视十里。在此驻足遥望，层层叠叠、高高下下的峰林绵延数里。环视四面，万千峰石争奇竞秀，真是一幅渐次展开的巨幅扇形山林画卷，妙不可言！这里还有供游人寄情的“许愿天锁”景点——狭窄山道上的一个小亭子，吸引来众多游客。亭内和路旁长长的护栏铁链上，层层叠叠地挂满了黄灿灿的大铜锁。相爱的人们期望用坚固的锁，牢牢锁住彼此的承诺与爱情。铜锁是永远锁在这儿了，孰不知挂锁人如今的境况如何？是依旧相知相守还是早已各奔东西了？人们守护爱情的方式不同：有的挂在嘴上，有的想锁在铁链上，有的铭刻在心中。

景区内常常见到成群结队的韩国游客。听说有人已来过两三次了。他们中许多人还在此留下了印记：路旁的一个小亭子成了韩国游客的名片屋，亭内挂着一排排用韩国游客名片贴成的八角纸灯笼，亭柱上和亭檐下也被名片贴满了。我以为：中国人在铁链上挂铜锁是传统文化习俗，无可非议；你“老外”在亭子里挂上个把名片灯笼也许无伤大雅，可到处乱贴名片那就够弱智无理了。我们欢迎外国朋友来中国，但客人必须尊重主人，可别在热情的华夏大地上任性过了头。

一个上午马不停蹄地游了十多个景点，接着乘环保车去石家兄弟的另一处客栈吃午饭。稍事休息后又去了附近的“一步难行”、“神鸟啄食”、“大观台”等景点，圆满地完成了当天的任务。

回到旅馆，看到新来了不少客人，有广东的、湖南的，加上我们5位已经满员了。吃过晚饭后，大家不约而同地聚集在门厅处。山上海拔高、昼夜温差大，晚上还真冷。主人在门厅当间摆了个小矮方桌，桌下放着一个木炭火盆，小桌四旁固定着厚厚的棉被，捂住热气，大家围坐一圈，把腿伸在棉被下。这种取暖方法很有效，很快，全身都热呼呼了。一位热情的广东女士提议大家开个小晚会，我们热烈响应。石导的女儿非常活跃，也来助阵。于是，来自天南海北的人们欢聚一堂。唱歌的、唱京剧的，表演粤剧的，跳新疆舞的，欢乐的气氛拉近了彼此的距离。大家玩得十分开心，我还录了相，准备刻成光盘分寄大家以作留念。

挥汗乌龙寨

杨家界景区有不少个性鲜明的景点，它们所展示的并非形似何物，而是提供一个特有的环境让游人去感受与想象。例如，“一步登天”、“空中走廊”、“天波府”等都给人呈现了不同的惊喜。但给我印象最深的还是“乌龙寨”。那个绝妙的寨子独立于环绕的群峰中央，峰顶设有土家族农民起义领袖向大坤的祭室。清末、民国时期，此寨曾被土匪盘踞。建国初，解放军才剿灭了匪徒。所以，乌龙寨又称“土匪窝”。土匪能选择这里长期踞守，就可知其地势之险要。这次艰难登攀更体会了“一夫当关，万夫莫开”的含义了。

乌龙寨位于崇山峻岭中的一个独立的山头。在千仞绝壁之上，凿出一条狭窄栈道可通寨顶。往上走不仅惊魂骇目，且沿途要闯过多处险要关卡。我们一行五人从山脚下沿着一条宽不足一米的陡峭石阶盘山而上，不久就气喘吁吁了。再往上，本就狭窄的“路”还被伸出的一块岩石挡住了一半。望着下面深不见底的山谷，只能小心翼翼地贴着岩石边缘慢慢蹭过去。我们这些老弱残兵汗流浃背、喘着粗气，双腿沉重得抬不起来了。快到山顶时，面前又出现了一条长高均约十米、宽不足半米的“石缝”。一般人经过此处都需侧身，如果是胖人，即使侧身也难通过了，想必当年的土匪是没有胖子的。再爬了一段坡路，终于到寨顶了！大家长吁了一口气，别提有多高兴了，一路的艰辛全都抛向九霄云外！崖顶为一处平台，围成一个不大的庭院。有住室、厅廊、仓库等。主屋在高高的台子上方，门楣上挂着“向王天子祭室”的匾额。两旁的对联分别是“向已称王传千古”、“天有其子颂万年”。门锁着，门外摆放着一个用一整块巨木雕成的座椅，是压寨夫人的专座。旁边还立着一个两米高的编制精细的竹粮筒。从寨顶放眼周围，只见绝壁断崖环绕，峰丛无数，万千景象跃入眼中。穿过庭院不远处，见一座独立的巨石突兀在前方，石碑上刻着“天波府”。我们攀数十级铁梯登至“天波府”石顶。顶面平坦，青松挺立。环顾四周，满目石柱峰林层叠错落，气势恢宏壮丽，尤其是排列整齐的“四道城墙”更让人感到险峻、挺拔，这可真是一处理想的观景台和安全的瞭望台啊！

空中田园与阅兵台

同行的友人在第三天结束了旅游，告别了张家界，也告别了我们，随其女儿一起踏上了返程。我俩留下来继续看山，游张家界之后还有很长的旅程。

张家界景区之大、景点之多，是我们旅游以来未曾遇到的，即使每天早出晚归，也还有许多地方没去过。每天晚上回到旅馆都感到很累，但到了第二天游兴又起。在众多的景点中，我们对“空中田园”尤感好奇。因为几天所到之处全是峰谷交错、山石林立，这空中的田园会是什么景象呢？它附近还有处“阅兵台”，想必也有好景观。这两个景点距住处很远，且交通不便须全程步行，路又不好走，没有导游带路很难找到。于是，请石导带我们老两口去看看。

从住所出发，我们踏上一条由山民趟出的山林小道。翻过一座小山，越过正在修建的公路，再走上又一条山间小路。不久，石导在山边一块石碑前停下来，给我们讲述了一个发生在 1990 年 7 月的事故：北京航空航天大学的英语教授杨立三先生来到张家界，住在景区内的一家招待所里。13 日晨，他没换拖鞋，就兴致勃勃地去附近一个名叫“一步难行”的景点观景，在跨越一条宽一米左右的岩间石隙时，不慎失足落入千尺深渊而罹难，时年 63 岁（后来在出事地点搭建了坚固的钢筋网，可我走上去仍心有余悸）。这座墓和石碑是教授家人为纪念他而立的。据石导说，墓碑朝向杨老师的家乡，刻有“望乡台”三字。当地山民路过时，常会为故去的教授献上一把山花。我为同行的意外早逝深感难过和惋惜，在附近采了一束野花和松枝献在了他的墓前。这是一个多么沉重的故事啊，它警示我们在沉醉于美景的同时，千万不能忘记安全！

步行了两个多小时山路，再穿过一片树林，来到一处山坡下，沿着山民踩出来的又窄又长的便道一步步向上攀登。十几分钟后，出现一片开阔的缓坡台地，眼前豁然开朗：台地兀立高天，山壁深不见底，远近群峰俯伏脚下。这里空间宽敞，光照充足，地面竟有一层肥沃的土壤；缓坡上是整齐的果树林，平坦处纵横交错地分布着一些小块耕地，栽种着低矮的作物；田旁的树丛掩映着几间农舍。真是一处令人难以置信的世外桃源啊！此时，这儿没有游人，连主人也不知去了哪里，只有两只家犬守在房门口。它们看到不速之客只是随意地叫了两声，便蹲在一旁静静地观望着，好像认定我们不是坏人，算是代表主人欢迎客人的到来吧？我们在田园里信步走着，看着，拍摄着，悠闲而又自在。石导渴了，在菜地里拔了两个青萝卜，打开地旁的水龙头洗干净，递给我一个。我咬了一口，太辣了。石导说，把青萝卜放在水池台上，说主人回来还可以做菜。

秋阳沐浴着房舍树林、果园菜地，连同那两只家犬，一切都沉浸在一派温暖、安适、寂静的氛围中。此时，总不能忘怀的两句诗“陶令不知何处去，桃花源里可耕田”又荡漾在心田。我走到台地边缘举目四望，惊奇地发现：这里根本不是山基，而是一座高居于群峰之上的山峰的顶部。在这伸手及天之处居然还能种田？真是名副其实的“空中田园”！高峻的百龙天梯赫然就贴在对面的山壁上，距离很远，小得像一个细木梯。宁静、高远的环境，开阔、秀丽的景色，置身其间感到它才是真真切切的天上人间！

离开这神奇的“空中田园”又钻进树林中。这儿原本无路可走，主人为吸引游客刚用斧头砍出了一条通道，留在地面上的树桩高插草丛，好几次都差点把我绊倒。走着走着，我觉得两旁的树木越来越少，透过枝叶草丛，突然发现左右四五米之外，便是千尺深渊，顿时紧张起来，心想：这无异于走在百十层楼高的墙头上！这分明就是在天波府看到的城墙啊，连忙观察只顾聊天的老伴和石导，担心他们行走是否会偏离中心，也提醒自己千万要走稳每一步，别重蹈杨教授的覆辙。好在两旁的枝叶遮挡了部分视线，减轻了恐惧感。走到尽头，地面稍宽些了，可险境却全然暴露眼前，更让人胆寒。我们选择了一处较为安全、平坦的地方坐在树下休息、午餐。这里望去约有两百多度的广阔视角，这就是景点“阅兵台”。站在台前居高临下，远近奇峰异石尽收眼底，诸峰层立，恰似壮士列阵；近处群峰皆在脚下，仿佛举手可触其顶。此时，雾气甚浓，层层山峦颜色由深而浅延伸远去，最终没于雾中。

一连几天在山上山下奔波的石导累了，躺在林下休息。秋风轻拂，四野静谧。这里没有喧闹，没有干扰，只有我们两位老人立于山巅，骋目周围美不胜收的奇美画面，尽兴地品味眼前的一切，任思绪自由飞扬，感到无比畅快与满足！做个背包客真幸运，那些随团匆匆赶路的游人，可没法享受到这样的美景和心情。

十里画廊

最后一天的游览，因时间所限只能在黄石寨与十里画廊两个景区选择其一，十里画廊的名字吸引了我们。吃过早饭，整理好背包，就要离开生活了6天的“石家兄弟客栈”了，心里还真有点不舍。告别时，朴实的女主人小陈反复地说着两句话：“我对不起你们了，没有让你们吃好！”歉疚之情溢于言表。然而，我们觉得事实并非如此，尽管因交通不便，有时食品供应不够充足，但他们都会尽力弥补。在我们住宿期间，蔬菜的种类不多，可数量基本可以保证；肉类确实少，主人就想办法给大家做了一次土鸡，还弄来一只野兔。有一天，在旅馆吃午饭的只有我们两人，小桌上除了两盘素菜外，还摆着一大盘炒鸡蛋，我们根本吃不了，就拨出来一半。小陈看见了，说：“今天没有肉，我给你们炒了6个鸡蛋。”我们觉得主人很尽心了，很感激人家。石导一家是山里的苗族人，待人真诚、实在，只要条件允许，他们总是尽可能满足旅客的要求，尤其是小陈，不善言辞却很是厚道、热心。背起行囊与女主人作别后，石导带我们乘观光车到天子山索道口再换乘缆车下山至十里画廊景区。

十里画廊景区位于一条开阔而平直的山谷中，中心是一条平坦的观光电车道，人行道分列两侧。游十里画廊可乘电车，也可步行，我们选择了步行。因为这段路平缓、宽敞，视野开阔，很安全，步行轻松，且能近距离欣赏景点的全貌。路旁峰石连绵，景点不少，如“猴王瞭哨”、“向王观书”、“寿星迎宾”等。我觉得最传神的还是“采药老人”：一位驼背老者，身背背篓独立于山坡上，新采的草药伸出篓外，十分形似。但这个景区景观的观赏性和丰富的程度与“十里画廊”的名称以及我们的期望值有很大差距。我想，游张家界不如先游“十里画廊”，可能感觉会更好些。

黄龙洞与宝峰湖

离开“十里画廊”就出了“武陵源景区”。为了提高游览效率，争取在下半天内游完黄龙洞和宝峰湖两个景点，经石导介绍，我们花100元租了一辆小轿车直奔黄龙洞。在黄龙洞对面的一条街上有许多家饭馆，我们决定进洞前先吃午饭。一位头发有点花白的矮个妇女从挂着“毕兹卡酒店”的铺子里走出来，抢先把我们迎进去，满脸堆笑地让座、倒茶，端出一小盘向日葵瓜子和几个橘子请我们吃。打开菜谱一看，菜价昂贵；她在一旁推荐的菜品价位更离奇。我们没听她的，只点了四盘家常菜、一盆汤和四碗米饭。端上来的菜量都很少，饭没吃完菜就没了。结账时竟要139元，仅米饭就要20元（一小碗5元，而当时在其他饭馆，米饭每人仅收1元还不限量）。当我们对这种宰客行为提出意见时，她顿时变脸，出言不逊，态度十分恶劣。最后，司机和石导让她减去米饭一半的收费。鉴于在这个黑心饭馆的遭遇，建议大家游览黄龙洞前带些食品，不要让这些“宰客”者得逞！

去黄龙洞的便道两边都是卖纪念品的摊位，摊主们操着韩语、日语大声地向我们吆喝着，可见来自这两个国家的游客之多。黄龙洞是个规模相当大的溶洞，不仅空间巨大（共四层），而且，地形变化强烈:有巨大的“厅堂”，也有狭窄的洞穴；有上下起伏的丘陵，也有曲折迂回的地下河流；至于溶岩景点，则更是琳琅满目了。洞门前段的景观较为一般，当下到地下河码头乘船游览时便渐入佳境了。游船在曲折宽大的地下河上缓缓前行，彩色霓虹灯光投射在幽暗的河面上，闪烁着奇幻的光波。空间时大时小，地势时高时低，两岸的溶岩景物似石笋、石柱、石台、石盘、石花、石树、石幔、石瀑……有直立的、悬垂的、节状的、螺旋形的，在各色灯光的渲染下美轮美奂，宛若置身神话世界。

上岸后，我们又顺着曲曲弯弯的石阶路上上下下，沿途的石景规模更大更奇。从从钟乳石排列得错落有致，或大如石塔，或小似石钉;或顶天立地，或盘曲回环;或拔地而起，或从天而降。它们的表面都被“雕上”美丽的花纹，在高约十多米的“厅堂”顶上也有精美的“深浮雕图案”悬垂。我们在洞里走过了开阔而倾斜的“黄土高坡”，看到了层层叠叠的“梯田”，欣赏了疑似黄龙的“钙华池滩”，还有古朴苍劲的“老树”……这些被大自然复制微缩的艺术品千姿百态、变化万端。

出洞后见许多人都汗流浃背、气喘吁吁，我想可能和洞内氧气不足有关。黄龙洞虽然巨大，但成百上千名游客同时在其间活动，耗氧量亦十分可观。记得在四川的黄龙景区里也有个深入地下的黄龙洞，其入口狭小而幽深，我亲眼见到有游客几乎晕倒在洞内。看来，溶洞内的通风不良是个较为普遍的问题，应尽早解决。有些溶洞里灯光黯淡，黄龙洞内也有部分地段光线昏暗，不知是为制造神秘气氛还是为节电？这不但使不少美景被淹没在黑暗之中，还存在着安全隐患。

宝峰湖与张家界及其它景区的景色迥然不同，不只是山与湖的区别。这湖是被群峰环抱并高高托起的“天上湖泊”（高山湖泊），深七十余米的碧玉般的湖水晶莹润泽、一尘不染。茂密森林覆盖着的小山头穿插于湖中，使湖面显得迂回曲折、幽深莫测。此时，秋阳西斜，山林苍翠，闲花野卉点缀岸边，云天山林在湖面上投下清丽、光鲜的倒影，湖中的座座小绿岛恰似叶叶绿帆。我们荡舟湖面，绕绿岛缓行，每过一弯，便是一景。随船的导游小姐指点着左右，讲述着它们的传奇故事。当船经过岸边的景亭时，游客用掌声呼唤出亭中身着苗族盛装的漂亮姑娘和小伙，他们为游客献上一支支优美、动听的民歌；若你也想展示一下歌喉，还可与亭中的阿妹、阿哥对歌。湛蓝的天空、洁白的云朵、黛绿的群山、一碧如洗的湖水，游船荡漾其间，真如飘飘然于静穆、圣洁、美丽的仙境！我们带着这般美好的感受结束了张家界之旅。

张家界景区真是太大了，我们在这里流连了 6 天也只是走访了其中的一部分，还有机会再来吗?

包车把我们送到张家界市区已是下午六点多钟了。告别了司机，我们在一家饭馆吃晚饭。陪同了一整天的石导取来了代购的两张火车卧铺票，在沉沉暮霭中把我们送上了去火车站的出租车。晚 7：40 我们顺利登上开往贵阳的列车。一上火车，我们就给石万太导游发了一封短信，对他及其家人深表谢意：感谢他们的热忱与辛劳，我们在张家界度过了愉快而难忘的 6 天，不但饱览了许多精彩、神奇的景致，还在美丽的张家界收获了美丽的心情!

四面风景贵阳市

登上张家界开往贵阳市的列车，晃动的车厢、有节奏的车轮转动声营造了一个很适合我睡眠的环境，舒舒服服地睡了一夜；但是，老伴对这种环境却难以适应，加上她对面及车窗前坐着的几位年轻人不停地说笑，有的还在座位上吸烟，呛得她不停地咳嗽，辗转无眠。他们是贵阳某食品公司的员工，公司组织到吉首市旅游了两天，现回贵阳去，大家的兴奋劲儿还在延续。后来，我提出请他们去车厢连接处吸烟时，他们立刻灭了烟头，谈话声也随之变小了。早 7 时到达贵阳，这些年轻人不计前嫌，以好客主人的身份介绍此地的情况，还为我们指路。出站打的直奔省总工会招待所，这是一位热心同事给我们预定的住处，不在闹市，座落于市区一个小山丘上，很清静。连续半个多月的湖南之行颇感疲劳，当日便在招待所休息了。

花溪公园

许多人说贵州是公园省，由此可知其旅游资源丰富到什么程度。从旅游地图上看，贵阳就是一座被多个景区环抱的城市。次日早餐后即乘公交车去市郊的著名景点——花溪公园。途经许多站点，走了一个多小时才到目的地，车票仅 1.7 元。

花溪公园沿着一条名为花溪的河流而建，傍山临溪，地形多变。溪面宽处达数十米成为湖，窄处不足十米而为溪；水深处齐腰过胸，浅处仅能没过脚面。溪流随地形层层跌落。溪岸迂曲，岸上绿树成行，荫凉满地；水边芦苇丛丛，枝头挂满了白色的芦花，环境清幽。可惜正逢枯水期，河湖的一些区段水流干涸，滩底袒露。景区疏于管理，部分水面上漂浮着枯枝、落叶与垃圾，让人生出零落、衰败之感，不像它的名字那样美丽！园内游客不多，主要是当地的老年人，这里成了他们健身休息的场所：园区回荡着他们播放的响亮的乐曲声，宽阔的湖面、湖岸上都跃动着他们的身影。男的在水中挥臂畅游，大妈大嫂们身着泳装在岸边悠闲地舒展着肢体，还有人在桥下的跌水旁淋浴。他们都落落大方不避游客，而此等景象却让我们望而却步。美丽的花溪水变成了“老人河”！看来，公园应好好规划一下，使之既可满足老人娱乐、健身的需求，也能让游客尽兴地观景与休憩，视觉不受干扰。

当前，我国已逐步进入老龄化社会，在公园、旅游区以及城市的公交车上，老年群体与社会其他群体在享用公共资源上的矛盾日渐突出，处理好这一矛盾是构建和谐社会的一个重要方面。我们也是老年人，以为“尊老爱幼”的优良传统得靠老幼双方来共建，老人在接受社会关照的同时也要多为其他群体着想，这样才能赢得社会对老年人的尊敬。

听说花溪公园不远处有条黄金大道，景色不错，多诱人的名字啊！走出公园后门沿溪顺流而下，行走数百米便到了黄金大道。请教路旁的一位老人，路名因何而来？他答：“因为秋天路两旁的梧桐树叶一片金黄。”又说，“你们来得正是时候！”黄金大道是主路旁的一条侧路，没有车辆行驶，游人也不多，十分安静。宽阔的花溪水在路旁静静地流着，对岸的山丘上覆盖着茂密的树林，路两旁整齐地排列着高大的梧桐树。深秋时节，满树黄叶将道路上空围成一条金色甬道，在斜阳的照射下映着金光；伸向溪流的枝桠，时有黄叶飘落在蓝绿色的水面上。对面山丘上的树叶也都换上了红、黄、褐等鲜艳的彩装，在澄澈的溪水中投下了美丽的身影，为清幽的山水增添了热烈的气氛。面对这色彩缤纷的绚丽世界，游人纷纷举起了相机。我也摄取了不少好镜头，其中一幅是各色彩叶倒映湖面的照片，我以“调色板”名之，成了我摄影的得意之作。远处三四只出壳不久的小野鸭在水中玩得兴致正高，它们一头扎进水中很久才在另一处浮出水面，不厌其烦地重复着这种游戏，真是可爱极了！鸭妈妈呢？不为这些小家伙担心吗？

小九寨——天河潭

位于贵阳市郊的天河潭是一处景观内容很丰富的袖珍景区。去那里玩，也没有专线旅游车，仍需在“市郊公交车站”乘车，途经二十多个站点、花一个多小时才到达。景区面积不大，可有山有水、有瀑有湖、有溶洞溶岩，

还有水帘洞、钙华滩等景观。它们的规模都不大，但相当紧凑，也很精美，故又被称为“小九寨”。所以，我们与它虽是初次见面，却有似曾相识的感觉——真有小九寨的意思！只是时逢景区维修，观赏水景受到一定影响。但总体而言，天河潭是很美的，值得一游！

城中秀山——黔灵公园

贵阳市地处群山环抱之中，且有数座山峰延伸进市区，黔灵山便是。人们利用这座山建成了“黔灵公园”，最高处海拔 1396.3 米，是市区的制高点，成为俯瞰城市的最佳位置。走进公园，宽宽的登山道路两旁林木蔚然，遮天蔽日，不仅是贵阳市民青睐的登山、纳凉、休闲之地，也是外地游客的必访之处。

黔灵山半山腰的密林中有座寺庙——弘福寺，倚山而建的殿堂楼阁层层叠叠，规模虽不大，却气势非凡。建筑的造型、色彩和工艺都相当考究。屋顶的主脊与侧脊上都有精美的石塔镇脊；高高挑起的飞檐上，或琉璃彩凤翘立，或游龙跃动；殿前巨大的木柱上雕龙盘旋而上、昂首向天，活灵活现。众多的建筑物高低落错却显得浑然一体，都那么富丽堂皇。出了寺门，走在山路上，突然从密林中窜出几只猴子向我们讨食。但来时未带食品，故无以相赠，让人家空跑一趟，真不好意思！登至绝顶，只见草木皆无，危岩峥嵘。此地视野开阔，目穷天际。鸟瞰贵阳市中心区，高楼鳞次栉比；放眼周边，一片片脚手架林立，预示了正在崛起的新贵阳的灿烂明天！

不见红枫的红枫湖

红枫湖，多美的名字！眼下恰值深秋时节，那里当是枫叶正红、风月无边。于是到贵阳的第三天一早，就乘班车到清镇市、再转 3 路公交车，终点即为红枫湖。买了门票，进入景区大门，走过一条短小的街区，下到湖边，一片广阔的湛蓝湖面涌入眼帘。

红枫湖由南北两个湖串连而成，水面约五十七平方公里，内有大小岛屿 170 个，其中一些大的岛屿已开发建设成景点。本想沿湖徒步，细细品味它的湖光岛影，可是无路可寻：长长的湖岸在景区的前端就被建筑物拦断，游人只能乘船游，让我们这些“徒步狂”非常失望！码头边停靠着许多漂亮的游船，船主们都聚在一条船仓内打牌，上船询问，人家见只是两位老人也就懒得搭理了，仍旧兴致勃勃地甩着纸牌。还好旁边一位船主开了腔，让我们包他的船游湖，还可登上 3 个岛参观，优惠价 200 元。还没等我们搭腔，又来了一些游客，船主立马改口包船费升至 500 元。大家一致抵制这种行为，一起去了另一处与船主商量，以每人 25 元成交。目前，我国不少旅游区疏于管理，消费前需先作调查再决策才是。

游船在浩淼的湖面上缓缓行驶，眼前由近而远的岛屿如层层山峦。一些大的岛屿上耸立着高大、豪华的欧式别墅群和宏大的古堡式建筑，远望宛若一艘艘豪华的大游艇。游船绕过它们，约二十分钟后靠岸。我们首先登上的是侗族岛。岛上最显眼的是高大的色彩艳丽的多檐式侗楼，形似一个四棱锥形尖塔，极具观赏性。岛上有许多推销各种旅游纪念品的小摊点，还有身着艳丽侗装的女孩，她们热情地邀请游人一起跳竹竿舞，之后还会将一个心形的红绒做成的小饰物作为礼物套在游人脖子上（算是入套了），接着会带入室内免费品茶，热情之至，谁能想到这是“醉翁之意不在酒”呢？当游人的兴致渐佳时，她们就乘势请你参加热闹的侗族婚礼仪式，你成了当然的新郎扮演者，让你兴高采烈地参加了猜新娘、送信物、拜天地等一系列婚礼活动之后，“证婚人”才提出不菲的取费要求，理由很充分：娶媳妇当然要付礼金啦！此时，你才醒悟过来，可为时已晚，只能买单了。临走时，她们还热情地邀你来年同一时辰到此看望新娘，弄得你哭笑不得，谁还敢再来呢？离开侗族岛，乘船又分别登上布依族和苗族岛。这两个岛的形式与内容与侗族岛基本相似，展示的都是本民族的典型建筑、民居、服饰和民俗文化，被塑造成专为旅游服务的“展览馆式寨子”，而不是生活中的村寨。因此，不能体味到真实的生活层面上的民族风情。当然，不同的旅游者有着不同的旅游期望，对我而言这里没什么意思，不看也罢。

两个多小时的游程，乘了船，上了岛，看了热闹，却始终没有见到红枫的踪影，真是失望！也许“红枫湖”之名原本就另有含义？

返回时，来到清镇市车站，已经挤满了等车的游人，还在不断增加着。等了很久，终于一辆客车驶了进来，几十个人尾随其后一溜小跑，我站在预测的可能停车位置上，果然车在我面前停了下来，我们被身后拥挤着的人群推搡着上了车，还坐上了座位，总算可以安全返回了！汽车开动时，车里已“站无虚席”了。

贵阳市附近的景区很多，除我们游览过的几个以外，还有南江大峡谷、香火岩大峡谷、石林公园和多处瀑布等景点，但由于时间有限，加之秋寒的气候、旅途的劳顿和整天的主食都是米线和质量差的米饭，对我这个“北方佬”的胃无疑是一种折磨，导致已经痊愈多年的胃病又复发了，无奈之下只能放弃游览其它景区而直奔主题——黄果树大瀑布。

观黄果树大瀑布

路途趣事

曾看过一些瀑布，可名闻遐迩的黄果树大瀑布却只在影像作品与图片中见过，一想到能目睹它的真容并与之亲密接触就很激动！

前一天去汽车站买景区车票，售票员却说没有专线客车，只能乘坐去关岭的班车、中途在黄果树景区下车。此语让我们颇感震惊与困惑：举世闻名、中国最大的瀑布、贵州的旅游“名片”、吸引着国内外众多游客的著名景区——黄果树竟无旅游专线客车？真是不可思议！这给旅游散客造成了多大的不便，又给贵州的旅游形象带来怎样的影响？可现实让我们别无选择，只能乘过路中巴前往。

第二天一大早就到了体育馆车站候车。八点前后，一辆辆大客车陆续开出了车站，可我们要乘的车在哪儿呢？出发时间已过了还没见影儿，问值班员，只听他说：“等着坐观光车。”改乘观光车了？不由一阵兴奋！十几分钟后，他指着一辆姗姗来迟的中巴让我们上去，一看仍是去“关岭”的班车。原来，是我们听差了贵阳方言，把关岭听成了观光，一场空欢喜！

上车后，路途上发生的几件事更令人惊讶不已。第一件是“关门不用手，讨价不开口”。车上的售票员悠闲地坐在门边的座位上，双脚高跷，搭在车门后的栏杆上，关门时只须用皮鞋尖对准门把手往前一蹬，“咯噔”一声门便关上了，动作相当娴熟；更新鲜的是，他与路边等车的旅客讨价还价时不用开口，隔着车窗玻璃，相互用熟练的手语比划着，彼此都能心领神会，真不简单。第二件是“司乘人员带头吸烟”。车开后不久，售票员率先拿出一支香烟递给司机，两人同时点燃猛吸，浓烟熏得邻坐的一位女士忍无可忍，只好逃到最后一排去“避难”。乘客中的“瘾君子们”见司乘人员带头吸烟，也纷纷理直气壮地狂吸起来，车内烟雾缭绕，始终无人制止。我们被呛得够呛，却不敢多事“犯众”，只能强忍下来。第三件是“高速路停车上下客，要钱不惜命”。车祸如猛虎，可司机的胆大于虎，竟敢在高速路上随时停车，多次搭乘跳过隔离护栏拦车的人，太冒险了！高速公路管理部门真该加强监管力度，坚决制止这种拿生命当儿戏的恶劣行为。第四件是“票价任他诌”！沿途上上下下的乘客很多，票价没个标准，司乘人员信口要价，往往是高出实价许多。这样一来，难免有一翻讨价还价之争，达成一致时开门上人。否则，关门车走，多数情况下，无奈的乘客只能认宰。

在行驶途中，突然从路侧冲出一个年轻人，拼命挥手示意停车。车停了，此人跳上车向售票员索要退款，争执中才弄清缘由：原来他是中途上车的，后因车费未达成一致而被逐下车，可下车时忘记要回他先付的那张百元大钞了，于是特地乘出租车赶来要求退钱。双方在退多少钱的问题上争执不下，只好一起下车去找警察评理。为此，车又停了二十多分钟。

一路趣闻不断，长途乘车也不觉疲劳了。临近黄果树时，售票员特意叮嘱我们：下车后不要搭理那些站在门前出低价包车游的人，一定要买景区的环保车票，既方便又安全。看来，他们对远道而来的客人还是友好而热心的，对此关照，我们表示了谢意。

这一路见识了不少新鲜事，也许我们是少见多怪了。

游大瀑布景区

在黄果树景区门口一下车，就遭遇了一帮拉客者的包围，我们未予理睬，径直走进售票厅。售票大厅明亮、宽敞，工作人员衣着美观、整洁，语言亲切，服务热情。门票不算便宜，160 元一张，可我们运气好，正巧赶上庆祝重阳节，

60 岁以上的老年人免票一个月，每人只交了 2 元的保险费和 50 元的景区内交通费，两人共省了 320 元。一位女售票员见我们是老年人，便主动地询问我们在此逗留的时间，并据此仔细安排了游览日程和线路。这一切让我们在下车伊始就拥有了一份好心情。

景区大门内是个大停车场，整齐地排列着一辆辆崭新的金龙大巴车，客人随上随开；司机文明礼貌，严守规章。在此乘车时，目睹了一位景区工作人员托司机顺路搭乘一位熟人而被拒绝的情景。司机说私自带人要罚款一千元。如此重罚当然谁也不敢冒犯条例了，可见管理的严格。当我赞扬景区的服务时，一位工作人员说：“我们正在向九寨沟景区学习，差距不小，还得努力。”车行不远，右侧便是陡坡塘瀑布，真是入门见景！水流从宽达数十米的平顶陡坡上滚滚而下，触碰到坡面磊落的巨石，发出隆隆吼声，再被截成许多小瀑流跌落潭中，又溢出潭外，汇成一条宽展而清浅的小河，绕过几个沙洲向前流去。此地视野开阔，可一览瀑布全景，真是难得的观瀑佳境。滩岸和沙洲上栖息着许多不知名的鸟儿：觅食的，戏水的，打盹儿的，追逐玩耍的，梳理羽毛的……一拨儿好动的小白鸟，时而群起盘旋于空中，时而列队滑落在水面；河中，一对丹目朱喙的黑天鹅始终亲密相随，盘桓游弋。两只在草地上漫步的孔雀，从我们身边昂然踱过，那华丽美艳的“服饰”、

雍容高贵的风采令人过目难忘。鸟儿们都在尽情地享受着它们的优游岁月，好不逍遥！此时，没有其他游人，我们静静地坐在岸边的大卵石上，和鸟儿们共度这美妙而快乐的时光，久久不愿离去。

走出陡坡塘景区大门，随即登上了开往黄果树大瀑布景区的环保车。驶过了一段居民区，在一个广场上停了下来。周围有许多家庭旅馆，我们找了一家入住，吃过饭就到广场乘车去景点。

在临近黄果树大瀑布前，有一段精彩的序曲——途经一个精美的盆景园。园中的景石和树桩盆景都非同寻常。景石一般都有二三米高，石面光滑洁净，多为纯净的灰白色。石体线条圆润、流畅，有直立者、斜插者、侧身者、俯卧者……美石所具有的疏、透、漏、皱兼备，极尽石艺之能事。其中一石不仅形状奇美，用小石轻叩它的不同部位，还能发出高高低低的清脆乐音，若能仔细琢磨想必能“奏”出动听的乐曲来。树桩盆景高度多在两米以上，根颈粗者可达五六十厘米；树龄上百的银杏、榕树、雀梅等造型丰富、美观且生机盎然，绝无老态。无论景石还是盆景可谓件件精品，这在北方是罕见的，拍摄时真难以取舍。

出盆景园不远，我们便来到了通往大瀑布的滚梯（传输带）处，往返票价 50 元，我们为节省脚力便乘梯而下，到了终点才知道，这段距离并不长，完全可以轻松地走下去。出扶梯口沿山边小径转入一条宽敞的峡谷，两壁峰峦耸翠，杂木蔚然；谷底一条大河，河床层叠而下。湍流奔腾跳跃，每至水流跌落就变成了飘动的“白练”。仰望凌空高悬的座座吊桥，其上的行人仿佛信步云天。转过几道河弯，举世闻名的黄果树大瀑布突现眼前！但见七八条瀑流从天而降、一字排开，幅宽近百米，落差达七八十米。时下为枯水期，故未尽显其恢宏、雄伟的气势，却展示了它优雅、娟秀的一面：瀑流清湛，婀娜多姿，掩隐于其后的树木、洞穴以及游人历历可见；瀑布上下，天蓝水碧，两旁草木苍翠，天然绘制出一幅完美的山水画，令人心旷神怡！

黄果树大瀑布的观景条件是独一无二的，给游人的观赏提供了很大的自由度：可远眺、近观、仰视、俯瞰、正视、侧视；还可进入瀑布后的山体内，

从岩石的洞窗和缝隙中贴近瀑布，聆听轰然作响的水声，目睹银河落九天的景象，感受水花飞溅飘落于肌肤的清凉，全方位地感知大瀑布。不仅游得尽兴，还能获得全面而深刻的审美体验。观赏环境是审美活动的要素之一，有不少奇美的瀑布因观赏位置不佳，而给欣赏活动留下了极大的遗憾。如四川瓦屋山上有号称“地球第一长瀑布”（指示牌标示 1400 米），却没有一个位置可以观赏到它的全貌，让人扫兴！九寨沟的瀑布可谓形式多样而壮观，但观瀑位置却也没有这么完美。在太阳西沉之时，怀着满足的心情告别了这个魅力无限的黄果树大瀑布。

天星景区

天星景区只是黄果树景区的辅助景区，因此，我们对它本没有寄托过高的期望。可一进入景区就情不自禁地为眼前那独特的景致叫绝：小巧玲珑的山石，奇构异形，密集成林，矗立在明镜般的浅水中；水池、溪流环绕四周；高高低低的树木花草在岩石上、水面上自在地舒展着。这分明是一处精妙的水上小石林，也是一个巨大的天然“盆景园”！眼前的美景彻底颠覆了我当初的预想。蜿蜒的小道带着我们在这袖珍山水中回旋，片片汀石自然地浮于水上，虽由人作，宛自天成。游人低头择石而行，如履水面，情趣盎然。即使不慎落水，水深也不过脚踝。其中由 365 块汀步组成的一段叫“数生石”。每块汀步上都镶嵌着一块黄铜牌，顺序标识着一年中的每一天，游客经过这

里，都会兴致勃勃地低头寻找属于自己生日的那一块，并站在其上留影。我也找到了自己与家人的生日石。

在迷宫般的山间水道中倘佯，有时还需钻石洞、穿石缝。抬头是形态各异的山石，俯首见粼粼碧波；峰回路转，涉目成趣。峰间天地时开时合；水面时收时放，窄者为溪，宽处成池。池周峰石相拥，绿树红花，碧水竹筏，自成洞天。游客经过池边，守候在那里的身着艳丽苗服的姑娘们，只要看到年轻男士，就会热情迎上去，挽住左臂右膀，拍一张姿态相当亲密的合照，不少男士也欣然应允。合影当然要收费，她们知道老头们对此不感兴趣，更不会为此买单，所以，收费多少我无从知晓。

离开神奇的“盆景园”，随溪流来到白水河边。河面宽阔，两岸碧峰林立，草木茂盛，还有大片的仙人掌。我们沿着河边小路顺流而下，一路绿荫。路边还有苍古的榕树，如巨伞张覆，将粗壮的枝条伸向河边。

走上栈道来到了被群峰围合的天星湖，这是个幽静的小天地。湖水中点缀着花草覆盖的块块礁石，漾漾水波里是红柱灰瓦的亭阁游廊的倒影，与岸边的绿树红花相映成趣，净洁而美丽。往前走，到了另一条河边。左右青山，河面足有五六十米宽。一川巨石错落水中，石面光洁、浑圆而白皙。巨石与水面相交处密生着一圈青苔，像缠上了一条绿丝带，格外赏心悦目。再前行，坡陡水急，从坡顶倾灌而下的湍流冲击着巨石，溅起雪白的水花落下绕石而过。忽见河床骤然下沉，河水变作一幅阔大的瀑布，瀑下数个巨大、浑圆的石丘围合而立，坠落瀑底的水流又奋力冲上石丘顶部，再均匀地滑落下来，在光滑的石面上铺就了一层薄薄的水网与水纹，接着幻化成无数条闪光的银链，从四面八方落下，聚向中心，又反弹上石顶。游客可倚栏近观这奇妙的瀑景。空中浓浓的水雾湿润了面颊，耳际水声轰鸣，满眼“银链”飞舞，使人眼花缭乱、激动震撼！这就是罕见的“银链坠滩瀑布”！

我曾看过不少瀑布，雄伟壮美的、秀丽妩媚的、形姿独特的……我以为“银链坠滩瀑布”是我见到过的瀑布中最神奇、美妙，最丰满多姿，当然也是最难忘的！也许这只是出于我个人的偏好吧，它带给我莫大的惊喜！

天星景区不可不看，“银链坠滩瀑布”更是一大奇观，值得细细观赏和品味。黄果树大瀑布随团游一般都不留宿，景区多姿多态的瀑布群很难观赏得全，留住一夜，游览两天比较从容。

三赴春城话今昔

此前我曾两次来过昆明，第一次是1966年。那次刚下火车，我们这群“来自北方的狼”就颇感新奇：深秋的昆明依然温暖如春，道路两旁高大的榕树枝繁叶茂，树干上垂吊着一缕缕状如灰发苍髯的气生根，在秋风中飘摇；芭蕉叶硕大苍碧，一派温润的南国景象！33年后的1999年晚春，我第二次来昆明，这回是应邀到昆明世界园艺博览会视察新疆园的建设情况。那时的昆明为了迎接世博园盛会，整个城市像个大工地：脚手架随处可见，改造道路、修建大楼、绿化和美化城市，基础设施建设搞得轰轰烈烈。完工的街道已相当漂亮了，人们的精神面貌也焕然一新。一位司机自豪地对我说：“为迎接世博会，昆明的城市建设规划提前10年完成了。”

前两回远赴昆明皆重任在身，身不由己，不敢有所懈怠，没有机会畅游春城。这第三次造访，我已然是完全的自由身了。安排了充裕的时间，带足了盘缠，偕老伴轻松愉快、逍遥自在地畅游云南了。

从贵州过来，对昆明市的住宿情况不了解，也不想麻烦当地的熟人，便电话预定了住处。火车一到站，就打的直奔人民路的“金峰宾馆”（标间148元）。当天休息，就近边逛街边物色合适的住处，最后选中了一家距“金峰”仅几十米的“城管招待所”。别以为叫“招待所”的，条件就一定差。这家“城管招待所”的客房比“金峰”宽敞多了，很干净；电视、饮水机、大浴缸等基本设施齐全，只是房间和设备陈旧些，标间才80元/天。第二天，我们便搬了过去，此后这里就成了我们在云南的大本营。去其它地区旅游都从这里出发，行李寄存于此，不论在外多长时间，结束后都再回到这儿，仿佛一个临时的家。这样一来，不仅十分方便，而且心里踏实。

入住“城管招待所”当晚，听服务员讲红嘴鸥已光临昆明了。次日早饭后，我们就匆匆赶往翠湖公园观鸟，可到了翠湖边却一只也没见到。问过工作人员才明白：红嘴鸥每天在各处停留的时间自有严格的规律，早8时前在翠湖，时间一过便飞往滇池等其它水域，过时不候。我们迟到一步，所以扑了空，只得扫兴而归。等公交车时，请教一位老者：哪家的过桥米线最好吃？老人热情地说：“不远处的大世界的最好。”他怕我们找不到，还特意陪我们多坐了两站路，下车后指明具体位置后才离去。我们的运气一直不错，旅途常遇好人相助。

“大世界”是一家规模很大的米粉专卖店，高大、宽敞的大厅里摆着几十张超大圆桌，有宴会厅的气派。客人出出进进、熙熙攘攘，厅内座无虚席。好不容易找到两个空位急忙落座，看看菜单，价位悬殊：最低的一份6元，最高的80元，还有8元、10元、20元、40元几个档次。为了感受不同价位的差别，我们分别要了20元和40元的各一份。首先，端上来的是两个大托盘，20元一份的盘内摆着十多个小碟，每碟中摆放着三四片配汤的菜，有鱼片、笋片、鱿鱼片、肉片、小鲜虾等及一些不知名的青菜和花瓣，还有一小份汽锅鸡汤。蔬菜中的鱼腥草，真是名实相符，鱼腥味极重，不敢入汤！40元一份的除上述内容外，再加了一罐鲜美的肉汤、五六种小菜和四五种小点心。接着，端上来的是一大碗米粉和一大碗热鸡汤，汤碗之大令人咋舌！我是老陕，西安的羊肉泡馍用的大碗叫“老碗”，堪称“天下第一碗”（味美数一，碗大第一），可与面前这只巨碗相比，只能算小兄弟了。眼看着面前的这一二十个盘碟却不知吃法，经旁边客人热心指导，先将各种肉片放入滚鸡汤内，再放配菜，之后倒入各种调料和米线，最后，将红玫瑰花瓣和贡菊花瓣洒在汤上，余下的几种菜和小点心是就着吃的。这里的米粉确实与众不同，不仅花样繁多，而且汤味鲜美，米线柔韧可口。至于那众多的小菜我以为其中一些主要是烘托气氛的，视觉与心理功能大过味觉功能，所以，当地人只吃6元、8元一份的，效果与高价位的差别不太大。吃过米线，步行回宾馆，顺便观赏市容。

昆明的主要街道如北京路、东风路、人民路等都宽阔而洁净，秩序井然；道路两旁高大的行道树与茂盛的花草让春城美丽且充满生机；高楼大厦不少，但不拥挤，有些建筑显得大气而富有时代感。一位出租车女司机曾问我们：“看到昆明火车站了吗？是西南最漂亮的！”那个造型独特、宽敞明亮的火车站的确与众不同，值得市民为之骄傲！昆明交通四通八达，去各大景区

都很便捷。在我们住的人民路可以享受到天南地北风味的饭菜与小吃；公交车多，方便出行。昆明人大多朴实、热情，容易相处，乐意助人。他们说起话来总带个“嘎”字，连卖牛肉面的兰州伙计在浓重的甘肃腔里也嘎来嘎去的。

我们先后在昆明停留了 9 天，这里温润的天气、友善的人们、平和的生活使我们过得轻松又舒适。

此次云南之旅，计划先北上去滇北地区，在寒冷季节来临之前，再南下西双版纳。利用来回在昆明休整的几天中，游览了距离不算太远的石林，参观了市区的海埂公园、西山滇池、民俗村与世博园等几个景点，还在海埂公园不期邂逅了数百只红嘴鸥，都给我们留下了美好的印象。有的景点四十多年前曾经浏览过，现在已今非昔比：规模大了，内容丰富了，设施完善了，游人骤增了，只可惜当初的那份清静失落了。那原本开豁的滇池岸边现已是楼房林立，水面上增加了几条长堤，可达彼岸；上空修建了索道，缆车将游客直送龙门；景区内窄窄的山道上摆满了兜售纪念品和小食品的摊位。这些变化可能改善了一些人的生活条件，也方便了游客；但是，登上龙门远眺，虽然依旧是烟霭轻笼、碧波荡漾，却再也找不到当年的空阔飘渺、辽远静穆的感觉了。清代名士孙髯翁笔下的“空阔无边”、“四围香稻，万顷晴沙”、“九夏芙蓉，三春杨柳”的描绘，那是西山、滇池的原貌吗？多么令人心驰神往

啊！而今只能上大观楼从长联中去品味了。这就是历史的必然？但总体而言，昆明的春城桂冠依然名副其实，这颗高原明珠依然闪烁着璀璨的光芒！

2007 年 12 月 12 日我们顺利地结束了历时近一个月的云南之旅，满怀留恋的心情离别了昆明，飞回北京。

丽江纳西小院

从昆明乘大巴车北上，赴丽江古镇，全程需八个小时左右，路途可算遥远。好在一路风光宜人，也就不觉得难熬了。4个小时后到了大理，约有一半客人下了车。公路左侧是逶迤、高峻的苍山，右侧的是缎带似的洱海，大理城就座落在这山与“海”之间。离开大理继续向北，海拔渐渐升高，天空越来越蓝，云彩越来越白，云形也越加丰富多姿了，都那样美，真是名副其实的彩云之南啊!

滇北的云景充满了诗情画意。仰望湛蓝的天空，那洁白似棉、轻盈如丝的云朵听凭风儿召唤，时而聚拢来，拼成难以名状的图形，留给人们种种遐想；时而飘散开去，宛若玉宇中琼花绽放；时而铺成层层白絮。太阳西沉了，云朵被余晖映照得紫玉般晶莹剔透，当光束从云朵后擦边而过时，又为它镶上了一圈明艳的金边。如此绚丽多彩的云天真是妙不可言！行驶在大理至丽江的路上，感到眼睛都不够用了，不仅要顾盼左右山海，还要抬头观天赏云，生怕错过了欣赏美景的良机。

我们到丽江已近黄昏时分，汽车停在新城的汽车站，我们转乘中巴车来到古城区，背着沉重的背包走在古城的街道上，去寻找网上介绍的那家青年旅社。一位三十多岁的女士迎上来问：“就是老谢那家车马店吧？”表示自愿为我们带路。当走进小巷后，她建议我们顺路先看看她的旅店，这是小店拉客的惯用手法。心想去看看也无妨，还可增加一个选择的机会。她的旅店较小，低低的门楼，侧面挂着一块“古城河畔旅社”的牌子，但环顾四周，并没看到河，只见一小股水流穿墙而入。这是一个纳西“三房一照壁”式的小庭院。院中央是小天井，当间摆着一个小圆藤桌和四把藤椅，旁边有两盆黄色的兰花和一溜绿色植物，小巧、干净，真有点家庭院落的亲切感。迎面是一栋两层小楼，西边和南面还连着几间客房；楼下的公共活动区很小，但摆着一台电脑，可以免费上网，标间 60 元。后来，她把我们带到了青年旅社。我们对比之后，还是回到了“古城河畔旅社”。由于我们入住时间较早，客少房多，便选了楼上最大的一间正房，而且把房价还到 50 元。

踩着窄而陡的木楼梯，侧身上到二楼的客房里。这间房没有正式的窗户，但向阳的整面墙由 6 扇木门组成，每扇木门上方都有大大的玻璃窗，顶上还有一个贯通室外的雕花通气窗，所以光线还不错。不过，如不拉窗帘，室内情景就被一览无余了。据房主说，这就是典型的纳西民居。房门上挂着个早年用的大黑铁锁，有几分古朴气息。从这时起，这间小屋就成了我们在丽江的“家”。住在这个“家”，不如大宾馆那么舒服，但可以体味到纳西民居的味道，丰富经历。人群熙攘的街道就在附近，但小巷深处的院落却能闹中取静。小院离玉泉广场不远，外出吃饭、游览都很方便。店主还可以代住客联系旅行社和旅游车，车会按约定时间来接。我们出游外宿时，就把行李存在客栈，回来前预先电话告知店主，他们总会设法把我们安排在原先住的那间楼上小屋，这也让我们开心。

丽江的深秋气候冷凉，尤其是夜晚。客房的电热水器、电热褥能驱散寒意，旅馆里 3 个可爱的服务员给我们带来了更多温暖。她们都从较远的农村来，纯朴、天真、勤快。每天收拾客房，招呼客人，小院里总是晾满了她们洗的被单。她们敬老，很快和我们熟稔了，亲热地叫着爷爷、奶奶，常和我们聊天。吃饭时只要看到我们，就力邀我们一起吃；削一个大梨，也要先切一块给我们。她们常说自己笨，不会喊客；斜对面的旅店服务员特别会喊客，人家的客房总能住满。主人待她们似乎不错，跟她们一起吃饭，一顿饭有三四个菜。有次，她们高兴地跑来邀请我们："客人都没退房，今天不用去喊客了，活儿也干完了，下午我们一起去水库玩吧？"并说那里很漂亮，车票只要 3 元钱。我们立刻答应了，完全忘记刚刚洗了秋衣、秋裤，根本没法出门。我们感到非常遗憾与歉疚，真不愿让小姑娘们扫兴。她们上学很少，不大识字，只能干些体力活。离别的时候大家都依依不舍。当听说我们要给她们拍照时，便赶紧回房换衣服、化妆。奇怪的是，丽江的照相馆只冲印大批量的照片，区区几张根本不接受。我们一返回北京立即冲印并寄给了她们。她们不会写信，不知收到否？于是打电话去问，接电话的是老板，说收到了照片，女孩们非常高兴，谢谢我们。那个小院，那 3 个女孩，从此留在了我的影集里，也深深地印在了心中。

聆听纳西古乐

从昆明到丽江坐了八个多小时的汽车，够累人的，可是旅途的劳顿并没有减弱我们对丽江古镇的好奇与游兴，吃过晚饭立刻上街去看夜景。虽说是旅游淡季，但古镇的街头依然灯火通明，人头攒动，人声、乐声鼎沸，热闹非常。我们边逛街边拍照，走了一大圈，最后转到了玉河广场，这里的游人更多。向四周张望，见广场东边灯光较暗的一隅，一些人围成了一个圆圈儿，吸引了我们。近前才看到圈内的纳西人正准备演奏古乐。纳西古乐作为中华民族音乐文化的珍贵遗存，我们对此早有耳闻，这回有机会现场亲耳聆听当然十分欣喜，便挤进人群，选了个好位置站定。这是一个由祖孙三代人组成的家族乐队，其中有七八十岁的长髯老人，也有十岁左右的孩子，男女老少总共十二位。他们身着纳西族传统服装，手持古老的乐器，坐了三排。演出开始了，一位四十岁上下、肤色黝黑、面容清瘦的汉子，身披银白毛长斗篷、头戴折沿小白毡帽，顶上还插着一根羽毛（应该是鹰毛吧），手持无线话筒健步走出来（看年龄像这家的第二代），用汉、英双语报幕，其熟练程度令我惊讶！他语言流畅，语调抑扬顿挫，吐字清晰，讲述内容有板有眼，其老道与魅力不让电视台主持人。他先简单介绍了纳西古乐的历史以及他们家传的渊源，之后又一一介绍了家族每位演奏者的身份，他们遂逐个演示了手中的乐器：有神奇的树叶琴——一片普通的树叶就能吹出复杂的旋律，有用芦苇杆制作的竖笛，还有二胡、三弦和形似筝、阮之类的不知名的弹拨乐器。随后，演奏正式开始。演奏的曲目都是传统的纳西古乐，曲调简单，旋律平和，没有强烈的起伏跌宕；主题经多次反复而被强化，并大量运用了独特的演奏技巧，风格十分鲜明。演奏者的表情沉稳，台风朴实无华，古风古韵甚浓。

在幽暗的灯光下聆听纳西古乐，无需把一切看得一清二楚，就像在古老的木屋中听长者讲述悠久的纳西历史故事一样。思绪跟随着古老的旋律走进了久远的纳西人的生活，沉浸在无限的遐想之中。虽听不懂乐曲的具体内容，可那既不悲悯也不激越，平实无华的旋律，却在我心中激起了一种莫名的感动，久久不能平息，这是一次别样的美的享受。据说，著名的纳西文化人宣科主持的纳西古乐演出，票价在百元以上，而在这里听原生态的古乐却不需要买票，随意付点赞助小费即可——但即使这样，也还有不少听者在演出结束前匆匆离去。其实，付费与否完全自愿，但如此缺乏观看演出的起码礼节令人感到遗憾。我是个业余音乐爱好者，以个人之浅见，以为来自这类古乐世家的家族演奏虽然在技巧上未必高超，或许还有些粗糙，但于古乐而言，却具有更强的传承性和原生性。因此，我们虽未能欣赏到宣科主持的音乐会，也依然感到十分满足。

次日，我们游黑龙潭时，有幸再次欣赏了纳西古乐。一块被树木环抱的草坪上座落着一个古戏台，上方悬挂着“纳西古乐宫”的匾额。这里正在演出。虽然观者仅四五人，但表演者却一点不马虎。节目内容丰富，除古乐演奏外，还有古乐伴奏的演唱和舞蹈。尤感新奇的是一位老者身披红袍，手持铃鼓、小叉，跟着节拍大幅度地挥舞双臂，不断跨步转身，内容似乎与祈福、驱邪或者祭祀有关。节目中还穿插有藏族民歌和邓丽君歌曲的演唱，也唱得很好。这样宽泛的节目内容也反映出纳西人在艺术领域内同样具有兼容并蓄、与时俱进的特点。

高原明珠——丽江古镇

乍一听丽江这名字，我还以为古镇座落在一条美丽的江畔呢。可走进古镇并未见到想象中的那条江，看到的却是遍及全镇大街小巷的水网。想看看古镇的全貌，到丽江的第二天便去了耸立在古镇旁的狮子山。这一带房屋密集，小旅馆很多。我们佯装找客房，走进了一家傍山而建的客栈。院内客房自下而上分 3 层，每层是长长的一排平房，远看像座三层楼，房前都有一个通廊。我们沿着台阶一直上到最高一层的通廊上，站在这里居高临下，古城地貌、景物一览无余。

丽江古镇的选址十分巧妙，它安卧在三面环山、向南开敞的谷地平坝之上，地形似一方巨砚，故名为“大砚镇”（后改为“大研镇”）。它北依象山、

金虹山，西枕狮子山，这些山名也颇让我回味：象山不高，平直、宽厚的山脊状若象背；而狮子山虽未看出雄狮形状，但有雄狮之意。由于这块风水宝地有“巨象之躯”与“雄狮之威”来护卫，所以，无需修建城池也能安然无恙！俯视面积不足四平方公里的平坝，纵横交错的小瓦房挤得满满当当，把整个古镇上空封盖得严严实实，连一条路都看不到，像有意将古老的纳西历史文化用铺满的灰瓦隐藏起来，充满了神秘色彩。视线中最抢眼的是昂立在一片翠绿簇拥中的古建筑群——木府。离开这家客栈漫步在街巷间。大街上商铺毗连，多为两层小楼，小巷里旅店成串，家家门前几乎都挂着红灯笼、摆着花草。商铺里传统特产及工艺品琳琅满目，一些饭馆挂着“百年老店”的牌子，许多饭馆的就餐桌椅临水而设，还有不少装饰特别的酒吧、咖啡馆和西餐馆。街巷的路面多以丽江特产的彩石铺设，悠长的岁月把石面打磨得光滑、洁净，至今完整依旧。我不时情不自禁地俯下身来欣赏石面上美丽的花纹。街道上游人如织，中国人，外国人，逛街的，拍照的，买东西的……熙熙攘攘。入夜，就更热闹了，店里的照明灯与店外的红灯笼相映，使得街道明亮而温暖；坐在门前红灯笼下的桌旁品茶、饮酒，未及举杯邀约，殷勤的云月已前来助兴。

清晨，站在广场北望，玉龙雪山近在眼前。由于丽江古镇海拔较高，所以，玉龙雪山看上去虽然雄伟却显得不那么高峻了。山顶上的大片积雪被晨曦渲染成浅粉色，像涂上了一层淡淡的胭脂。但凡雪山冰川常会有一顶“云冠”罩住山顶，玉龙雪山也是如此。人们需要耐心等待“云冠”离去的那一刻，才能目睹神秘的玉龙雪山峰端的真容。

水是丽江的血脉，丽江的河渠之多堪与江南水乡媲美。“小桥流水人家”的意境在丽江才表现得更加真切。古镇的水来自镇区北缘象山脚下的黑龙潭。

丰沛、洁净的泉水从黑龙潭喷涌而出，汇成玉河顺势南下，静静地流进玉河广场，在这里分作 3 条支流（西河、中河和东河）平行地进入街区，然后，又分成九条小溪走街串巷流进家家户户。这儿主街临河，小巷傍渠，清澈的泉水始终活跃在人们的视野中、融入生活里，它不但塑造了古镇的美丽，还赋予了古镇永恒的活力。街巷商铺和住宅多临水而建，以小木桥、石桥相通。人们世世代代依水而作，枕水而眠，从早到晚与清澈的溪水相依相伴，在“户户朝阳，家家流水”的美丽家园中，尽情地享受着清泉奉上的福祉。难怪生活在这里的纳西人的心态那么平和，衣着那么干净！

丽江的自然环境令人陶醉，因其兼具了山城的雄浑和水乡的温润。它的人文环境也同样是古今并存、中外兼蓄、老少咸宜，兼容性十分鲜明：既较好地保留了古镇的历史与传统文化，又不断融入时尚元素。在这里，人们可以信步于狭窄、曲折的小巷，进入纳西小院，观赏那三房一照壁的精美民居，品味那份难得的古朴与清静；也可去喧闹的商业街市享受灯红酒绿的现代休闲生活；在这里，中国游客的需要可以得到满足，大量的外国游客也乐在其中。可能正是由于这种古与今、中与外的兼容并蓄、和谐共进，才使得丽江古镇长兴不衰，形成了“时尚古镇”的风格特征，在古镇中独树一帜。中国古镇该走怎样的一条路，是值得认真思考的一件大事。

清幽之境黑龙潭

我们打算登象山顶去拍玉龙雪山。出街区西行，过玉泉河桥北转，来到象山脚下，沿着小道向山顶走去。路上没有游人，十分安静。可没走几步就被一位大姐拦住了，她关切地说："你们两位老人别单独上山，前天一位游客在山上被抢了！"这时，我们才意识到还有安全问题，立刻停下脚步，向这位热心大姐道谢之后掉头下了山。她告诉我们，山下就是黑龙潭公园。

黑龙潭古镇的这个著名景区，原本就是我们丽江游的重点，没想到它就在脚下！踏着林荫小路前行，不久便到了公园门口。门票不菲，一张 60 元！我们又幸运地享受了老人待遇，一免一减半，只花了 30 元。

黑龙潭公园是以自然地貌为基础营造的。这里古木参天，环境清幽，景色秀丽。湖水或绿或蓝，清澈、柔滑得如同碧玉。亭台楼阁、牌坊、古寺众多且精美，散布在林荫下绿草间，彰显出深厚的历史文化意蕴，也把清丽的黑龙潭点缀得流光溢彩。站在湖边，透过枝叶构成的“绿框”北望：蓝天、白云、巍巍玉龙雪山、洁白如玉的五孔桥、华丽的重檐亭阁尽收眼底；再看湖面，映入水中的景致比实物还要清新、鲜丽，俨然是一幅色彩斑斓的风景油画。这里可能是观赏玉龙雪山的最佳位置，湖周聚集着不少中外游客，一溜儿“长枪短炮”摆好了阵势，都仰望着雪山，等待着罩在山顶上的那块云团离去的瞬间，想抓拍到丽江最美的画面——澄澈湖水中的雪山倒影。这可绝非易事，对拍摄者的诚意与耐心有一番考验。我们也等了一阵，但雪山顶尖千呼万唤不出现，无奈，只拍到一张它犹抱琵琶半遮面的倩影。很久没游公园了，因为都市公园大部分已变为游乐和健身场所，一拨拨的人群，此起彼伏的喇叭声……喧闹几乎成了公园的主旋律。可进入黑龙潭的感觉却完全不同，宛若驻足清洁、宁静的世外桃源。湖光山色伴随左右，自在、闲适弥漫心间。无论观景，还是游玩，都非常尽兴，我们在此流连了大半天。离家外出的时间不短了，该和亲友们好好聊聊。正巧路旁的草地上有个 IC 卡电话亭，在如此静美的环境中与亲友们畅谈，可真太惬意了！于是，老伴从从容容地打了十来个长途，没有任何干扰，腿都站僵了，直到卡上没钱了才罢休。

披星戴月的纳西妇女

天刚蒙蒙亮，我们去寻找旅店主人推荐的早餐摊。走过一条曲折、狭窄的小巷，看见另一巷口摆着几件灶具、一大锅粥和3张小矮桌，一位六十多岁的纳西妇女正躬身在锅旁做粑粑（烙饼）。我们在小桌旁坐下来，要了一个粑粑，两个茶叶蛋，两碗绿豆粥（每人一元随便喝），一碟自制的酸泡菜（不收费，尽管吃）。热热乎乎、舒舒服服的一顿早餐，两人才花了7元钱。我们边吃边与纳西妇女聊天，知道她就住在这条小巷里。问她起早贪黑地卖早点，老伴怎么没来帮忙？她平静地说："他爱喝酒，早上起不来。"语气中没有丝毫责怪、不满的意思。想想她也真够辛苦的：寒冷的冬季，天还未亮，就要煮好一大锅粥和几十个茶叶蛋，和好一大盆面，还要把这些食品、炉灶、锅碗瓢盆以及小桌椅，一样样地从家里搬到巷口，她该几点起床呢？已届老年的妇人尚能日复一日地如此辛劳，该具备怎样的毅力与韧性？她却说："在家闲着很无聊，不如干点活儿。"看来，干活是纳西女人一生中唯一要做的事。看着她忙碌的身影，忽然想到了那首云南民歌："太阳歇得吗？歇得；月亮歇得吗？歇得；女人歇得吗？歇不得。女人歇了，火塘就要熄了……"歌中的女人不就是她嘛？早起晚睡，独自操劳，对睡懒觉的丈夫却毫无怨言，这种难得的宽容和不辞劳苦，正源于纳西妇女勤劳、善良、贤德而又认命的天性。披星戴月、辛勤劳作是纳西妇女的传统美德，只要看看纳西妇女的装束，就知道她们是世界上最勤快的女人：纳西妇女的头冠叫"戴月"，披肩上绣有七颗星，合起来就是披星戴月。她们起早贪黑、努力劳动，养活全家，里里外外一把手；而丈夫们“家务不干、地不下”，省下精力和时间来专攻“琴棋书画、烟酒茶”。现在是否依然如此？我没好意思追问。可作为同龄老人的我们，却觉得就算能造就先生成为人生四韵皆备的文化艺术高人，女人们也不值得这般辛劳，这就是观念的差异吧。

新中国诞生以来，尤其是改革开放以后，旅游业迅速发展，纳西妇女的生活质量和人生追求也发生了巨大的变化。玉河广场每天都有不少纳西族中老年妇女，身着黑白搭配的传统服装、头戴灰色八角帽、手拉手围成一个大圈，与游人一起合着乐曲踏着悠闲的舞步。从她们的服饰和舞蹈中，明显地感受到纳西女性的勤劳质朴、优雅内敛的特质，也反映了她们今天安适的生活状态。

在丽江，“胖金哥”、“胖金妹”原本是纳西族对青年男女的传统美称，人们曾以胖和黑为美，认为胖和黑就意味着健康、能吃苦耐劳。可据我们观察，现在的纳西女孩虽勤劳依旧，但她们不用再像母亲们那样披星戴月地劳作。她们的审美观念也发生了很大变化——更希望自己白皙与苗条。在木府见到的几个女导游就很怕晒黑，一出屋子，立刻打开遮阳伞，比游人更警惕紫外线！这里大多数女孩都很注意身材，衣着也跟大城市的女孩没两样。曾问过一位女孩：“你们怎么不穿传统服装？”她说：“太臃肿了，不好看。”可见，当下的时尚潮流也就是她们对美的追求。

由于常到巷口那家小摊吃早餐，和摊主——纳西妇人成了朋友，交谈的内容更多了。知道她的老伴还有两个兄弟，早年都外出读书了，现在一位是云南大学的教授，一位留居海外。家里这所老房子由他们老两口守着，有时，兄弟俩也回来住住。我还特意去参观了那所古香古色的纳西小院。古镇的这个普通人家，让我心生感慨——单从社会底层的这个小小窗口去解读古镇的历史，也足以让人对丽江刮目相看：它虽地处西南边陲，却绝非文化落后的蛮荒之地，而是一个古老的文化摇篮。早在纳西土司执政的470年里，丽江就有“知诗书，好礼受义”的美誉。公元1636年，徐霞客来丽江时，土司木增还特邀徐霞客为其撰写史书，并与徐霞客结下了“生死之交”，足见崇尚文化修养，早已是纳西民族的传统观念。崇尚文化这一点，从木府门前高耸的“天雨流芳”牌坊和府内雄伟的“万卷楼”，以及流传至今的典雅的纳西古乐也都能得到佐证。我深深地钦佩这个智慧的民族。

“千龟”竞攀丹霞山

距丽江古城一百多公里处有个叫“黎明”的地方，属于“老君山景区”。据介绍，这里有我国最大、发育最完整的丹霞地貌景观（指由红色砂岩风化形成的山峰）。北方的雅丹地貌我们见过不少，可对丹霞地貌却是久闻其名而未见真容，这次可有机会欣赏一番了。电话问讯丽江客运站，回答是没有班车，无奈，只能参团前往了。

清晨，旅行社派人来接我们，在玉河广场旁的停车场登上一辆11座的小面包车。内有六七位游客和一位女导游，七时多出发了。汽车沿着金沙江边的公路行驶，江水江岸长时间在我们的视野中：水面宽阔，水流平缓，暖暖的晨光斜洒在灰暗的江面上，波光粼粼；岸线迂曲，还有几处伸入江中形

成半岛，岛上林木葱隆。河对岸高耸着连绵的山峦。此时，晴空万里，无一丝云彩，可在山腰间却栖息着一条延伸数里的白云带，久久不见飘动，十分奇妙。我不由得揣摩起它的成因来:这条留驻的云带似由江面水汽蒸发形成，因有大山阻挡，故无明显的气流交换，才滞留于山间，成了这不多见的自然美景！车行约两个小时到达了景区所在的小镇。下车后，导游带我们走进路旁一家小餐馆，吃了一份纯属充饥的免费午餐，然后开始爬山了。

一走进开阔的山口，两侧的山脊上便冒出了许多红色的巨岩，在碧绿松林的衬托下灿若丹霞。我们踏着山林中的一条陡斜的石阶小径迂回而上，爬至半山腰，大家都觉脚力困乏了，一位来自新疆的又高又胖的游客更是上气不接下气，落在后边，他委屈地对我们说:“你们背的是一瓶水，我可是背着一只羊啊！”引得大家哈哈大笑。正巧路旁有个休息平台，还有条长椅，便坐下歇歇脚，我为景区规划设计师“点赞”。一位当地老人主动用自制的土琵琶为大家弹唱民歌。他不是卖艺人，虽然没听懂歌词的意思，歌喉也不算动听，可那是原汁原味的民歌，老人的热情好客所营造的欢乐气氛，让我快乐而感动，我们回报以热烈的掌声。告别了老人继续向上攀登。此时丹霞地貌景观也愈加丰富了，峰面多数壁立如刀削斧劈，其间也有起伏平缓的小丘；峰石形态各异，而最有趣的是“石面文章”：一些山体的表面被大自然

刻画成整齐、均匀、规则的龟背状裂纹，看上去似列队的龟群，所以，叫它“千龟山”。这些龟背裂纹有的成环带状缠绕在半山腰，有的铺满一面山坡，还有的是全山尽披“龟背甲”，就像无数棕红或灰黑色的“石龟”，横成行、纵成列，井然有序地奋力向山顶攀爬，精彩奇妙，叹为观止！

来到一座缓坡的“龟山”前，游人急于攀登想看个究竟。守候在山旁的管理人员忙告诉大家：“登山必须脱鞋，因为这种砂岩质地疏松，鞋底会磨损石面。”他还说：“你们的运气不错，为了保护山体，这里马上要建索道了，那时再来，就只能在缆车上看了。”我急忙脱下鞋穿着袜子走上山坡。虽然这些龟背裂纹并不锐利，坡度也平缓，且其上寸草不生行走并不困难，但砂岩表面粗糙，踩下去可不像踏在三亚的海滩上那么舒服。尽管一直小心翼翼地轻踩慢行，但没经过磨练的脚底板隔着袜子仍有些疼痛。我顾不得脚底的不适，蹑手蹑脚地随着这支浩浩荡荡的“龟兵队列”直达山顶。纵目四望，众山奇貌竞显，悬崖、巨柱、高台、险峰，皆被丹霞浸染，美轮美奂。又见一座深红色石墙屏立面前，下方还有个通透的巨洞，状若开启的城门；右方是座兀立的圆形山包，形似一个灰黑色大碉堡，其上无一草木，满身都被“龟甲”覆盖，花纹清晰完整，真是一件观赏性极强的巨型雕刻作品，我不禁惊呼绝妙！一位身手不凡的游客，不知如何爬到了几十米高的、壁

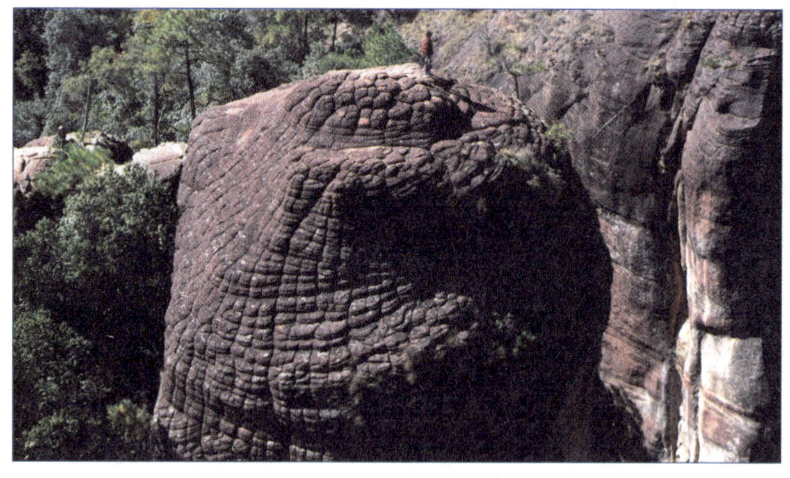

立山峰的山顶平台上，他自豪地向我们挥手、呐喊，激动之情可想而知。我却在担心他如何下来。兴致正高时却闻导游催返声，因时限已到，还有许多景点未至，令人扫兴啊！参团旅游就是这样残酷和身不由己，只能满怀遗憾地准备下山。穿鞋时，见袜底前后已磨出两个大洞。所以，您若来此，建议穿厚棉袜或宾馆的一次性软底鞋。或许您来时，已无此必要了，只能站在缆车上望山兴叹了！

下山时见到路旁站着两位约十一二岁的傈僳族小女孩，清瘦的身板上穿着宽大的校服，身旁放着书包和背篓，面前铺着的花布单上摆放着一些苹果、大梨、矿泉水等小食品。她们微笑地看着过往游人，质朴而可爱。我们走累了，便坐在她们旁边休息，和她们聊起天来。她们在村里的希望小学上学，周末背些小食品上山来，边做作业边卖，赚几元钱买本子等文具。现在读五年级，明年小学毕业就不能上学了，因为家里交不起 380 元 / 年的学费。老伴关切地问：“有 380 元就能继续上学吗？”她们说：“不能！爸爸会用这些钱去买种子和化肥，还要让弟弟继续上学。”女孩读完小学后就得去干农活，反正是迟早要嫁出去的人嘛。可见边远山区农民的生活仍然相当贫困，女孩的境遇更糟。我想为她们拍照留念，她们很高兴。拍摄的时候，她们都微笑着举起手伸出两个指头，不知怎的，这愉快的瞬间却让我心里酸楚起来。我答应回北京后把照片寄给她们，一个女孩工工整整地写下了她们的地址，她叫黄小玉。我兑现了承诺，用挂号信寄去了照片，但是，忽略了同时寄去信封和邮票，所以一直没有收到回音。拍完照，两个小女孩在一旁小声嘀咕了几句，然后默默地拿了两个苹果硬要塞给我们，是作为拍照的回报吧，我们谢绝了。彼时，心里又哽咽起来。告别了她们，转身没走几步，身后忽然传来清脆的歌声，清晰地听出了这是为我们而唱的送别歌，我们又一次被深深地打动了，再也无法抑制住激动的泪水。此后，每每回忆起此事，孩子们那天真、纯朴、可爱的形象依然历历在目，甚至在脑海里还浮现出她们辍学后在深山里辛苦劳作的纤弱身影，心里更不知是何种滋味。

不到四个小时便游完了规定路线，无奈，只能随导游乘原车返回丽江。

赴泸沽湖途中遇险

旅店老板为我们预订了去泸沽湖的汽车票，早八时多登上了一辆10座的小面包车，游客坐满便出发了。司机是位纳西族壮小伙，个头一米八五左右，挤坐在空间狭小的驾驶席上，头几乎碰到车顶，看上去十分滑稽，有点大人玩卡丁车的感觉。司机人挺和气，其售票方式也一反常规，采用的是到目的地再付车款，不怕人半途逃票而去；如果次日返程仍搭他的车，则优惠20%。尽管他开的不是好车，又行驶在碎石路上，可一起步便飞也似地，而且，逢车必超。看得出他车技高超，加上是轻车熟路，我们也就放心了。这一程走了6个小时、翻了五六座大山。公路开在崎岖而险峻的半山腰上，一边是深陷谷底的金沙江，一边是陡峭、高峻的山壁。不少山体的母质是粗砂混着石砾，相当疏松，时有落石当道，路边还见到几处新滑坡的砂石堆。

车行三个小时左右突然停了下来，眼前是一条望不到头的车龙。原来，前方出现了严重的山体滑坡。路上到处都是焦急等待的游客。一个多小时过去了，车龙还纹丝不动，不少大客车见状都纷纷掉头原路返回丽江了。同车的游客失望地惊呼“糟了”！心想，我们肯定也得打道回府。不久，我们的司机大踏步地从前方探路回来，喊了一声：“上车，走！”可我们上车后并未掉头，而是从拥挤的车辆和人群中挤到了滑坡现场。

司机让我们下车，眼前的景象把我们惊呆了，在五六十米长的公路上，路面的一大半已被滑坡的砂石占据了，剩下的一小半也散落着大大小小的石块，而且滑坡还在继续。山坡上砂石滑动发出的“窸窸窣窣”的摩擦声让人胆寒，百十米高的山顶上不时有石块跳跃着飞滚而下，有的越过路面坠入深深的金沙江中。面对这一险情，我们的司机却镇定自若，毫无惧色，想必他经历得多了。他平静地告诉大家：为了安全，他先开空车冲过去，让我们随后择机跑过这段滑坡区。还没等我们缓过神来，司机已经冲了出去。我们只好仔细观察着滑坡的动向，把握滑坡间歇时间的规律，选好线路；然后，右眼看山、左眼看路，使出了跑百米的力气飞奔而过。同车只有我们两位是老人，可冲起“关”来比年轻人毫不逊色，如此勇猛、敏捷地冲过“封锁线”，毫发无损，连自己也感到惊讶！究其原因，一是脚上那双“lafuma 徒步鞋”

十分给力，二是平时经常性的慢跑或快走奠定了较好的体能基础，三是虽为古稀老人也很珍惜生命，不想被飞石击中。还算幸运，本车的10位游客都安全地冲过了“封锁线”。我们的“英勇壮举”给那些还在观望等待的司机和游客们壮了胆，随后，他们也效仿着一辆接一辆地冲过了滑坡地段。没料到在我古稀之年，才有了一次徒步闯险关的机会，为平淡的生活经历添了一笔重彩，也是对老身体与勇气的一次挑战。迎战成功，不仅增强了自信心，还颇有几分自豪感!

闯过滑坡险境之后的行程再没遇到麻烦，于下午四时多到达泸沽湖景区入口处，门票78元，70岁以上老人免票。

圣洁之水天上来

汽车进入泸沽湖景区大门后，又行驶了20分钟左右到达了第一个景点——位于湖边的渔村大落水村。登上岸边的观景台，一片湛蓝奔来眼底：湖面辽远无边，湖水清澈，一尘不染；湖心点缀着几个绿意葱茏的小岛，宛若镶嵌在巨大蓝宝石上的一颗颗绿钻，格外晶莹剔透、璀璨夺目。清新透明的大气，曲折流畅的湖岸线，优雅脱俗、静穆圣洁的境界，顿时令人耳目一洗，若置身天外。随后，我们乘猪槽船游湖和上岛观鸟，船票30元/人。划船的是一对中年渔民夫妇，少言寡语。问及他们目前的生活状况时，丈夫才说："泸沽湖是云南、四川两省共管的，双方都怕吃亏，谁也不愿在湖中投放鱼苗。现在，鱼已经不多了。主要靠划船接送游客，赚些钱维持生活和

解决孩子上学的费用。”夫妻俩一个船头，一个船尾，吃力地划着桨，从衣着和表情看，他们的生活确实不富裕。这么得天独厚的水资源，为什么两省不能共同开发利用、造福渔民呢？真让人费解！

泸沽湖寂静辽远，湖面平滑如镜，云天、峰峦、小岛都清晰地倒映其中。这里没有游艇马达的轰鸣，也没有其它声响，只听见均匀的“哗、哗”的桨声，船桨过处涟漪轻泛。游客们都沉浸在这天然的仙境之中。快接近岛屿了，一群海鸥向我们飞来，它们追随着小船，盘旋在人们的头顶上。大家把面包、点心等食品撕成小块抛向空中，海鸥翻飞争食，鸟鸣人喊，欢声一片，好不热闹！我们曾多次乘舟游水，唯有这次最动人心弦。船靠近一座小岛，可上岛后，并没有什么新鲜的景物可赏，也不过是些庙宇、亭廊之类的人工建筑，而且，岛上树木繁茂杂乱，让人无法远眺，真不如在船上和海鸥玩得开心。

乘猪槽船在美丽的泸沽湖里游了近一个小时，大家仍留恋不已，上岸后，同车的游客们就近留宿在大落水村了，我俩选择了深入湖中的里格半岛入住。司机开车送我们过去，到那里已接近黄昏时分。

里格半岛面积不大，沿着弯月状的湖岸傍山面水，湖边建有一排客栈，多为两层木楼。我们告别了司机，背上背包看了几家，最后选择了名叫“里格春天”的客栈。这个旅馆较大，和一些“青年旅社”的风格相似。我们入住时，已有不少客人。前厅大堂宽敞，地面被分隔成三块区域，为客人提供了相对独立的就餐和休闲空间；大堂后边是两层木楼的客房，围合成一个正方形大院，中间是个大天井。房间宽敞、干净，设施齐全，标间 100 元 / 天。这里的晚上比丽江冷多了，靠厚厚的被褥和电热褥御寒。身上热了，可脸还是凉飕飕的。由于偏远，里格半岛的饭菜相当贵，一份普通的蛋炒饭 15 元，一个煎蛋 3 元，一碗白粥竟要 6 元。

“里格春天”旅店的老板是中国台湾省人，中年，热情而有修养。晚饭后，我们向他请教游览方略。他说：“常规是当晚休息，第二天包车沿湖岸游。可我觉得你们体力不错，又赶上这么好的天气，最好能徒步环湖游。这条路坡度不大，往返需要七八个小时，这样就能够尽情地观赏沿岸风光了。”这个建议正符合我们喜欢徒步的习惯，也想借此检验一下自己的体力。老板还告诉我们：途中可以在小落水村的摩梭人阿甲家吃午饭。这又为我们提供了一个了解摩梭人生活的机会，我们便欣然接受了。

沿湖徒步

到泸沽湖的第二天，黎明即起，穿上厚厚的衣装，急忙去里格半岛上那个伸向水中的更小半岛，这里是观日出的最佳位置。这时，几位游客已拿着相机等候在那里了。

东方天边渐渐泛出鱼肚白，继而又转为玫瑰紫。当第一束耀眼的红光从远处的山口投向湖面的一刹那，大家都欢呼起来。此时，微风轻拂，湖面金波粼粼，万千光点跳动闪烁，使人目眩。举目四顾，只见远山是白色，中山呈灰色，近山和湖上的小船都成了黑色的剪影。湖水如沸腾般地在水面升起浓浓的雾气，贴着湖面随风飘移，在水墨画似的背景的衬托下，显得格外清晰、神奇。眼前的日出景象与山巅、海滨看到过的迥然不同，像是一种梦幻中的图景。

回旅馆吃过早饭，我们便背上背包开始徒步游湖。想抄近道上公路，就在山坡上找到一条由山民踩出的小路，直上山脊，俯瞰脚下：一个不大的U形山谷，三面环山，一面临湖，在谷底形成一个小小湖湾。山下开出一片坡地，湖湾入口处拦起一条小小水坝。坝上一行杨树的树叶全变成了金黄色。秋阳高照，天朗气清，蓝得醉人的湖面光洁、明净。山坡上覆盖着茂密的幼林，林缘处高耸着几株粗大的阔叶树，树叶色彩丰富又漂亮：柠檬黄、金黄、翠绿、墨绿、浅紫……在晨光中都显得那么纯净与明丽。山下那片农田的庄稼已收割了，袒露出刚刚犁过的棕红色土垄，一头小牛正在低头觅食。垄上住着一户摩梭人家，矮矮的院墙，小小的院子。我们的出现惊动了院中的家犬，它朝我们叫了几声便作罢了，看得出，它并无恶意。那么是示意欢迎，还是提醒我们关注它的存在呢？想见见这寂寞家犬的主人，但却始终没出现。

我们独自在这片被山与湖隔出的小小天地里逗留良久，享受着浓郁秋色和宁静氛围。之后，在林缘找到一条被径流冲出的小干沟，沿着它穿入密林中，艰难地向山坡上攀登，不久便踏上了建在半山腰的公路，开始了计划中的环湖徒步。公路虽不很平整，但结实而宽阔。它沿湖岸而建，随地形起伏，时而降至岸边，时而又升至半山，尽管它蜿蜒曲折，但始终与湖相伴。走在这条路上，能从各个角度饱览泸沽湖美丽的山光水色。

泸沽湖风光最美的自然是一湖充盈而澄澈的碧波。湖面多呈湛蓝色，也有几处碧绿的：蓝的清丽、绿的美艳，都那么纯净透明、优雅圣洁。大大小小的绿岛漂浮在蓝色湖面上，莹白的藻花在岸边浅水中飘摇；野渡无人，几条猪槽船在岸边闲横；天光云影皆入水中，秋风掠过，微澜漾起条条细纹，更加妩媚迷人。远处山峦重叠，层林苍翠；湖边的滩地上灌木丛丛，树叶红染，枝头繁盛的果穗，晶莹得像串串红玛瑙。湖边蹲伏着形同雄狮的格姆山，山下还耸立着护佑众生的玛尼堆；路旁是一片片古老的摩梭村寨和新建的木楞子房……所有的景物都自然、和谐地融成了犹如诗画般的美妙意境。

一路寂静，偶有渔民骑着摩托车从身边驶过。一个多小时的路程竟没遇到一位徒步游客。大约两个小时之后，才听到身后的汽车马达声由远而近，接着，一辆辆旅游车从身边疾驶而过。旅客从车窗里伸出手臂，频频向我们招手，有的竖起大拇指，有的还在喊着什么，想来是表达对我们两位徒步老人的赞许与鼓励吧！我们非常感谢这些热情的游客，也因此更加振奋与自强。此刻苏轼的“谁道人生无再少，君看流水尚能西”、“休将白发唱黄鸡”等诗句又从脑海中蹦出来，也在为我们加油添力！

步行了约三个小时，见一座由四根木柱搭成的门架横跨公路上，横梁木板上写着“四川泸沽湖景区欢迎你”，背面是“云南泸沽湖景区欢迎你”，说明这是滇蜀两省的界门，再迈一步就进入四川了。有趣的是门两边的路面截然不同：云南这边是简易的碎石路，四川那边是光溜溜的水泥路，衔接处为什么弄得这么“泾渭分明”？让我困惑。

进入泸沽湖的四川境内，太阳已偏西了，公路两侧的护路林全染成了亮黄色，走在树下如同被黄色彩灯照耀着一般，明亮而炫丽。四川界内的湖景与岸线似乎比较单调一些，可此时的山、岛、树等景物的影子被西斜的阳光拉长了，天光虽暗淡下来，可湛蓝的湖光却更加明亮，投射到湖面上的倒影

愈加清晰而美丽。不久，路旁出现了一个规模不小的村子——大嘴村，村里正在大兴土木，几幢已落成的高大新屋全是用圆木垒墙、木板盖顶的全木结构，还有几处正在备料中，体量都很大。不知他们从哪里弄到这么多木材？真可惜啊！在生态环境急需保护的今天，再建这样的房子未免太浪费林木了！

在摩梭人家吃午餐

经过四个多小时的徒步，肚子提抗议了，急忙在大嘴村里找饭吃。可仅有的两三家小饭馆都关着门，一群穿戴整齐的村民站在路边聊天，一打听才知道今天有家村民办喜事，全村人都要参加婚礼。看来，在这里填饱肚子已无可能，而且时间也不早了，我们便终止了继续向前的步伐，燥动的胃催促我们快步原路返回。调头又急行了两个多小时才回到小落水村。请路旁玩耍的小朋友带我们去阿甲家。跟着孩子走下公路斜坡，进了老寨子。寨子里的路狭窄而起伏不平，左转右转，一直走到巷子尽头才到阿甲家。女主人三四十岁，她热情地把我们迎进院门，并说已经知道我们要来。院子很大，靠后面是一幢孤零零的老旧房子。房门高不足一米五，很窄；门槛却高达三四十厘米。我们躬身抬腿进了门，眼前一抹黑，屋内没窗户也没有灯光，空气里散发着木材燃烧的烟熏味。我们跟随着女主人摸到桌边坐下。阳光从屋顶和四壁的木板缝中透了进来，慢慢地才恢复了视力。屋内有 3 个房间，两间里屋应该是卧室。外屋高大宽敞，看来接待客人和家务活动都在这里进行。房门左侧是一个火塘，上面架着两口锅，锅下未燃尽的木材还闪着微弱的红光。火塘再往后，是待客和就餐的地方。房门右侧的墙根放着几个行李卷，墙上还贴着一大幅毛主席和周总理的全身像，已被烟熏得发黄了。房子和家具由于常年烟熏都涂上了一层浓重的烟灰色。从家里的陈设和主人的衣装看，这家人的生活不富裕。

女主人热情地端上来两盘核桃和瓜子。此时，我们才发现侧面不远处还坐着一位女士，仔细端详竟是一位二十多岁的外国女孩。她垂着一头棕黄色长发，身材修长，穿一身休闲装。我们相互打了招呼，她的汉语不错。交谈中，得知女孩是意大利人，只身来云南已好几年了，曾在昆明和丽江工作过，这次是回意大利探亲刚返回云南，马上要去宁蒗县的一所中学教两个月英语，攒点钱，然后去昆明找工作。她说很喜欢泸沽湖的环境和摩梭人的生活，已来这里玩过几次了。这家人已成为她的老朋友，每次来都会在这里住几天，带些礼物，吃住就不另付费了。说着，女孩凑近火塘捡起一根烧红的木材点燃了香烟，自在地吸起来。主人待她也很随便，看来，彼此已相当熟悉了。她能在这幽暗、简陋、卫生条件又差的老屋里，坦然地和摩梭人一起生活，让我感到震惊和钦佩！虽说人生百态、志向各异，但还是没想到人们的人生观、价值观和生活追求的差别竟如此之大！

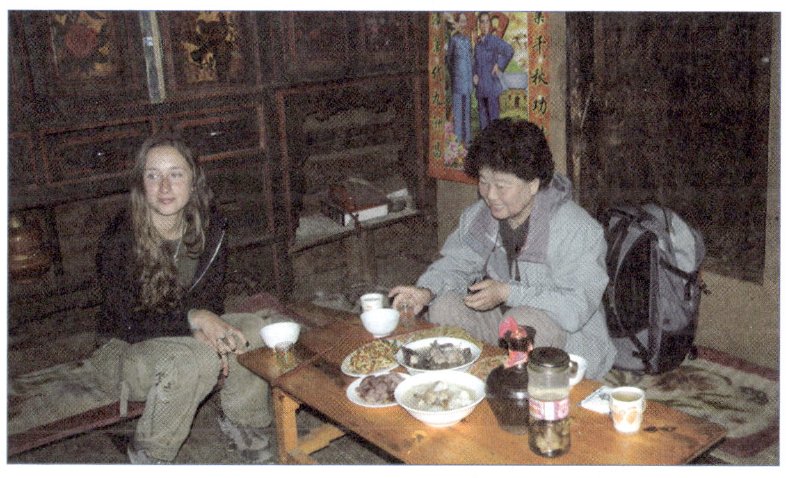

饭很快做好了，女主人一盘一盘地摆上桌，又让我为之一惊：在这么偏辟的地方、这样短的时间里摩梭人竟能摆出一桌这么丰盛的菜肴：油炸花生米、素拌土豆丝、凉拌青菜和鱼腥草、自制香肠、猪膘肉、腊肉、排骨炖萝卜和土鸡炖蘑菇、木耳，外加一小罐自酿米酒（度数不高，甜中略酸，好喝极了）。我们邀请意大利女孩一起用餐。这一餐吃得格外香，究其原因，一是有丰盛菜品和美酒，二是肚子饥饿之极。离开阿甲家时，我们留下一张

50元的钞票，朴实的女主人却说钱给多了，一再表示谢意，邀请我们有机会再来。她亲自送我们到大门外，并指给我们一条上公路的便道才告别。

返回的路上我琢磨着这三个问题：一是在这个家庭里只见到5位女性，从年龄上看似乎是三代人，却未见一个男人，可能，摩梭人还保留着走婚的习俗（走婚是摩梭人的一种婚姻模式，走婚的摩梭夫妻不会长年生活在一起，丈夫白天在自己家，傍晚去妻子家，过着日暮而聚、晨晓而去的生活）；我倒庆幸这家没有男人，要不意大利女孩住着就不方便了。第二个问题：她家的房屋为何不设窗户？我猜想一是为了保暖，这里海拔高、气候寒冷，用木材取暖费用很高；二是为了安全，一家全是女性，不设窗户就消除了坏人“破窗而入”的隐患，不灭的火塘也能起到一点照明作用。第三个问题是，女主人的菜为何做得如此之快？仔细观察后发现，一是凉拌菜多，可早备；二是汤菜、烩菜多，锅就在灶旁放着，没吃完的汤菜离席之后倒回锅里，下一批客人继续享用，所以上得快。别觉得不卫生，在这么偏远的地方能吃到美味的“回锅菜”就算不错了。再说，经过高温消毒也不会有大问题的，只要别多想就行。

一路走来，经过了几个村寨，遇到许多摩梭人，连同大嘴村等候参加婚礼的村民，都未见到一位穿着如杨二车娜姆那样艳丽服饰的摩梭女性，也没听到摩梭民歌。看到一些新建的木楞房都宽敞明亮，可最显眼的还是以杨二车娜姆命名的两个紧靠路边的院子：一个院门外的木牌上标示着“杨二车娜姆妈妈家”，斜对面的木牌上写着“杨二车娜姆博物馆”。看来，名人和百姓就是不同啊，妈妈也跟着她成了名人！

太阳迅速西沉，我们也加快了步伐，赶在日落前回到了里格半岛。正和他人交谈的老板华德先生看到了归来的我们，疾步上前，亲自拉开店门以示欢迎。他感叹：曾动员过许多客人环湖徒步，响应的却只有我们两位老人。我想大概是多数客人都没有我们这样充裕的时间吧。这一天走了约七个小时的路，虽有些疲劳，但无不适之感，为我们的体能经受住了考验欣慰。晚饭后，我们便早早上床休息了。

作别泸沽湖

到泸沽湖的第三天，我们又早早起床去湖边观日出，再次享受了那奇幻的景象并用相机记录下来，以期日后仔细回味以及与亲友们分享。

早饭后，老板提前预约的中巴车来店接我们回丽江。他很热心，说路况不好，请司机安排我们坐在前排座位。在等车的时候，遇到从广东来的 4 位年轻人，他们住在里格村的摩梭人家里，说那家只有几位男性，这也证明了摩梭人还延续着走婚习俗。游客每人每天只需交 15 元即可包吃住。他们住了 5 天，玩得很尽兴，说以后还要来。

在返回丽江的路上，再次观赏了层峦叠嶂和深陷于谷底的金沙江的自然风光。其中一段山路的两旁生长着约两米高的野菊花，时续时断延伸了两公里之长，一片片金灿灿的花朵开得繁盛而热烈，像在迎送着过往的客人。不久，前方又发生了山体滑坡，情况似乎更为严重，好在这段路面宽阔，未被堵死。由于有过“冲关”的经历，这回心里有谱，就没下车，双手抓牢了椅背，司机择机冲过了封锁线。此后，一路顺畅，平安地回到丽江，又住进了那家“河畔旅社”。

这次泸沽湖之行往返途中都遭遇了山体滑坡之险，体验了平时碰不到的“惊心动魄”场面，丰富了我们的阅历，也算是幸事。可回想起来那会儿真是“老夫聊发少年狂”了，全然忘却了老之已至，此后想想还真有点后怕。记得一位老朋友曾经告诫过我：每一次外出旅行都是一次冒险。我却以为不能因噎废食，其实，呆在家里也非绝对安全。人各有所好，活着的每一天要尽量让自己开心才好。在山野里徒步旅行是我们的最爱，以后还会继续走下去，直到老得两腿僵化、体力不胜远行时才会罢休。

在泸沽湖虽然呆了不足三天，可留在脑海中的印象特别深刻：她的廓落清幽、纯净圣洁，不像凡尘中的湖泊，是我心目中的天上之水！

山水相拥的大理古城

结束了为时 9 天的丽江之旅，乘大巴行驶约四个小时到达大理。大理这一地名很多人都熟悉，可能和我们熟知的美丽的大理石有关。可是，大理之美绝非仅因美石而已。清代的陈鼎就曾说过："大理有风花雪月四景。上关花、下关风、苍山雪、洱海月。"作家曹靖华就此还附了小诗一首："下关风，上关花，下关风吹上关花；苍山雪，洱海月，洱海月照苍山雪。"这风花雪月的无限风光都被大理揽在怀中，可见其景象之非凡！

初来大理旅游者常会被两个大理弄混：一个是位于下关的大理市，另一个是位于上关的大理古城，两地相距 13 公里，下错车可就麻烦了。

我们在上关大理古城的西门外下了车（此车不进古城），当即打电话给预定的旅店。不久，一位女孩前来接我们到"榆安园"。这家旅馆位于古城西门内、颇有名气的"洋人街"的西头，是一家具有白族传统风格的民居。独立的小院内绿荫满庭，砾石铺就的小径旁点缀着花花草草；院当中还堆了个小土丘，丘上建有草亭，巨大的芭蕉叶低垂在亭缘，环境相当清幽。若在夏天一定是个凉爽的所在，只是时值秋末冬初，就感到阴冷逼人了。我们住在一间独立的小屋里，虽穿着厚衣围着电暖炉，可还是冻得缩手缩脚。

休息了几个小时，傍晚去街上吃晚饭。走出旅馆就是"洋人街"——一条主要为外国游客服务的小街，街东口竖着一座大牌坊门，横额书有"洋人街"三个大字。街长百来米，窄窄的街道两旁有不少小咖啡店、酒吧、西餐馆，门前都摆着一排宽大、厚重的原木桌椅，许多"老外"坐在昏暗的灯光下聊天、就餐；还有一些卖当地旅游纪念品的小铺和摊位。在这里没找到我们用餐的饭馆，只好去了另一条街道的一家小饭馆，点了一盘清蒸鲫鱼、一盘青菜。对付完多刺的鲫鱼，菜、饭、汤都已凉透了，这顿饭吃得非常不舒服。第二天想找个面馆，舒舒服服地吃碗热汤面，犒劳一下这北方的胃肠。走了几条街才找到一家，门上的招牌很醒目——“北京面馆·第一分店”，小店内就餐的人不少，估计多是和我们一样的北方旅行者。待我们在低矮的小凳上坐定、点了两碗汤面和一份炒青菜后，再看看周围环境：餐桌、餐具和能看到的地方都粘着一层油垢，心里很不舒服。一位四十岁上下、穿着油乎乎迷彩服、操着浓重南方口音的壮汉，边招呼客人、边收拾碗筷。背着婴儿的中年妇女，一手托着背上的孩子，一手端着一碗汤面送到我们面前，看她勾在碗边几乎触到面汤的手指，我们的视觉和胃口再次受到冲击。老伴不由皱起了眉头，我的神经系统经受过严峻考验，反应不太强烈，便顺利地把这碗“北京面条”填进了肚里。走出饭店，回头再看这块大招牌，心想：它不知忽悠了多少北方游客，简直把首都的饮食形象给损惨了！可又想：这一家三口，为了生计背井离乡也不容易，如此辛劳，似乎也不该指责他们。

在外旅行的时间长了，秋凉的气候和难以摆脱的米粉让我的胃常感不适。大理比丽江暖和，环境也清净，所以，我们准备在这里休养几天再继续行程。

第二天只在古城内逛逛，浏览一下街景与民情。由于刚从丽江过来，自然会将两个古城进行比较：大理古城呈正方形，有完好的城墙，据说每边仅长 1.5 公里，我们用了大半天就逛遍了古城内的主要街区；而没有城墙的丽江古城面积可比它大多了，街巷两三天也未必游得完。大理虽有不少古建精品：如大理王府、总统兵马大元帅府、五华楼以及城墙城楼，但古风古韵仍逊于丽江。这里的游客明显比丽江少，故环境清静；食宿方便也不算贵，是个休闲的好地方。我以为丽江的精华在古城内，而大理的精华在古城之外。

大理的小饭馆有个特点，门前的地上都摆着几排大盆，里面分别放着洗净的新鲜蔬菜与水发干菜，便于客人挑选，你想吃什么，在门外就一目了然了。其中有一种奇怪的东西：颜色和形状像是剥下来的癞蛤蟆皮，看着挺“触目惊心”的，后得知此菜就叫“青蛙皮”（也叫“树皮”），据说营养很丰富。出于好奇，我们便点了 18 元一盘的“青蛙皮炒肉片”，口感似木耳，但稍脆些，既无异味也无特殊鲜味，可能是木耳一类的植物。此地的传统小食品是雕梅和乳扇，许多食品店门前都有大幅广告昭示。雕梅是将杨梅果肉除酸加蜜浸制，并在其上刻花而成。我尝了一口，感到酸味太重无法接受。乳扇的名字典雅，形色也很好看，是把固化的酸奶压成薄片卷曲晾干，吃时煎、烧、烤、蒸均可。本人嗜吃甜食与乳制品，心想它定会合我口味，便买了一卷尝尝，味道是酸中带甜，很脆，可膻味太重，吃了几口就受不了了，真叫乳膻啊。两种名吃居然都不对我的胃口，真是众口难调，各有所好。街上还有不少商铺销售各种大理特产，其中最负盛名的当属大理石了。这里的大理石不是当建材卖，而是加工成艺术品销售。专卖店里摆满了大大小小的大理石石瓶、石罐，更多的是装饰在相框里的大理石天然图画:似流云、似海涛、似烟霞、似山水……不胜名状，美妙极了！只可惜，不能背着沉重的石头去旅行。

大理的气候“寒止于凉，暑止于温”，四时宜人，几乎没有气象学里的冬季。此刻已是深秋，寒气未终，早春就捷足先登了。我们正巧赶上了古人赞美的上关花胜景时节，小小的大理古城的街道上、庭院里，腊梅、红梅、樱花、海棠花、炮弹花……都竞相怒放了。一些老人与妇女在街边卖盆花和鲜切花，天空与地面都被渲染成一派早春的热闹景象。售卖的鲜花品种与北方花市的无大差异，价格也并不低廉，一只小百合花也要 6 元（北京花市上也不过 8 元）。

大理古城的城墙与城楼维护得相当完好，不亚于西安古城，是大理的一大景观。我们从城南门一侧拾级而上，免费登上城墙。迎面是一座彩绘的三层城楼，宏伟而庄严。城墙宽约八米，高十米左右，青色城砖铺地。我们环城一周，俯视古城全景，眺望城周四邻：西望，巍巍苍山近在眼前，诸峰如众神列坐，南北一字排开延伸达数十里，护卫着古城；山麓上修长、洁白的一塔与崇圣寺三塔分立两处，清晰可辨；再远处，那闪烁着点点金光的是崇圣寺宏大的庙宇殿阁楼群；转头东望，浩淼洱海苍茫一片，依稀可见点点渔船。古城周边的景观清雅而简洁，毫无现代城市周围的那种拥挤、杂乱之感。在宽阔的城墙上漫步、远望，让人心旷神怡。在大理旅游可别放过登城观览的机会哦！

念“榆安园”的接站之情，我们在阴冷的环境里坚持了两天，第三天一早便换到“洋人街”中段的“云水驿”住。这是一座由三层办公楼改造的旅店，虽没有优雅的庭院，但客房条件好多了：房间宽大，光线充足，设施齐备，室内也温暖多了。房门前还有条向阳的大通廊，标间 60 元 / 天（比榆安园贵 10 元）。我们决定在这里“定居”下来。三楼十分清静，常住的只有最东头的一位“老外”与最西头的我们。彼此相遇，总是点头致意，我们离开时，他还没走。每天早晚，我们都会在走廊的躺椅上小憩，面朝郁郁苍山，静静地观群山、赏白云，享受和煦的阳光，老伴竟舒服地睡着了，好不逍遥！

几天来，我们多次往来于古镇街上，引起了一位中年妇女的注意。她主动上前为我们介绍景区的情况，指点我们：去买打折的登山缆车票；告诫我们：不要上当受骗，并讲述了她自己被骗的经历，表现了对老年游客的特别关怀；还写下了她的电话，让我们有事找她，像是一位热情的志愿者，我们一再表示了谢意。奇怪的是，此后每天都能在不同的地方和她“不期而遇”，她都会热情地走过来搭讪，打听我们的行程安排，并表示可以陪同我们游览。一天清晨，看到她在我们所住旅店的楼下张望，更对她有所提防，当她察觉到我们警惕的态度后便消失了。我们长时间在外旅行，非常感谢那些帮助我们的人，毕竟好人还是多数；但也随时保持警惕性，尽可能做到既接受善意的帮助又不至上当受骗。

郁郁苍山、茫茫洱海

大理古城内的人文景观固然不错，但更吸引我们的还是苍山、洱海的自然风光。

苍山别于它山之处，首见于它的形式：它一反一般山峰重峦叠嶂、高低错落的常规，而是由体量相当的19座山峰，以两峰夹一溪的形式整齐有序地一字排开，清晰可辨。自然界中排列得如此规整的山峰并不多见！其二是苍山神奇的“玉带云”。据说在春、夏两季的雨后，山腰上会出现一条长十余里的白色云带，久久不散。可惜，彼时正值深秋，我们当然没有眼福观赏到这一奇观。但坐在旅馆三楼走廊的躺椅上西望，却也有幸看到了移位于山顶之上的白色云带。那时，碧空万里无云，唯见郁郁葱葱的苍山诸峰的峰顶，托起了一条雪白的云带，绵延天际，同样奇美！

远观苍山当然不能尽兴，于是到大理的第三天，我们上了苍山。除景区门票外，每人再花80元买了缆车票。缆车车况不错，尤其是上下车门位置低，运行速度很慢，老人、孩子甚至残疾人都能从容上下。

坐在宽敞的缆车内东望，山下广袤的绿野尽收眼底：远处那广阔沃野上的片片“白点”，是白族民居群落，而大理古城和大理市区则分列在绿野的左右。举目观山，苍山裂谷耸立眼前，狭窄卓立的山壁从山脚直上山顶。身下的绿林中隐藏着一方巨大的白色象棋棋盘，硕大的石头象棋子足有半人高，摆出一副残局。可凡人谁能执棋对弈呢？缆车全程运行了约二十分钟，终点设在半山腰上清碧溪的入口处。

清碧溪是苍山 18 溪中最美的一条，两侧翠屏壁立，谷底巨石层叠，溪流多隐行于石隙间，偶遇跌石而泻落，堕入碧潭中。我们沿溪旁的石级溯流而上，山谷渐深，两侧山壁愈逼近，路也更陡险。石径左右于山间，以凌空便桥连通，山景峻美。遗憾的是正遇峡谷修桥补路，溪水也近乎断流，现场一片狼藉，这正是淡季出游常会遇到的问题。我们未达峰顶，只好返回清碧溪入口，沿云带路北往。这是一条横贯山腰的旅游干道，路面宽阔，坡度平缓，全长 18 公里，穿越整个苍山景区，通往各个景点。苍山峰谷多，景点间距离远，如清碧溪到距它最近的景点——七龙女池步行需要两个小时，却

无交通工具。我们走了半个多小时见沿途风光平平便返回了。看来，想一天游遍苍山景点十分困难。

洱海既是撑起大理景观的“半边天”，也是哺育大理儿女的母亲“海”，当然是我们大理之旅的重点之一。我们乘 2 路公交车至洱海码头。下车后，本计划沿湖滨徒步游览，可湖岸周边完全被房屋和茂密的树林封锁了，不仅无路可通，连观望湖面的地方也不留，逼游客只能乘游船游览，而一张船票竟要 150 元，摆好了架势就是要结结实实地宰客一刀！见此逼游客就范的情景，我们十分愤慨地掉头就走！这时，站在一旁的私人船主走过来，悄悄地对我们说：他的船每人收 40 元（不上岛），我们觉得价钱也偏高。刚离开没走几步又被另一位船主拦住说：“你们是开张客，每人只收 25 元。”这次成交了。连忙叫上一位正在路边徘徊的外国女游客，三人一起跟着船主走进小渔村。在路旁等了十来分钟，来了一位骑摩托车的人，我们坐在后座上在小巷中颠簸了六七分钟，来到湖边的一处渔船小码头，上了一条小铁皮船。刚刚出发，岸边又来了三位游客，船再次靠岸，待他们坐好，这才开始正式游湖。没想到游洱海竟这么艰难！

洱海长约四十公里，平均宽约五公里，总面积达 240 平方公里，真有“海”的气势！我们的小船一直沿着距岸线不足百米的水域向前划行。岸边成片的树林浸在浅水中，树干通直、长势旺盛，有的红叶满树，有的只裸露着干枝，在荡漾的波光中闪动着美丽的曲线。成群的野鸭在树下的水面上游憩，个个肥硕如鹅，可见洱海的鱼虾多么丰盛！心想：它们体形这般还能飞得起来吗？不料，见小船驶来，野鸭立刻群起高飞而去，用行动驳斥了我的多虑。小船继续前行，浩淼的水面上笼罩着浓浓的水雾，隐约可见远处几条渔船和水中漂浮着几个小岛，对岸的渔村、寺庙及民居都变得小而模糊。我们在湖中缓慢地滑行了不足一个小时，便停靠在另一处码头旁，结束了寒碜的洱海之游。见岸边许多渔民围成一圈，正在修补一张大渔网，和宁静的泸沽湖相比，这里是一派兴旺的渔业景象。

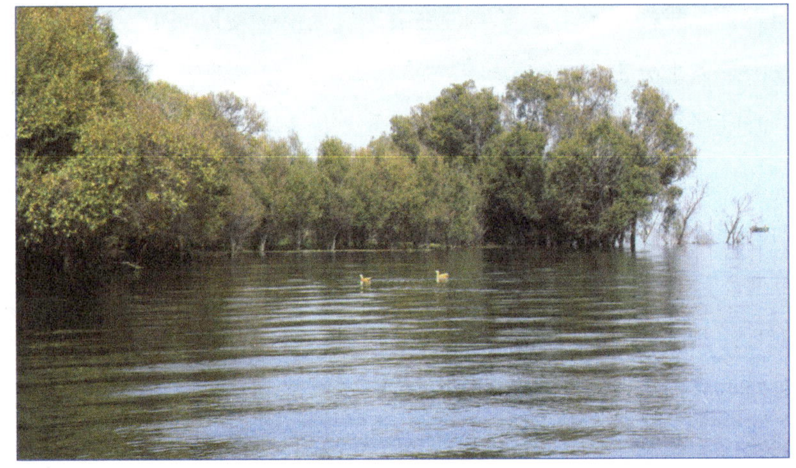

窄窄的铁皮船，匆匆的洱海游，虽未能登岛观光，也未能到达彼岸的佛寺去参见、拜谒佛祖，却不觉遗憾，因为那些都不是我们想要的。我们如愿地亲近了洱海水，感受了她胸怀的博大和资源的富庶，她不愧是世代养育大理儿女的伟大的母亲湖！

塔中闺秀——大理三塔

大理崇圣寺的三塔历来闻名于世，我觉得不论是否信奉佛教，只要愿意欣赏美，就值得一看，因为它还是绝佳的建筑艺术珍品。

三塔位于苍山山麓，距古城西北角仅一公里，步行或乘车前往都很方便。现在，崇圣寺三塔已建成公园，园内内容单纯，主题突出，看不到一般园林都有的亭台楼阁之类的建筑小品。一进园门，迎面便是耸立在高高台地上的主塔——千寻塔，塔前石碑上刻有四个雄劲的大字“永镇山川”，塔后两侧各有一座副塔，形成三足鼎立之势。有草地鲜花衬托、在团团绿树簇拥中的三塔显得格外高峻、秀丽！

大理三塔有着传奇的历史。其中千寻塔建成距今已有 1170 年之久，两座副塔也有九百多岁了。它们建成后历经过几十次强烈地震，许多历史建筑物都先后被摧毁了，而这三座高大的佛塔却岿然不动，毫发未损！莫非真有佛祖“护佑”？真能“永镇山川”？三塔还是文化宝库，据说，1978 年在塔内发掘出 680 件珍贵的历史宗教文物。

千寻塔高 69 米，比同期在大唐京都长安所建的小雁塔足足高出 24 米；小雁塔 15 层（后因地震损坏了两层），而千寻塔是 16 层。由此可见，当时大理的经济、政治、文化、技术水平已达到了何等高度！三塔的艺术造诣尤令人叹服，堪称密檐式古塔的佼佼者。

我对大理白塔钟爱有加，它们的造型既借鉴了传统的汉民族古塔的形式，又巧妙地融入了白族的艺术元素，反映了白族人民的审美意识与民族特质。那修长、高挑的塔身恰似亭亭玉立的白族淑女，而 16 层纤细精致的塔檐如同百褶裙般美丽；通体洁白如玉，色泽光鲜、明净，宛似少女的肌肤。这些都突出了她们优雅、高贵的气质，是我见过的最神奇、最秀美的密檐式古塔。千寻塔恰如其名，是千载难寻之塔！

沿着三塔中轴线上的宽大的台阶向上，进入崇圣寺宏伟的殿阁群中。原寺建于唐朝，后为战火与自然灾害所毁，2005 年，斥资 1.85 亿元、耗时两

年完成了重建。我们有幸于建成当年目睹了它最亮丽的新装。从山下仰望，一大片制作精美、体量巨大的楼台殿阁在山麓上铺开，金光闪闪。建筑物面向洱海，严格沿中轴线布局，逐次抬升，由山麓自下而上竖起一幅壮阔、华美的立体画面，洋洋大观，撼人心目。些许遗憾的是它太新太艳了，缺少了历史沧桑的遗痕。可又奈何？中国的古建筑大都是木制的，易遭战火损毁，但愿这回能久存于世。

西双版纳热带风情——景洪市

云南之旅的最后一站是位于南端的西双版纳傣族自治州。这是一个被崇山峻岭包围着的大平坝。傣语的“西双”为十二，“版纳”为一千块田，可理解为平坝上的数以万计的田块。依据这里的自然地貌特点，我们计划：一是领略大坝的热带风光和傣族等少数民族风情；二是出于好奇，见识一下身居大山深处的克木人（尚为部落）和基诺族（56 个民族中最后认定的民族）的原始生活状态。

离开昆明前两天，我们提前买到了去西双版纳的豪华大巴车票（每张 180 元）。出发前精简了行李，把大旅行包寄存在昆明的宾馆里，背着小包轻装南下。一大早来到汽车站，登上一辆由金孔雀集团经营的“青年牌”大轿车。此车不负“豪华”一词：车体敞亮、洁净，沙发椅宽大、舒适，座位高高在上，可凭窗一览沿途风光。尤其是我们的 1、2 号座位，有如坐在观礼台上。这一程虽历时九个多小时，行驶了 720 公里路，但因乘坐舒适、途中又多次停车休息（包括吃一顿免费午餐），再加上一路忙于赏景，无暇顾及疲劳，所以，并不觉得多辛苦。

薄暮时分，到达自治州首府“黎明之城”—— 景洪市。一到站即和预定的“豆豆自助公寓”联系，不久，一位个头不高、戴着眼镜、文质彬彬的年轻人来接我们，他就是公寓老板小张。公寓是一幢不大的傣式楼房，客房虽小些，但设备还算齐全。窗外有个装修精致的小露台，摆着竹编的桌椅，还种着花草。坐在此处品茶，便可欣赏到充满热带风情的街景：建筑大多是金色彩绘的粉墙、重檐飞翘的屋顶，屋脊上还装饰着一排排彩色孔雀造型，给人一种洁净、亮丽的飘逸之感；街道两旁是高大通直的椰子树、叶片宽阔的棕榈树和鲜艳的花草，一派南国情调。小张从中国农业大学园艺专业毕业后回到家乡，做起了旅游宾馆的生意，建了网站。由于懂英语，吸引来不少“老外”游客，网站也小有名气。我们与小张一起研究并确定了游览线路。由于景区间相距较远、公共交通不便，便预订了一辆轿车全程使用。

次日以休息逛街为主，还乘出租车去了城区附近的热带植物花卉园。花卉园为中科院下属的一个科研单位，作为一处机关庭院环境是极好的，但作为公园内容还显不足。园内游人极少，十分安静，如您观览过海南热带植物园，就没必要再来这里了。

傣家民俗

司机小朱的讲述

在景洪市的第三天早饭后，我们开始游东线景点，司机小朱准时来接我们。这是一辆桑塔纳轿车，每天 100 元，要价合理，我们包了两天。汽车沿着 213 国道东行，不久就转入一条颠簸的旧公路。小朱说西双版纳没有铁路，这条路是被重型运输车辆压坏的，旁边那条正在修建的是高速路，可以直达缅甸，通车后就好了！

小朱热情、健谈，是个开出租车的“好材料”，一路上主动地向我们介绍了西双版纳的主要景区情况，并生动地讲述了自己的故事：他父亲是汉族，母亲为傣族，组成了“汉傣家庭”。这里有不少“汉傣”或“傣汉”家庭，他们婚后都要遵循傣族的招赘习俗——从妻而居，并要按傣族习俗生活。

傣族信奉小乘佛教，男孩子很小就要被送进寺庙做几年和尚，学习佛经、接受佛教道德观念和文化教育。到了谈婚论嫁的阶段，小伙要先到姑娘家干三年活儿，接受女方家的长期考验，考察通过了才能完成所谓的“嫁男”。小朱当然不能例外，他感叹地说：“这三年太辛苦了！头两年，白天有干不完的繁重农活和家务活儿，夜里三四点钟就得起床，戴上头灯去橡胶园割胶，因这段时间空气湿度大，生胶不容易凝结，一直要干到早上七八点钟。接着，再去地里干活。第三年就更辛苦了，除了要做原来的事情外，还要为未婚妻准备好一套价值不菲的结婚礼物和盖新房的材料。要筹措够这笔资金就要干更苦的活儿——去澜沧江淘沙金。”“待嫁男子”这三年都住在女方家中，拼命干活但没有一分工钱，比从前的长工的待遇还差！因小朱有些文化，又是司机——在当地算一份体面工作，所以，只考验了两年就提前通过了。熬过考验期，一旦完婚，男人就苦尽甘来、从此尽享清闲日子了——搞搞家务、带带孩子，而繁重的农活都得由妻子包揽，是典型的“男主内，女主外”式的家庭。一路上，小朱聊得很起劲，我们也听得津津有味。

木楼上听傣家故事

司机小朱带我们去了一个傣族村寨。从外表看，这个寨子极为普通，道路不规整，住宅布局也显得凌乱。每户都有一幢独立的由原木和板材搭建的两层简朴木楼，实际上是架高的木屋，因为下层是开敞的，一部分用来存放木材燃料和杂物，一部分用来养牛和堆放饲料；上层住人。木楼面积不算小，看上去也挺坚固，只是显得有些简陋与粗糙，不像个富裕的宅子。此寨虽貌不惊人却很有名气，是当年拍摄电影《孽债》的实景地与原型所在地。

一进寨子，就有一位十七八岁的姑娘，彬彬有礼地迎上来，圆圆的脸上流露出自然的微笑，优雅、大方，亲切、可爱，轻声细语地说：“我来接待你们。”随后，带我们来到她家的木楼前，先介绍了进入傣楼的习俗，要求

"一脱二摸三不看"。即"一是上楼要脱鞋"（现在改进了，发给每人两个塑料袋套在鞋上）；"二要摸摸楼上那根粗粗的顶梁柱，可保客人平安"；"三是不能看主人的卧室，因为全家人的灵魂都聚在里面，外人看了会惊扰他们的安宁，甚而带走灵魂"。我们严格照办了。

进入楼上的厅堂，左侧是大灶台，台面上贴着干干净净的白瓷砖。还有矮桌、矮凳，这里是吃饭与接待客人的地方。四壁的墙板间有不少缝隙，透入一缕缕光线。家具很简单，看上去不算殷实、富裕的家庭。姑娘给我们端来两杯热茶，顿时，糯米茶的香气扑鼻而来。我们围坐在矮桌旁，她将傣家的习俗和故事娓娓道来。

传统的傣族家庭是女尊男卑。若家里生了男孩就会感到不体面，连鞭炮也不敢放，只能悄悄关门了事；可生了女孩就截然不同了，要宰牛杀猪大摆宴席，请寨子里的乡亲们一起庆贺。缘何如此重女轻男？因为生了男孩，父母不仅要把他养大成人，还得为他筹集进寺庙、受教育的费用和准备结婚的昂贵礼金，万般辛苦最终还是"竹篮打水一场空"，男孩子还得入赘别人家，所以，这里把男孩子叫"赔钱货"。这种习俗一直延续至今。

傣族女人的崇高地位可也来之不易，是用一生的辛劳换来的。婚后的妇女要承担起家庭所有的苦活、累活，支撑全家人的生活，是家庭的顶梁柱和财富的主要创造者。经济地位决定了家庭地位，妻子理所当然地成为一家之主，大事小事由妻子拍板定夺，男人们只管带孩子、做家务，地位当然高不了，权利也很有限。所以，家里钱柜上的钥匙总挂在女主人的腰带上，男主人有一把打开房门的钥匙就算不错了。

傣族人崇尚文化知识，直到现在依然怀念那些曾经在这里生活过的上海知青们，感念他们帮助当地人学会了种橡胶，使村民的生活有了很大改善。她还指着我说："像爷爷这样戴着白白眼镜的老人，在我们这里是很受尊敬的，可以当我们的村长，带领大家发家致富（我暗自叹息自己可没那个能耐）。像您这样的客人在傣家做客半个月，吃住都不用花钱的，时间再长了可就得干活了。"她打趣地又加了一句："就算您当了村长，在家里，妻子仍然是一把手，您还得听她的话！”关于“三不看”的秘密，她还是满足了我们的好奇心，介绍了屋内的情况：“卧室里是个大通铺，铺上分别挂着三种颜色的帘子。靠里面的是黑帘子，住着爷爷奶奶。中间挂着红帘子，住爸爸妈妈。靠外面是白帘子，住儿女。如果来了客人就在厅堂搭铺，要求客人一定要脚朝门、头朝内，表示客人是要走的。”

傣族少女大多心仪有文化的男孩，没进过寺庙学习和没有文化的男青年是很难得到女子芳心的。谈到自己的婚姻，姑娘兴奋地说：“我虽不是寨子里最漂亮的女孩，可我是汉语说得最好的。妈妈说要给我找一个戴着白白眼镜的汉族小伙做老公。”言谈中流露出傣、汉两族间的亲密友好感情，也反映了傣族人民对文化知识的高度重视。

聊天结束后，姑娘揭开了盖在桌上的那块大方巾，变魔术般地呈现出一大盘闪闪发光的银饰，是各种各样的项链、手镯、耳坠等，手工还算精细。她特意说：“这不是我家的财富，是村里委托我卖的。用卖首饰的钱供村里的那些小‘赔钱货’去寺庙里念书。”念姑娘的热情接待，我们花 100 元买了 3 条银项链。告别时，姑娘说：“请多为我们宣传，让更多的游客来这里旅游。”

离开了这个寂静的小村寨，坐在返回的车上，不由自主地回忆起 20 世纪 60 年代的往事，那时全国上下掀起了“知识分子到农村去接受贫下中农

走进基诺山寨大门，一面崖壁挡在面前。崖壁及其左右的大榕树干上都悬挂着一个个带着长角的完整牛头骨。崖顶的小山坡上，是一座巨大的仰面朝天的女性胸像：面部线条刚劲有力，形体健美，胸前用泥土堆成一双巨乳，表达了基诺人期望子嗣兴旺、族群壮盛的强烈愿望。周围是茂盛的热带雨林，一条小路蜿蜒于山谷之中，路两旁零星散布着茅草小屋。还有一些草棚树屋高踞擎天大树之上，树屋黑暗的小窗内闪现着烟头的红光。在几棵大树树干的高处挂着长约三十厘米的暗灰色的皮口袋状的东西，问导游方知那是基诺妇女产后的胎盘，不知为何挂在树上？寨子里有一间大大的展室，展示了基

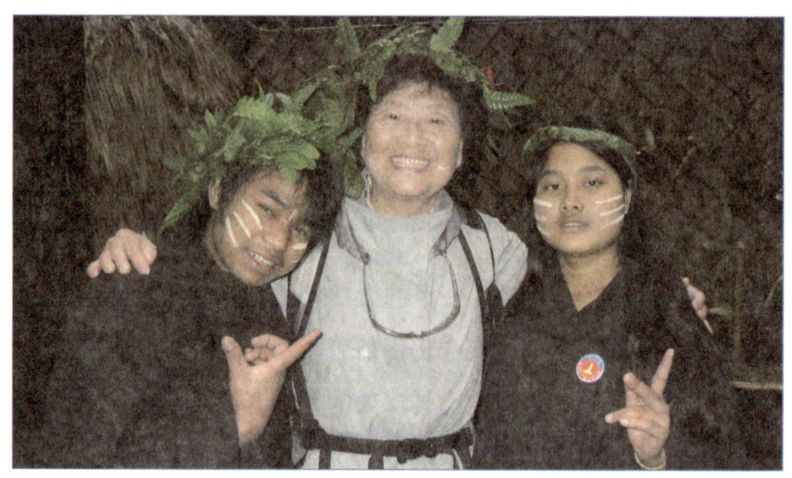

诺人的原始生活和狩猎工具以及刻木记事的实物；另有一个织布演示间，三位妇女盘腿坐在地上穿梭织布，织出色彩艳丽的条纹图案。最热闹的要算露天演出了。演出场地很大，中央立着大大小小的皮鼓，这是基诺人的主要乐器，大鼓的侧帮上装饰着象征太阳光芒的木条，表现了他们的信仰。演出开始，在浑厚、激越的隆隆鼓声中，男女青年身穿艳丽的民族服装，疾步跳起了欢快的舞蹈，女孩子还不断地大幅度地甩动着那美丽的长发，动作奔放，气氛热烈。

基诺人的个头不高，身体却很健壮，黝黑的肤色，身着长黑袍。男人都蓄长发，嗜吸香烟。对基诺人表演的回报不需付钱，几支香烟便是最好的礼品。基诺人没有文字，语言似乎也很简单。他们对游客十分友好，很乐于和游人亲热地挽臂合影，还会做出各种动作、扮鬼脸，很是开放、大方，比克木人更乐于与游客交流。在这里还可以欣赏到他们的“绝活”：如吐火、火把烧身、在碎玻璃上跳跃、上高高的刀梯等表演。管理者为了增加景区的观赏内容、满足游客的猎奇心理，还从中缅边境的深山老林里找来了一些没有国籍、没有户口的所谓“野人”，展示他们茹毛饮血、吃泥土等原始生活习俗，还有脖子上叠套着二十多个金属环的长颈妇女，耳垂大若杯口的老年妇人，以及玩眼镜蛇的漂亮的印度女孩。显然这些都不是基诺人的生活状态，纯属为增加旅游观赏内容而刻意增添的项目。

不到三个小时就游完了基诺山寨，随着当今时代要素不断对基诺人的渗透和干预，他们会有越来越多的变化，但愿在进步发展的同时，能留住基诺民族的基本特征，可这几乎是一道无解的难题。

不见野象的野象谷

司机小朱带我们去旅行社的定点饭馆吃午饭，这虽是路边一家由人造板搭建的简易餐厅，但菜品不少，味道也不错，价格却相当低廉。我们三人点了五盘菜，鱼、肉、蔬菜俱全，才花了 30 元，是我们来云南后享受的最物美价廉的一餐饭，显然是占了旅行团的便宜。餐后，我们驱车疾奔野象谷。其实，名为“野象谷”的地方，绝大部分时间都见不到野象，据说只有四五月份野象群才有可能短时光临，其它时间它们多在缅甸的山区活动。我们 12 月份来“参拜”，当然得不到野象的“接见”。

野象谷是一片起伏不大的开阔谷地，一进大门便见到几座大象雕塑，宣传栏内贴着几张已晒得发黄的野象群的照片。路旁，一位妇女抱着一只可爱的小猴子，过于靓丽的金黄毛色显然并非此猴的本色；一位男士牵着一只嘴巴上扣了硬壳口罩的小黑熊在路边转悠，都在寻找游客拍照取费。人工池里一群长一米左右的巨蜥，趴在地上一动不动，像制作的标本似的，另一个大铁丝网内爬满了盘结成团的蛇群。一处偌大的网室——所谓的“蝴蝶谷”，里面只有几只小粉蝶在孤独地飞舞。这里没什么“野景”，连个动物园都算不上。这种景象让人觉得冷清无趣，为了提提精神，我壮着胆子花十元钱，把一条长 3 米的巨蟒缠绕在脖子上，拍了张照片。接着，跟随人群去看鸟类表演，其中最有趣的是鹦鹉叼钱的把戏。游客们纷纷举起手中各种面值的钞票招引鹦鹉：有 1 元、5 元、10 元的小钞，最大面值的一张是 50 元。小鹦鹉先是按兵不动审视全场，然后起飞，越过几十只举着小钱的手臂，毫不迟疑地一口叼走了那张50元大钞飞回主人身边，大家都惊呼起来。接下来的几场表演中，小鹦鹉仍然是直奔最大面值钞票而去，无一失手。这小小鹦鹉每次演出都能给主人叼回不少大钞，养这么聪明的小鸟，值！

在园内转来转去，最后才沾上了大象的边，可那不是野象，而是一群训练有素的家象。大象表演的场地很大，周围搭起了长长的遮阳棚，棚下摆着许多桌凳，供游客观看表演和休息。服务员端着饮料、啤酒、水果和各种小零食到客人面前推销。等了很久，待客人坐满后，才见五六只大象在驯象师的引导下，迈着缓慢的步子列队登场。可它们并未走到场地中央，而是来到了观众面前，将长鼻子伸向游客，驯象师忙说："这是向你们要食品和饮料的，不给就不表演！"游客只好向旁边兜售食品和饮料的服务员买食品和饮料。游客把一根根剥了皮的香蕉递给伸来的长鼻子、把一瓶瓶啤酒灌进张开的大嘴里，等它们吃饱喝足了才上场表演。大象玩的节目不少：足球比赛、过独木桥、踩桩、舞蹈……最有趣的是给人"按摩"了。主持人邀请观众参与，两位胆大的青年男女来到场地中央，仰面朝天躺在地毯上，由两只大象分别为他们按摩。大象抬起一只前腿，把硕大的脚掌放在他们的肚子上，轻轻地上下按动，那两位游客一直面带笑容，似乎挺享受的，说明大象掌控的力度恰到好处。不久，按摩的部位有所移动，且因性别而异：女士渐渐移向胸部，男士却移向下腹，观众见状，举座哗然，笑得前仰后翻。大象可真够聪明的，不但能识别人的性别，而且会找准不同性别的敏感部位。我认为跟大象玩这种游戏是有风险的，万一它一走神，一失足，脚下的你可就彻底变形了。在一片喧笑声中看完了大象的精彩表演，也结束了我们的野象谷之游。

来野象谷，既未见到野象的踪影，也未看到野象生活的自然环境，只看到了几张晒得发黄的野象的照片，真是乘兴而来、败兴而归了，不过看家象如此精彩的表演，我还是第一次，也算新鲜事吧。

金光映苍穹——勐泐大佛寺

离开野象谷的返程途中，我们参观了西双版纳勐泐大佛寺，该寺号称“中国最大的南传佛寺”。途中，司机小朱给我们聊起了它的历史：勐泐大佛寺前身为明代的“景瓢佛寺”，后被战火所毁；2005 年重建，2007 年完成一期工程后，举行了盛况空前的开光大典。典礼那天，不仅请来了青海塔尔寺和西藏布达拉宫的活佛以及国家有关部门的领导，还邀请了东南亚诸国的佛教首领 108 位高僧莅临。那次到机场接送宾客的司机不但没有收入，还要拿出巨款争夺接送权。即便如此，报名者还是大大超出所需数量，只能采取申请与审批的办法取舍。小朱虽是佛教徒，符合基本的申请条件，可是囊中羞涩，缴付了最低标准的 800 元，只能接送一般宗教人士和小活佛，接送大活佛的司机需要缴纳几千乃至上万元。由于竞争激烈，小朱最终还是未能入选。接送过活佛的轿车都算开过光了，身价倍增。事后，部分轿车摆在大佛寺门前高价销售，那些有远见的车主们借机大捞了一把。

汽车驶向一座开阔的山坡，远远望去，山坡上一片崭新的殿阁在阳光下金光闪烁，这便是勐泐大佛寺。寺院占地面积 400 亩，众多雄伟的殿阁群居于半山坡上，沿着中轴线一字排开向上延伸，达一百二十余米落差，彼此照应却互不遮掩，有扶摇而上直向云天之势。

来到大佛寺前，第一眼就被那宏大而别致的寺门所吸引。那层层叠叠的如折纸般的重檐屋顶，显得十分华丽，所有的屋脊檐头上都栖息着一只洁白的孔雀。艳丽的朱红色屋顶、金色的门柱、洁白的墙面，构成了以红白、金黄为主调的色彩搭配，造型独特，工艺精美，尽显了傣族建筑形式与色彩的个性特征，有很强的宗教艺术感染力。在我的印象中，每个宗教都有它统一的建筑模式。而佛教的南北派系的建筑却如此不同：北传佛教雄伟、端庄、厚重，而南传佛教却是明快、亮丽、轻盈，它们各自融入了不同地域和民族的历史文化内涵，形成了建筑形式、色彩、风格上的明显差异，体现了佛教观念的博大及海纳百川般的宽容。

步入开敞、明丽的寺门，踏着宽阔的台阶拾级而上，一扫一般寺庙环境中的封闭、幽暗、沉闷之感。沿着这条笔直的中轴线仰望，蓝天白云下各式

殿阁、弘法广场与佛祖立像层列，体量宏大，工艺精美，华丽、清新，在阳光下金光灿灿，展现出一派明丽洁净、轻盈开朗的美态。建筑群中还有泰国、老挝、缅甸和斯里兰卡四国不同形式的四座金殿分列左右，更增添了勐泐寺的华贵与兴盛，据说，该寺全部建成后，将成为南传佛教的文化中心。

沿着台阶步步登高，徜徉在金碧辉煌的殿阁之间。此时，偌大的寺庙中仅有几位游客，四周悄然无声。我以宁静的心灵进入这静美的境界，似有一种灵魂超脱之感。最后，登至寺庙最高处——万佛塔广场，驰目北望，空廓无际。山外平畴连绵，远方正对面是景洪市区。

“澜沧江、湄公河之夜”

从大佛寺返回旅馆途中，司机小朱建议我们晚上去曼听公园参加“澜沧江、湄公河之夜”晚会。说晚会内容丰富，主要是展示西双版纳少数民族的文化与习俗，还有一餐丰盛的具有地方特色的自助晚宴，最后是热烈的篝火晚会。此番介绍颇具吸引力，因为来西双版纳后和少数民族接触得不多，如果参加这一活动，应该是个很好的弥补机会。小朱手中有票，甲票 160 元、乙票 140 元，虽价格不菲（想来小朱一定有回扣），我们还是买了两张。

晚饭后，我们打车去了曼听公园。公园大门是典型的傣式牌坊门，体量宏大、色彩艳丽，很是漂亮。大门口挤满了准备入场的游客，每人凭票领到了一枚“澜沧江、湄公河之夜”的纪念小胸章。等了二十多分钟，检票处的门终于打开了，三四百位游客蜂拥而上，挤满入口。这种场面久违了，我们被夹在人流中推进了大门。游客像开闸的洪水冲向自助餐区。那是个小广场，大大小小的简易桌凳摆了几十排，供应的自助餐有烤鱼、烤肉、糯米糕、菠萝饭、米线、米酒、凉拌蔬菜和水果等，品种还算丰富。游客们抢食物、占座位，气氛紧张，一片混乱。个别霸道的游客嫌凳子矮、不舒服，便垒起两个凳子来坐，因此和无凳可坐的游客激烈争吵，几乎要动武了，幸亏警察及时赶到，才平息了这场即将爆发的战争。这顿自助餐吃得让人精神紧张，那些美食也变了味道。

餐罢，来到一个大演出棚下，三四百个座位几乎坐满了。7 点 20 分，演出开始。开头几个节目是民族舞蹈，水平还说得过去，后来邀请观众参与民俗节目时，演出就变味了。女主持人的言辞中常掺杂着一些挑逗性的低俗语言，游客与演员互动的内容也不健康，却获得了不少喝彩声，舞台上下呼应，相当热闹。我们越看越不是滋味，便自动被淘汰出场了，心想演出后的篝火晚会也不会是自己所期望的内容，就毅然放弃打道回府了。

期望中的“澜沧江、湄公河之夜”晚会，被眼前残酷的现实砸了个粉碎，在心底留下的印记只有令人乍舌的门票价格、拥挤不堪的人群、混乱的自助餐大战、警察才能平息的板凳之争，还有那让观众激动得尖叫、欢呼的节目……都叫我们反胃，这是为什么？是我们蹒跚的步履赶不上时代前进的步伐，还是他们跑得虽快却跑偏了路？这一切好让人困惑！

天造奇观——云南石林

昆明石林又名云南石林，位于昆明市东南九十余公里处，由市区去石林的车很多，一小时许便可到达，当日往返没有问题。

云南石林被命名为“世界地质公园”，是世界闻名的喀斯特地区之一，以石多似林、景物举世罕见而被赞为“天下第一奇观”。进入景区，面前是一泓碧水，只见澹澹水波托举起一片片状若雨后春笋般的峰石群，湖光山色，淡雅、自然，景象美妙、奇特，清爽、纯净之风沁人心田。湖周是大片的草坪，绿茸茸的草地和坐落其上的灰白色的峰石搭配在一起，相映成趣。洁净的石面上寸草不生，有的“装饰”着清晰的沟纹，有的“刻画”出流畅的线条，有的凸凹起伏，有的穿石成洞……座座石峰奇形怪状，神妙非凡。触目

所见，都像是一件件精心雕刻的艺术品。这些洁净的峰石在苍碧的绿树与娇艳红叶的衬托下，格外悦目动人。一条宽阔的大路穿湖而过，把游人直接引入大石林景区。这里无数峰石拔地而起，参差错落，形态各异。有的独立成景，有的聚集成片，有的横卧相倚，有的直指苍穹……可谓仪态万方，入目俱诗画。尤其是在一处半山坡上，千百根灰白色洁净的峰石聚集一处，如玉笋比肩而立，十分奇妙，让人叹为观止！在峰群间的地面上，有一条迂曲而狭窄的“缝隙”，便成了天然的游道，游客上上下下穿行其间，被四周形姿各异

的峰石所环抱，宛若信步于长长的画廊里、迷宫中，不由感叹大自然鬼斧神工的“造型”功力确非人智所能及。沿途还遇到不少“险境”：如头顶上双峰夹石，岌岌欲坠；峰顶上“叠摞”着的巨石，若止若滑；斜立的石块则有即倾之感。面对此情景联想到云南是地震多发地区，如果偏偏在此刻遭遇地震，游人必然在劫难逃！此念一出，不由心生畏惧，便加快观览步伐，尽快逃离“险区”。其实，我们是多虑，因为从来没听说过石林落石伤人事件。

石林景区面积很大，来不及一一到访，也未能逐一仔细品赏，只观览了主要景点，就已到了该返回的时间，真有些意犹未尽。在返回的途中，路旁又出现了一片石林，规模不小，只是峰石的体量稍小些，也较为分散，可形姿依然十分精彩，可惜只能隔窗观景了，这里可能就是小石林景区。由于已经观览了石林景观的精华——大石林景区，即使未能进入小石林也不觉遗憾。

云中田园——龙脊梯田

广西多美景，想去的地方真不少，限于我们年事已高、体能不济，一次完成全省旅程已力不从心了，于是，决定将广西之行分成两次：春走东北，秋向西南。

2012 年 3 月 11 日，孩子送我们到北京西站乘火车去桂林，开始了桂北之旅。那时，网购火车票对老年人尚无照顾，又是一上一下两张硬卧，幸好我在古稀老人中算身手矫健者，爬高上低还应付得了，只是这个季节离开北京多少有点不舍。春之初临，气候温暖舒适、大地复苏。迎春花、金钟花怒放，黄灿灿的小花盖满了枝条，亮得耀眼；桃树、杏树枝头也展现了一些粉色的朵儿；我最喜欢的玉兰花满树都挺立着饱满的花蕾，绽放在即，这么美好的时刻我们却要离开了！

这趟列车从北京出发一路南下，几乎纵穿了中国大地，沿途停站很少。窗外的景象不断变幻着：天气更暖和了，树叶更茂密了，花朵更繁复了，水流更丰沛了，绿意更浓郁了。列车好像紧拽着春天的双手向夏天疾奔，广西已是一派热烈的初夏景象！就连山形也变了样，一个个峰尖像被无形的巨手抓住，从连绵的群山中拔了出来，变成了一根根巨大的石柱、石椎……眼前的一切都那么让人爽心悦目。经过 12 个小时的行程，我们于次日下午三时许抵达桂林，乘 100 路公交车顺利入住预定的宾馆。

龙脊梯田以它磅礴的气势、壮美的景观获得了“梯田世界之冠”的美誉，我们早已心向往之，到桂林的第二天就迫不及待地去一睹它的雄阔、奇伟了！

从桂林到龙脊梯田的交通比以前方便了许多，乘中巴车就能直达景区，车费 40 元 / 人。我们乘坐的车上虽只有 4 位乘客，也准时发车了。汽车在群山中虽是盘旋而上，车速却快得惊心！这还真不是多虑，不久，前方果真出了车祸，因此耽误了半个小时。两个小时后安全到达红瑶大寨停车场。

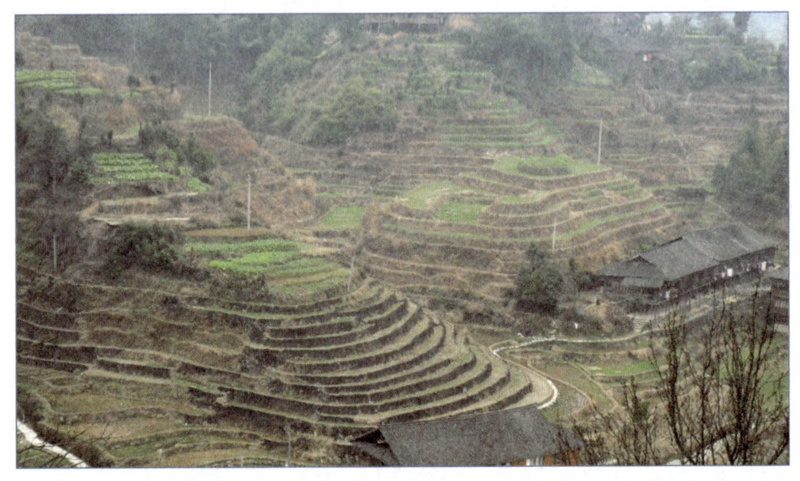

龙脊梯田坐落于桂北越城岭的大山深处，被四面高山阻隔，独成一片天地。越城岭海拔一千五百米以上，覆盖着茂密的原始森林，最高峰 1916 米，梯田分布在 300~1100 米的中山带。这里的山，坡度较大，最大达 50 度，本不适于种田，但土质良好，降水充沛，被开垦成梯田了。

梯田始建于元代，早在 650 年前生活在湖南洞庭、五溪一带的瑶民迁徙来此，带来了水稻栽培技术，此后，世世代代在这里艰辛劳作、开山造田，直至清初这个庞大的梯田工程才告完成。后来在农业学大寨时期，又新开了不少梯田，现在能够开垦造田的山地已经没有了。

刚下车我们就被守候在那里的几位妇女围住了。她们的年龄多在六十岁上下，矮壮的身材，身着独特的瑶族女装——头缠黑巾，红衣黑裙，被人们称作“红瑶阿婆”。她们每人背着一个很大的竹背篓，争着要为游客背包，

每个背包收费 30 元。一位身材瘦高的小伙儿向我们走来，他是来接我们的客栈小老板。跟在他身后的阿婆立刻接过我们的背包，说把大包直接送到我们的住处，就先走了。当时我还有点担心，后来证明是多虑了！我们跟着年轻老板踏上石板路，爬上一连串高高的台阶后，景象豁然开朗：浑圆的大山层层叠叠地围成一圈，遮住了半边天空，满山都是流畅而密集的平行线，从山脚一直“划”到山顶。以前因工作需要，我常伏案在纸上描绘山地地形图的等高线，现在呈现在眼前的却是大自然绘制的真切、宏伟的等高线——层层梯田的田埂。面对这些横无边、竖触天的平行线，既觉得熟悉、亲切，又颇感震撼。一位背着户外大包的女孩快步超越了我们，她身后几步远处，紧跟着一位背空背篓的阿婆，二人一直保持等距、等速前行。为什么？我揣测她俩的心理活动，姑娘想：我背包爬山没问题，干嘛总跟着我？赶快甩了她！阿婆想：路还长着呢，走不多远你就会向我求援，我决不会轻易放弃这难得的背包机会！这是一次斗智斗勇的较量，最终谁胜谁负虽没能看到结果，但揣测她俩的心理活动，也挺有意思的。

停车场离我们预定的“水稻田头客栈”需步行三四十分钟。虽说是山路，但坡度不陡，石阶路也算平整，走起来不太费力，经常徒步的旅行者背着背包走这段路一般没有问题。我们在细雨中沿着山边的石板路迂曲而上，边走边欣赏着这另类的山地风光。偏僻的山路上，还有一座十分讲究的三重檐风雨桥，十分抢眼。多雨的南方，常有这种为路人遮风挡雨的漂亮廊桥。

途中顺便问起了阿婆们背背包的事。小老板说：寨子里的年轻人都外出打工了，留下来的老伯们在家种田。梯田耕作很辛苦，收入也不高，阿婆们除了搞家务外，就靠为游客背包增加点收入。可背包的事并非天天有，寨里排了顺序，每人每周有一两次机会。这时，我才明白那位阿婆在女孩身后紧跟不舍的原因了。山民的生活可真不易啊！约半小时后，爬了一段陡台阶，来到坐落在半山腰的一个小村寨——田头寨。陡峭的山坡上没住几户人家，可每家都拥有一座不小的三层吊脚木楼，显然不都是自住的，多数房间是为旅游者准备的。

我们住的这家客栈叫“水稻田头”，网上自命准三星级，每间客房 80 元，由一对瑶族年轻夫妇代别人经营。木楼外观看起来还行，可楼内设施很简陋，全楼只有一个电热水壶，大家得排队使用。这里海拔约 800 米，气温低，湿度大，室内没有空调，我们把所带衣服全穿上也没觉得暖和，可小老板娘和两位“老外”游客各自都只穿一件衬衣却未显出丝毫寒态！在羡慕年轻人旺盛“火力”的同时，不由怜惜起生命力渐衰的自己！

住定后，老板为我们准备午饭。店里只供应米饭和素菜，如想吃肉菜须到条件好的客栈去订做。我们点了一盘素宫保鸡丁和一盘清炒野菜。端上来的菜品红黄绿相间、品相美观，但量都很少，也就是盖住盘底而已。宫保鸡丁的主料是青红椒、豆腐干和胡萝卜丁，辅料是一点花生米、三五朵黑木耳，这盘菜要35元。炒野菜就是去山上拔点野菜，放点油盐下锅炒炒，也要18元，两个煮鸡蛋6元，可真叫贵啊！不过，那盘没有鸡丁的“宫保鸡丁”吃起来比有鸡肉的还香！这种感觉不知是因为饿了，还是小老板的厨艺确实高超？后来吃的早餐——一碗素米粉，量依然很少，可洁白的米线、翠绿清爽的菜叶，看起来就生食欲，吃起来也十分可口。

经验告诉我们，不可小觑穷乡僻壤，这可是藏龙卧虎的地方。回想起2007年春天去四川蜀南竹海旅游，三日九餐，虽餐餐仅有竹笋，可也顿顿鲜美可口，至今仍回味不尽！至于乐山小镇——西坝的豆腐，那更是一绝，是我们平生最难忘怀的极品。

午饭后，立刻去海拔最高、距离最远的西山韶乐景区。沿着缓坡的石板路，绕过一山又一山，穿过一寨又一寨，远近的重重山峦上除一点点树丛外，全是层层梯田，别无它物。沿途几处村舍都紧贴着陡峭的山坡而建，不少木楼的外缘已悬空，只能靠木柱顶着，这正是此地的民居都是吊脚楼的原因。进入寨子也难觅人迹，仅见到两位老阿婆。一位阿婆的门前有一长条桌，一叠叠艳丽的瑶族手工绣品摆在上面，她身着典型的红瑶服装，鼻梁上架着一副老花镜，安详地坐在桌旁低头刺绣，一只小花猫自在地卧在绣品上替她看着摊子。游客从她身旁走过，她也不抬头招揽生意，只专心地做着绣品。另一位阿婆头裹宽宽的黑布头巾，身穿厚厚的羽绒服，坐在门前的木板平台上，把一束红线捆在栏杆柱上，用一段小木棍把绷紧的彩线分隔成两层，再用一竹片将一束绿线左右横穿，就编织出一条漂亮的彩带来。老伴上前问路，她既不抬头、也不作答，只用手点了一下方向，想来是怕打扰了她的艺术构思吧？离她不远处，一位女游客悠闲地坐在椅子上看书。这里的一切都显得那么静穆、从容，人与自然那般和谐。久在喧闹城市里生活的人们，来此山中放松身心，是一种不错的选择！

我们边走边看，一个多小时到了高高的韶乐景区。路旁一位阿婆说："现在风景不好看，你七八月再来。"听说往年此时，满山都盛开着黄灿灿的油菜花，映照着半边天空；而去年冬天无雨，没能种上油菜，所以，田里只留下一行行枯黄的稻茬和裸露的泥土，她们觉得不好看。可我没有这种感觉，眼前虽缺少了明艳的黄花，也没有闪亮的水光，却袒露出梯田结实的肌肤、完美的曲线和魁梧的躯体，也许更加动人。

为了能纵览群山，我选中了一个理想的山头，爬上最高一层梯田，双脚踩在窄窄的田埂上，身体东倒西歪，摇摇欲坠。可能一是人老了，掌控不好平衡；二是不足一脚宽的田埂，本为拦水而非走人的；三是田埂一侧是烂泥，另一侧是深近两米的梯田边坡，担心一脚踩偏会导致严重后果。我小心翼翼地向前移步，安全地走到了视野更开阔的位置，驻足观赏：群山连绵，梯田连绵，接地连天，蔚为大观！远近七八个山头环立身下，层层梯田布满山坡，除山顶那块圆形的面积稍大些外，其余多为两三米宽、一米多高的环山窄梯田。密集的田埂勾绘出无数条流畅的平行线和波状线，顶天立地，横亘无边！曲线是秀美的本源，这些经过千百次叠加强调的曲线，分明是在群山上雕刻的立体图画，柔美而雄奇，无比壮丽、无比非凡！震撼之余不由对造田人的智慧、毅志和伟力崇敬之至！此刻已是仲春时节，可这满山的梯田还在静静地沉睡着。好不容易看到远处一块梯田里有一匹马在低头觅草，那马小得像个饰物。另一座山上，一位孤独的农夫在勤奋地扶犁耕田，当马应转身回头时却犯了难，在这仅有两三米宽的田块里马转身、犁调头都绝非易事，几番移位，马才勉强转过身来。难怪这里马的体形都那般矮小！在这种条件下耕作，何等艰辛！还有件事我没想明白：为什么在这降水多、坡度陡的山地上造的梯田，既未被径流冲垮、也没见倒塌的，历经数百年依旧完好如故呢？后来才知道这近两米高的梯田边缘的土壤是经过特殊处理的，是由人工调制的一种泥巴紧贴土壤断面一坨一坨堆起来的，形成了一个保护层，它牢固得让人难以置信，显示了先民的非凡智慧。

漫山的梯田中，几处被竹林绿树簇拥着的小村寨十分显眼。建在陡峭山坡上的木楼，远望好像叠加在一起，其中除少数被废弃的黑黢黢的老楼外，更多的是新建的泛着棕色亮光的新楼。这些散布在山间的吊脚楼给寂静的群山平添了不少活力，也让大山有了归属感。

即将下山时，一阵“噼里啪啦”的鞭炮声突然在山间炸响，应声望去，是半山腰一座新楼竣工了。听说盖一座吊脚楼需要二十多万元，除自筹一部分资金外，主要靠贷款。乡民们都看好这里的旅游前景，贷款建楼的积极性很高。这里造木楼挺神奇：一幢木楼不用一根铁钉，全用榫卯搞定，三层高的吊脚楼用细细的木柱顶着、架着，看上去岌岌可危，但从未听说过哪幢楼因不牢固而倒塌。此地没发生过地震，也没有强风暴雨肆虐，这正应了天道酬勤的老话，是上苍对勤劳山民的特别褒奖吧！所以，至今他们仍沿用着古老的造楼方式。

在返回的路上，两次遇到了驮着锯好的长长的木柱、木板上山的马匹。我想：盖这么大一幢木楼要砍伐多少株树木？我是种树的，看到砍树特别心疼，可又想到在这高山深处，交通闭塞，只有窄窄的一条石板路，不用木材、不用马驮，恐怕也别无选择了。

花了三个多小时游完了韶乐景区，回到客栈已饥肠辘辘，好在小老板已做好了竹筒饭等着我们。山上竹子多，所用竹筒都是现砍的绿竹。在大米里调上油和调料，加些花生米，装在竹筒里用明火烧烤，等竹筒外皮都碳化了，饭也熟了。劈开竹筒，米香、竹香扑鼻而来，吃着香糯可口的竹筒饭，不由想起在昆明民族村也吃过一回竹筒饭，那灰褐色的竹筒不知用过了多少次，饭里一丝清香也没有，让人怀疑是把煮好的米饭塞进竹筒的。这次才尝到了正宗的竹筒饭的本味！

这家客栈的男主人腼腆少语，除了给客人做饭就是逗他的一岁左右的儿子玩；女主人活泼好动，加上个子矮，像个没长大的小姑娘，喜欢玩，喜欢和客人聊天。突然看到客人带了条金毛犬来，她喜出望外，扔下抹布就迎上去，自家的小黑狗当然“吃醋”，也跑过来，却被她一脚踢开，不停地逗金毛犬玩，温顺的金毛犬都被她逗急了。丈夫忙着做饭时，她抱过孩子，孩子饿了，她打开一小包饼干，边和客人攀谈边吃，自个吃三四片才给孩子喂一片，孩子急得直抓她的脸。他们的土地交给父母耕种，说自己已经受不了种田的辛苦！我夸小老板的厨艺好，妻子立刻接口：“谁都说我老公做的饭好吃！”自豪之情溢于言表。

饭后踩着陡窄的七八阶楼梯上了楼，进屋见外墙有几处缝隙，通风透亮；幸好，做内墙的木板虽薄，和缝还算严实，没有走光之虞。屋里寒湿逼人，只好向老板娘讨要了两床棉被，虽然潮湿、不洁，但总算增加了厚度，勉强地钻了进去。隔壁住着一对年轻夫妇，就是那只大金毛犬的主人。狗很听话，黎明时几次低声哼哼，女主人一呵斥，便立即住声了。这只狗性格温顺，很受主人宠爱。它毛色金黄、净洁，衣着讲究得体。下雨了，女主人为它穿上了大红帽衫，在龙脊的两天里光鞋子就换了好几双。主人是泉州人，常带爱犬自驾游，走过不少地方，当得知我们曾游历福建却没去泉州时，非常遗憾，热情地介绍了家乡美景。大家在一起的时间虽不长，但能在这么远的地方遇见也算缘分，彼此相谈甚欢，还拍照留念。

一夜小雨霏霏，晨起拉开窗帘，天地间烟雨茫茫，山、梯田、房舍都隐去了。望着窗下被雨水淋洗得泛着亮光的石板路，心想：今天的游览计划彻底泡汤了！

吃罢早饭，穿上雨衣出门，就近爬到楼后的山坡高处眺望。远处浑然一片，如同白纸；近山在翻滚的云团间忽隐忽现。此刻，眼前的一切都显得那么虚幻、飘渺、神秘：山头浮于云端，梯田成了天梯，云烟塑造出千姿百态的景象，与昨日所见全然不同。游人抓拍着每一个美妙的瞬间。有道是“晴日赏湖，雨天看山”，此行不为赏湖，真正看到了晴雨迥异的两重山景。

濛濛细雨仍下个不停，看来短时不会消歇。无奈，我们只好回屋收拾好行李准备下山。替我们背包来回都是同一位阿婆。她身穿的红瑶女装特别好看，她同意了与我们合影的要求。老伴和她聊天，当得知和老伴同岁时，她感叹地说:“你的命比我好。我七十多岁了，还要干很多活，没办法，不干不行啊！”面对清苦、辛劳的山民，老伴默然了。

起身告别客栈老板夫妇，阿婆立刻背起我们的旅行包先出门了，生怕别人抢了她的生意。一路上见到昨天来的游客在雨中纷纷下山了。龙脊梯田之行虽来去匆匆，但亲眼看到了它的雄奇、伟岸，亲身感受了瑶族同胞的勤劳、平和与热情，达到了预期目的，还是很尽兴的。

桂林山水甲天下

国人尽知“桂林山水甲天下”，熟悉“江作青罗带，山如碧玉簪”诗句的人也不在少数，所以，我们也领略了这甲天下的美景。

芦笛岩观洞景

小雨一直下个不停，于是，我们决定先去看芦笛岩。洞内观景，雨再大也无妨。

清晨，就近品尝了当地有名的恭城油茶。饭馆是两间小旧的平房，屋里随意摆放了三五张小矮桌，顾客快坐满了，都是老人家。我们每人要了一份油茶。不久，3 个钢精盆端了上来，一个盆里是老叶红茶煮的茶汤，一个是爆米花和油炸的小面球，还有一个装着青菜粒。从未见过这种油茶，不知怎样吃。在邻座老人的指导下，把爆米花、小面球和青菜粒都倒入红茶汤中搅匀就是油茶成品了，如不够吃，还可买些油糕、炒面。油茶里的爆米花和油炸面球都酥酥脆脆的，可茶的苦涩味和姜的辣味让我们很不适应。当地人都吃得很香，一位老人说，这个油茶他们吃了几十年，天天来。我觉得这种吃法是把晨起喝茶的习惯与吃早餐结合起来了。油茶内含有健脾胃的苦味和暖胃的姜辣味，这种搭配应对了当地的气候特点，也许是很科学的。

饭后，乘公交到了芦笛岩，十分方便。门票价不菲，要 90 元，且只优惠当地老人，外地人再老也没用，地方保护主义很明显。几年来，我们走了好多地方，各地景区对 70 岁以上的老人几乎都免票，至少半票。在这方面，桂林可称得上是个“特区”，哪怕一个小小的公园也是敛财第一，没有优惠，门票还很贵。桂林山水甲天下，桂林对外地老人绝不“手软”也甲天下了！

走进岩洞，景色堪称奇幻！首先是洞里的空间变化多端：有宽畅、巨大的厅堂，有迂曲、狭窄的巷道；洞顶及四围布满了大大小小的钟乳石景。一路上上下下、进进出出，眼前景象不断变幻着，有自顶悬垂的“冰凌”，有拔地而起的石柱、石椎，有层叠的“宝塔”，有丛生的“蘑菇”，有像浓稠的白漆从石上流下来，有若吊灯悬顶，有顶天立地的石峰，还有如泥团堆积、帐幡垂地，形态浩繁，不胜枚举，在五彩灯光的映照下神妙非凡！

来到一处岔路口，见守门人高呼：“里面有千年活龟，快来看啊。”出于好奇，花5元钱购票入内观看。一进门，那位宣传者立刻改口将龟龄折半，说此龟已四五百岁了。可我看到的是小水坑里趴着一只并不很大的龟，谁也无法取证它高寿几何。那个人还称：游客如果把钱币投在了龟背上就可以增寿。景区所设骗局比比皆是，连这个名闻天下的国宾洞也不例外，游客得时时保持警惕才不致上当受骗。

芦笛岩中最不可思议的是洞内那一处“湖山之境”：广阔、高高的空间，顶上垂吊着一丛丛钟乳石，平坦的地面前是一片开阔的湖面，比篮球场还大。站在弯曲的石岸边，眼前水色碧蓝，湖中礁石错立，倒影清晰可见，远处是层叠的“雪山”。这怎会是洞中之景？分明是站在天地间的感觉！

芦笛岩又称国宾洞，开发早，知名度很高。它全长500米，我们花了两个多小时才游完。走出洞门，小雨依然淅淅沥沥，我们乘公交车原路返回。车上询问一位老者：我们该在哪站下车？他仔细地告诉了，接着便不停地宣讲起他的不同政见，发泄对现实的不满，越讲越激愤，嗓门越来越大，七八站路，他的演讲一直未停，全车人都被迫成了听众。接着，他又十分坦率地教我在桂林景区如何逃票，搞得我相当尴尬，只好一笑了之。这位老者真是位口无遮拦、无所畏惧的人。

晚上，在距旅馆不远的粥城吃饭，客人很多。除几种粥品外，甜品也不少，我们点了几样：菜梗马蹄丸、状元及第粥、漓江艇仔粥、水晶豆沙、芝士香芋卷、流沙包等。饭菜点心都做得精致，价位也不高，味道还很好，吃得舒服、开心。

漫步桂林市区

小雨一直寸步不离地伴随着我们。雨水带来些许不便，但并未影响我们的旅行计划。早晨去美丽川餐厅品尝桂林早茶。南方人的早茶、午茶与北方人的早饭、午饭在时间上并不对应，但性质、功能相似。南方人早茶吃得晚些，我想与他们丰富的夜生活有关。九时多找到了这家餐厅，里边还是高朋满座，其中以老年人居多。我们在几个餐台前巡视了一周，菜品相当丰富，但跟广州的早茶形式、口味都不相同，也便宜得多。自选了包括粥、主食、甜品、菜品等 9 种，看起来，样样玲珑可爱，也合我们的口味，总共才花了 46 元钱，只是买多了，得打包带回。回到住处，稍事休息便去象山公园了。主要是冲着鼎鼎大名的象鼻山去的。

象鼻山是一座独立的山峰，坐落在桃花江上，长 108 米、宽 100 米。到公园时，雨下得更大了，我们打着伞冒雨游园。走进大门，迎面是一座横跨江面的大桥，象山在桥那头，从这里看象山并无象形。过桥，爬上“象背”，登上普贤塔，这里本可眺望桂林市容，可此刻四周浑然一片，尽在烟雨中。下山去看象鼻山，由于靠得太近，看到的是末端的一个大石洞，叫“水月洞”，这里是象鼻处，可也看不出鼻形。此时，真切地体会到“盲人摸象”和“不识庐山真面目，只缘身在此山中”的真意了。贴着硕大的象山看象，就和盲人摸象无异。原路返回，过了桥，沿着宽宽的江岸前行，不久，便走到了观赏象山全貌的最佳位置。此处的桃花江被象山迎面切断，分成左右两支，分别从山下流过。此处的江面十分宽阔，足有百米以上。隔江望去，眼前才呈现出一头活脱脱的立于江中汲水的巨象！岸边还有五六只雕塑大象，虽各具其态，可在象山脚下，它们就像熊猫妈妈怀中的小仔一样，小得可怜，我弄不懂在这里放一窝小象的意图何在？

宽阔而平静的江面在风雨中泛起层层波纹。岸边停靠着一只小渔船，不见渔夫，两只鱼鹰静静地蹲在横木架上，无事可做便打起盹来。我心想：江里无鱼可捕，渔夫还得花钱买鱼喂鱼鹰，这似乎不合逻辑，也许这只小船和鱼鹰是景区设置的道具吧！其实，是实景也罢，道具也罢，它只要能让游人感受到桃花江往昔的景象也是值得称道的。这幅朦胧的山水画，让我沉浸在遐想之中。突然，一艘快艇拖着噪声从江面疾驶而过，划破了宁静，也打断了我的遐思。

离开象鼻山又去了叠彩山。山上能叠出彩来那该多漂亮！乘 2 路公交车直达景区门口。此时，雨更大了，老伴已无心上山，便在附近一家小饭馆里躲雨、等我。虽然店里没什么客人，但不消费光坐在那儿心里不塌实，便买了杯豆浆才安心坐稳了。我满怀期待地穿过景区入口的洞门，沿山路而上。雨中游客寥寥无几。我一口气爬完两座山，而叠彩始终未出现，连个好点的景点也没看到，只见到一处庙里有一位虔诚的女信徒在向笑嘻嘻的胖肚和尚塑像进香叩拜。我只好气喘吁吁、满头大汗地走出景区，在门口问售票员："哪儿有叠彩？"他指着洞口上缘反问我："那不是叠彩吗？"顺着他手指的方向看去，在洞口上缘见一处仅仅有点色差的层石，这就算叠了彩？整座山也成了叠彩山？我无语了。可自古就有赞美叠彩山的诗句，我却没看见，也许问题在我？

桂林是山水城市，很有特色。市区有不少拔地而起的独立山峰穿插其中。现在，这些山头都修了登山道，建了庙宇、亭子之类的东西，就变成了景区，其实山上并无多少景物可赏，而且门票还相当贵，此类景区不去也罢。

榕湖与杉湖

来桂林后如影随形的霏霏小雨昨夜转为大雨，打得屋顶"哗哗"作响，本以为哪儿也去不了了，到清晨却又变成绵绵细雨。我们按计划游了榕湖和杉湖。两湖位于市区中心，距我们的住处中山路很近。早饭后撑着雨伞步行十多分钟便到湖边了。两湖连在一起，只是在窄处被一座大桥分为两半，桥左叫榕湖，桥右叫杉湖，都用树木命名。

我们从桥边踏着台阶下到榕湖旁，湖面不大，可岸线曲折，岸边被茂密的树木围成一道绿墙，与闹市相隔，自成一处小天地，在烟雨朦胧中尤感幽静。沿岸建成了供游人休憩的绿地，草木错落，参差有致。一些粗大的老榕树虽无参天之躯，但老干虬曲，横柯劲伸，绿荫覆地，一派苍古之态。于是，榕湖之名有了答案。浓荫下安放着精心雕刻的黑色石凳，平滑的表面在雨中泛着黑亮的光彩，精美得像工艺品。想象在炎炎夏日，这儿一定座无虚席，

是纳凉赏景的好地方。一条长长的栈桥从岸边深向湖心，桥两侧有白玉般的矮栏杆，几番回折，与高高拱起的双玉带桥相通。湖中还有座大石舫，载着一组宽大的廊亭成了视觉中心。这些桥舫廊亭都经过精雕细刻，相当精美，不着华丽色彩，一身素装，在迷蒙细雨中显得高雅脱俗、悦目可人。湖面上浮着几团翠绿，那是小岛上茂密的树叶，密集得看不见枝干和地面。岸边还有几株迟醒的老柳树，低垂的柳丝上点点柳芽尚未展开，保留着晚春的信息。岸边的一切都在明亮的湖面上留下了清晰的倒影，只有三五位撑着花雨伞的

游人，可真是一处美丽而宁静的境地啊。榕湖岸边有一座敦实的城楼，门楣上“古南门”三个大字很醒目。市区内怎会冒出个城楼来？其实，榕湖和杉湖都是宋代的护城河，边上自然有城楼存在。

沿着榕湖岸从桥下穿过便进入了杉湖。杉湖似乎比榕湖小些，水中直立着一排树林，从它们高挑的身段和在水面处突然膨大的树干就可确定是水杉树，湖名的由来也清楚了。湖面与杉树匹配的还有两座修长而精美的古塔，一座九层、一座八层。层数不同，想必有它的原因。

听说两湖的夜景很美，虽未及欣赏亦不觉遗憾。烟雨中的湖景柔曼迷离，好似披着薄纱的娇羞新娘，大自然的天生丽质就足以展示她娟秀的风采与婀娜的身姿了，正是“生女白如脂，不劳朱粉施”。

九天银河瀑布

老伴是个业余美食家，每到一处都不会轻易放过那里的名吃，今天中午找到了“椿记烧鹅店”。店里窗明几净，透明的操作间卫生无可挑剔，烧鹅味道上乘。不过，对我而言，还是觉得北京烤鸭更好吃。晚上又去了阿甘酒家，这里的菜品也非常可口。饭后去中心广场看大瀑布和市区夜景。讨厌的雨几天来一直纠缠着我们不放。雨伞不离身、总是朦胧景也会让人生厌。来到广场未见有瀑布，经询问方知是指广场南端的一幢酒店墙面上的人工瀑布，只在双休日晚 8 点开放 15 分钟。今天恰逢周末，运气不错！ 8 点 15 分，酒店的灯通亮了，音乐响起，这座高 45 米、宽 72 米的大厦上，一帘厚 3 厘米的水幕自楼顶沿着 80 度的墙面徐徐滑下，泛起层层细波，像垂下一幅透明的绫绢，轻轻飘动，被称为“九天银河瀑布”。有些夸张，但还不离谱。虽无喷雪奔雷之势，却有温雅、端丽之态。

看过了大瀑布，在广场边买了鲜榨甘蔗汁和桂花糕，吃着喝着，漫步在灯光通明的街上。走过阳桥时，见一位四十多岁的中年人在路旁埋头拉小提琴，他面前摆的是音箱而非钱箱，显然不是卖艺人。他一首接一首地把曲调优美的抒情老歌曲奉献给路人，自己也醉心其中。他不与听者交流，好像怕打扰了音乐情思，不少人在旁聆听。这些熟悉的旋律，把我拉回到年轻时曾沉醉于小提琴陪伴的时光，那时的青春韶华，那时的激情澎湃，那时对小提琴的沉迷……雨中悠扬的琴音给我带来了享受与欢乐，也因年事已高而生出些许苍凉——如今，年逾古稀的我已持琴乏力了。雨突然大起来了，一位年轻人上前为演奏者撑起了雨伞。雨下着，演奏继续着，听众也没有离去，大家都为之动容，鼓起掌来。桂林市的这个雨夜散发着温馨而浪漫的芬芳！

阳朔七日

告别了阴雨连绵的桂林，南下阳朔。桂林到阳朔没有火车，汽车总站每半小时有一班车，交通很方便。淡季，大巴车里空着一半座位。汽车在开阔的原野上奔驰，窗外满目葱翠，如行画中。越向南行，桂林山水的特色越加鲜明；分立在远处的一座座山峰，有的卓立如柱，有的分叉为马鞍形，有的三峰相连形同笔架，还有的如钟、如旗、如乳……它们拔地而起，竞展姿容。在群峰与漓江之间，夹着窄窄的一带平原，出现了一片片亮黄的油菜花地。奇特的山峰、鲜丽的黄花和碧绿的江水一直伴随我们前行。我觉得桂林山水之美始于桂林而在阳朔达到顶峰，所以才有“桂林山水甲天下，阳朔山水甲桂林”之说。

车行约一个半小时到了阳朔汽车站。这个著名风景区的汽车站可不敢恭维，它位于一块不规则的三角地上，没有严格的停车位，一个破旧的售票处，简陋的候车室里只有二三十个座席。其设施与规模还不及一般县级汽车站，实在有点寒碜。而来这里的游人很多，和阳朔这个国内外知名旅游城市的形象反差很大。下车后背起背包去找预订的客栈，沿街旅店不少，房价差别很大。我们前一天在网上预订了“吉安里”80 元的标间，到了阳朔却又涨到了 90 元，说已进入旺季；而巷口的两家仅 60 元，位置朝向都更好。当即，我们放弃了“吉安里”，入住了名叫“棒棒堂”的旅馆，并选择了五层仅有的一间客房。客房外是一个大大的凉台，凉台上有凉棚、棚下有桌椅，可以在此休息、品茶、赏景，且无人干扰，称得上是客栈里的别墅。我们常在凉台上俯瞰阳朔城区，眺望远方的层层山峰;游玩归来常坐在藤椅上观景喝茶。住房和凉台的后上方是客栈洗涤和晾晒被单的地方。在此仅能见到一位卫生员，有时和她聊聊天。

次日早饭后，正准备出门，突然电闪雷鸣、滂沱大雨随风而至，于是，凉台成了听风雨、赏雷电的观景台。我们极少看到这么大的雨，仿佛天河决堤，河水倾泻而下。对北方人来说，如此强劲的雷电交加、暴风骤雨还真是一道罕见的风景，令人激动又兴奋!

“棒棒堂”共有三个店铺连在一起。店主是几位南昌人，彼此都是亲戚，辞了公职来此开旅店。他们对阳朔很有感情，待客也礼貌、热情。游人住在这里，不用操心旅游的各项事宜，只要告诉店主旅游项目和时间，他们就会及时联系车辆和有关人员。时间紧张时，还会骑摩托车接送旅客。

啤酒鱼是阳朔的招牌菜，多数餐馆的名字都以老板的称谓加啤酒鱼命名，而且，做啤酒鱼的老板多是“大姐”们，如彭大姐啤酒鱼，类似的还有谢大姐、覃大姐、× 二姐……一般餐馆的啤酒鱼标价为五十元左右。我们在城中城找到一家叫“金龙寨”的大餐厅，每天推出两款特价菜，其中常有啤酒鱼，每盘仅 25 元。餐厅在二楼，宽敞、干净，就餐环境很好，服务也很规范，菜品味道不错，盘边还贴着厨师的编号。我们常点的是一盘啤酒鱼、一盘素炒青菜和一碗汤，外加两碗米饭，总共不到五十元，而那盘鱼需要我们充分挖潜才能吃完。由于金龙寨饭菜可口、量足且价格合理，就成了我们的“定点餐厅”。

早上，街头有妇女挑着担子，装满了刚刚采下的金桔分外诱人：个个圆滚滚、黄橙橙，散发着清香，城市里是见不到这种自然成熟且如此鲜美的水果，一斤仅一元，我们逛街时是手不离桔的。阳朔的手撕面包也令人回味，薄如纸的面层、浓浓的奶油味，沉甸甸，香喷喷，一个才十元。

我们常常信步于街头巷尾，就近参观了“刘三姐赶圩”景点。这是张艺谋导演的大型实景音乐剧《刘三姐》的演出现场，到底是名导演，选中的景色果然非同一般。这里几乎荟萃了桂林山水的全部要素，而且具有典型性和代表性：那横亘数十里秀拔特立的山峰是桂林山的代表，那宽阔而平静的漓江与江上舟船是桂林水的代表，岸边苍翠的绿树和风姿绰约的凤尾竹是桂林林木的代表，山水、绿植共同描画出一幅清雅、秀丽而广阔的独特画卷。这里还有最佳的观赏位置，站在高高的岸上，无边风月悉入视野，这般天赐美景怎不令人陶醉！

阳朔还被誉为中国最好的户外运动基地，许多年轻人来此攀岩、骑车、划独木舟……在领略美丽风光的同时，享受户外运动带来的快乐。老年人在

此也有理想的活动场地，这里非常适合徒步，我们天天走在路上，有青山秀水伴行，无比惬怀！

阳朔宛如一首田园诗、一幅山水画，处处岑岭处处水，人们就住在田园里、生活在山水中。那清澈秀丽的遇龙河水、风姿绰约的漓江、美轮美奂的银子岩、黄灿灿的油菜花田……一切都美得那么自然，又那么非凡。但给我们留下印象最深的是那短小的却被称为“地球村”的神奇西街。

阳朔西街是条步行街，位于阳朔古镇中心。它很窄小：长不过千米、宽仅八米；然而，它又很“宽大”，各种国籍、各个地区、各种肤色、操各种语言的人们都汇集在这里，自由自在地享受着各自追寻的乐趣。不长的街道上各类商铺一应俱全，除售卖当地特产、纪念品外，饮食店铺居多，经营当地最有名的啤酒鱼及各地菜肴；洋式餐饮也不少，什么意式披萨、法式糕点、美式麦当劳等，还有马可波罗酒吧、俄罗斯商城以及“洋妞”自营的甜品店、冰淇淋店等，洋味十足的装修与装饰引人注目。街上还有几家会所和养生馆。

西街的高潮在夜晚。华灯初上，人群从四面八方纷至沓来，络绎不绝。夹杂在中国游客中的“老外”们愉悦、兴奋，谈笑风生，像在自己家中。店铺门前摆满了桌椅，铺着各色桌布，不久便座无虚席了。有的店内灯火通明，有的却烛光幽暗，塑造着不同的氛围。流动摊贩们挤满了剩余的地方。

西街上也有另类谋生者：一位穿着黄色民族服装的卖艺者，面向食客吹奏着葫芦丝，从他的大音箱里传出响亮的《芦笙恋歌》，优美的乐曲声与喧闹的人声一起混响。一位身着迷彩装的年轻人肩背徒步包、胸前挂着单反相机、脚蹬徒步鞋，跪在防潮垫上，面前摆着一张纸写着自己身遇不测，向游人求助。路人投以怀疑的目光，未见有人施援。还见一位三四十岁的女士，穿戴异样艳丽；定格一幅造型后，数分钟一动不动，然后再换一种姿态。从她那警惕而呆滞的目光可判定是位精神失常者。她曾是人体模特、演员抑或其他社会角色？但一定有不幸的往事才沦落至此，实在令人痛心！西街虽很窄小，却能够容留境遇完全不同的人们，展现出世间百态。

西街除了浓厚的商业气息及如织的游人外，街道上典雅的建筑、古朴的石板路与友善的当地人，都阐述着她悠久的历史和丰富的文化意蕴。

阳朔镇以她独特的自然风光、良好的生态环境、和善朴素的民俗民风以及从百姓到领导者的开放心态，赢得了各国各地人们的青睐！城小不怕，有容乃大！

漓江漂流

来到阳朔，漓江漂流不可缺少，因为桂林山水的精华就在漓江阳朔段的两岸。连绵几日的细雨总算停歇了，云层薄了，天光也亮些了，我们决定去杨堤漂流。杨堤到兴坪的这段江景最美，其中一景“黄布倒影”就印在20元人民币的背面，美的程度不言而喻。

旅馆老板联系了筏工，约定在杨堤码头接我们。我们在阳朔公园门前乘车，不久便到了杨堤停车场，筏工毛师傅已在车下等候。他替我们买了漂流票，150元/每人，如游客自己去买得210元。票价是本月初由130元暴涨到210元的；对外地老人也无任何优惠，这在全国少见。尽管宰客狠得如此任性，可游客依然纷至沓来，人数不减反增，是风景太美了，还是国人的钱多了？我看都有。

毛师傅带我们走下一段长长的斜坡来到江边码头，数以百计的竹筏杂乱地挤在一起，看上去驳岸像是由竹筏搭建成的。毛师傅费劲地把他的竹筏慢慢移了出来。竹筏由十根毛竹编成一排，筏的中部安放着两条长木椅，筏尾有个小马达。我们穿上救生衣，上筏坐定，机器响起，漂流开始了。

江面开阔、平静，水光粼粼，船筏过处，划出道道绿色柔波，明媚、绮丽；山峰壁立江岸，水随山转。毛师傅很少开动机器，主要是顺流漂行，好让我们仔细观赏、品味漓江美景。在江中举目四望，绿树翠竹披岸，尤其是那一丛丛婀娜飘逸的凤尾竹让人心生怜爱，它给刚直的竹子增添了几分妩媚柔情。茂密绿丛的背后，间或露出渔村的屋影。稍远处的山峰各具其态，争

奇献秀，人们以形似给它们冠名，如冠岩、童子拜观音、鲤鱼挂壁、乌龟爬山……其中最引人注目的是一面叫“九马画山”的灰白色崖壁，远远地我便凝望着它，可终究也没有看出九匹马来！不知是我的视觉不敏锐还是缺乏联想、想象的能力。途中，毛师傅指着一个空烟盒上的图案和前面的一组山峰作比对，完全一样。真是“百里漓江，百里画廊”。风景如画，无处不入画！

在毛师傅的建议下，中途我们登上浪石码头去看了浪石村。村子不大，房舍比较集中。靠近江岸的砖房很高，有点古香古色的味道。巷子很窄，在巷口的一块砖台上，并排坐着3个三四岁大、白白胖胖的小孩，两男一女，鲜艳的花衣服，灿烂的笑脸，十分阳光。他们的目光一直注视着我们。当我举起相机的瞬间，一个男孩立刻用双手捂住了红扑扑的小圆脸，另两个孩子也立即仿效。景区的孩子不仅不认生，小小年纪已经懂得维护自己的肖像权了。回看镜头里6只胖乎乎的小手盖住小圆脸的3个小家伙，纯朴天真、太招人喜爱了。我是个不太喜欢小孩的老家伙，此刻也真想抱着他们亲上一口。最先“维权”的那个小孩由于起身用力过猛，身体失衡，从砖台上骨碌下去不见了，吓我一跳，疾步奔过去。幸好砖台不高，小胖孩旋即站起又爬上来了。这几张照片成了我们桂北之行的最佳人物摄影，每每翻阅，他们那漾着春风的小脸、盖着脸的小胖手、快乐和皮实的小模样总是让人忍俊不禁！怕耽误毛师傅的时间，我们没有深入村里，拍了几张照片就返回筏上继续漂流。竹筏静静地顺流而下，四周的景色愈加秀美了，我们贪婪地左顾右盼，饱餐着漓江远近秀色，心底里感谢毛师傅的同时，也为身旁那些匆匆而过的竹筏以及疾驶的游轮上的游客们感到惋惜！

漂流了一个多小时到了终点——兴坪镇码头，告别了毛师傅。登岸即见岸边横卧着一块巨石，上刻着“二十元人民币图案景观”几个大红字。拿出钱来对照，影像完全重合。回头眺望远山近水，真是美不胜收！我们在“画中”盘桓良久才离开。过了一座三孔大桥到了兴坪古镇。经牌坊门进入街区，镇里的古风古韵已不明显了，只能从那几处黑黢黢的老旧屋感受古镇悠久的历史。

看不够的漓江山水，那奇妙的山、柔静的水、两岸秀丽的田园、温良和善的筏工都在向我们招手！这次短暂的漂流，更加强烈地激发了我们再来阳朔的冲动，她的无边风月时时在召唤着我们！

遇龙河上

漓江漂流的愉快经历，让我想起了另一次漂流，那是我们到阳朔的当天下午去遇龙河漂流。秀丽多姿的山峰分列左右，留出一条宽宽的廊道，天生丽质的遇龙河在中央静静地流过。清澈、晶亮的河水，悠然戏水的麻鸭，两岸葱翠飘逸的修竹，绿意盎然的树丛草地，还有一片片明丽、嫩黄的油菜花……如此集大美于一体的山水田园风光，感动得让人落泪！可这美妙的风光和愉悦的心情，却在漂流过程中遭到了一拨又一拨的人为冲击与破坏，美好几近被丑陋所淹没！

“宰客”的流程从漂流之前就开始了：河边站着一堆妇女，游客一到即蜂拥而上，抢着兜售自己篮子里的柚子、桔子和煮花生之类的食品。我们用

力突出“重围”走向河边，但一个四五十岁的女人一路紧追不放，我们再三告知刚吃过午饭，现在不想吃东西，她却说：“你们不吃，要请师傅（筏工）吃嘛，他为你们摇船多辛苦（顺流而下有多辛苦？何况我们已付了130元的高额漂流费呢）！”那位师傅一点也不推让，等我们花五元钱买了一个柚子，他接过来放在筏尾，这才开始了漂流。他还好意思吹嘘他家有多少株柚子树，每年能卖多少钱……对他而言，一个柚子算不了什么，可能觉得不占这个便宜不就吃亏了吗！

漂了不久，又遇上了第二个坎儿：河里修筑了几道跌水，竹筏经过每一道跌水时，都有人在前方未征得同意就为你拍照。然后，竹筏自动停在拍摄点旁，让游客下来在电脑屏上选照片，一张15元。想想竹筏从高高的跌水上滑下来的那一刻，游客全身肌肉紧绷，歪斜着身子翘起双腿的姿态能拍出好形象才是怪事，可我们碍于情面还是要了一张。15元不光是买了一张废纸，还打断了游程、浪费了时间、增加了环境污染！这一个接一个的拍摄点每天不知要制造出多少垃圾？

河里和岸边有不少用破旧布单和塑料编织物围起的棚子，那是出售饮食的摊点，又脏又丑，给美丽的遇龙河贴上了块块疮疤。到了一个摊位前，筏工提出要进去休息，我们只得随他离筏而上。棚里卖的有烤鱼、烤饼、零食和饮料（尺把长的一条烤鱼要 50 元，说这是遇龙河的特产鱼，很美味，很珍稀），见我们没有消费的意向，双簧戏又上演了。摊主说：“师傅为你们摇船很辛苦，你们应当请他喝饮料嘛！”那位头发花白的筏工师傅蹲在一旁不作声，等我们掏钱的时候，他立刻站起来走到饮料架前选了一听打开喝起来。小小的一听饮料要 10 元钱。摊主、筏工双双获利。我们则暗暗庆幸没让招待他吃烤鱼！我们是比他更老的老人，明白为老不尊的人没法得到他人的尊重！其实，从经济上说，我们也没花多少冤枉钱，但被绑架的感觉却让人气愤！从心里鄙视他们那些不体面的伎俩，为他们赧颜！不长的漂流三番五次地被打断，始终让人无法倾情于美丽的山水。我们很反感却不敢抵制，因为有前车之鉴：一些游客因抵制丑行而被划入风景不佳的河叉中停了下来，让你愤怒又无奈！过去对“上了贼船身不由己”的话理解不深，这回身临其境才尝到了其苦涩的味道。接着，看到的景象就不仅是不快，而是忧心忡忡了。河中搭建的一个个棚子尚易拆除，而岸边已建的和在建的各种各样的楼堂馆所越来越多，距河岸越来越近，使遇龙河的天赐美景被涂鸭了，被私吞了，更让人痛心！我想：阳朔的管理者不可能不知道，只是不心疼、不担心而已。对他们来说，揽钱才是硬道理！被贫穷折磨怕了的人们，想方设法改变自己的经济状况本无可厚非，但只顾一己之利破坏旅游区的自然风光和生

态环境、损害旅游者的权益、伤害游客的心情可真是损人不利己的行为！看来，带领群众寻找一条可持续致富的道路才是管理者应有的作为。按常理，钟灵毓秀，美丽的山水可孕育出美好的心灵，遇龙河两岸的人们当不负大自然的慷慨馈赠，应该用自己的行动为一方土地增光添彩！

计划外的柳州之行

这次桂北之旅的目的地原本没有柳州，可在去桂林的列车上意外地看到乘车牌背面的一幅风景照片，引起了我们的兴趣：一条宽阔的U形河紧裹着一座城市，老伴忙问对面的乘客："这是哪里？" 答曰："我们柳州。" 他说柳州很美，建议我们去玩。老伴兴奋地问我："去柳州？"我答："去柳州！"于是，这座绿水环抱的城市成了此行的最后一站！

在阳朔汽车站乘大巴经3个小时到达柳州。路经城边开发区，宽阔的街道，清爽的环境，一改我心目中老工业城市的印象。想起了柳州市长曾在央视描述柳州形象的七个字——"山清水秀路干净"，当时对把"路干净"作为城市特色来强调还有点不解，现在真有感觉了！车行道、人行道上确实干干净净，没见到任何纸屑和杂物，偶有几片刚从树上飘落下来的黄叶。我们在柳州停留了4天，对市区街道和公园景区的净洁程度留有很深的印象。看来，维护"路干净"已成为柳州市民的社会风尚。住进位于市中心的如家酒店，七折团购标间119元/天。酒店刚开业，设施新，生活方便，担心周末涨价，就一次付了4天房费。

据说柳江音乐喷泉目前是亚洲最大的江面升降浮式喷泉：全长315米，宽40米，设有832套喷头，开放时喷头浮出江面，喷出的水柱最高可达100米。在来桂林的列车上，那两位柳州籍乘客已给我们介绍过了，他们为柳江喷泉很是自豪！

黄昏时分，我们步行去柳江岸，观赏著名的水上音乐喷泉。柳江的江面足有一二百米宽。两岸高楼林立，气派不小。沿岸有宽宽的人行道，靠江边竖立着齐胸高的铁栅栏，防止游人落水。其中有四五十米长的一段自然形成了垂钓区，七八位垂钓者，每人在护栏上架着三五根钓竿，一字排开，远看像是倾斜了的栅栏。地上放着的盛鱼桶多数空无一物，只有一个桶里有两条比手指稍长的小鱼。我想：这么多人挤在一起，还走来走去的，鱼敢来吗？也许能否钓到鱼并不重要，最开心的是鱼友们能凑在一起玩玩吧！

晚八点，广播告知喷泉即将开启。在乐声响起的瞬间，数百米长的江心同时升起三四十米高的水柱，高低错落、摇曳交叉，组成了各种图形，在五彩灯光和斑斓水波的映衬下，璀璨夺目。腾起的水柱伴着变换的乐曲声，时而如军机齐飞直冲云霄，雄浑壮美；时而如佳丽舞袖曼妙多姿，气象万千。画面奇幻而宏大，缤纷而绚丽，令人目不暇接、激动和振奋！喷泉不停歇的喷射了 15 分钟后戛然而止。听说晚 9 点还有一场。这是我们见过的最壮观的水上喷泉，也是柳州人的福分与骄傲！

次日晨，我们去知名景点大龙潭。交通很便利，是多路公交车的终点。园门前张贴的“售票须知”上只有自行车、摩托车和小轿车入园的收费标准，而不见游客的门票价，问人方知游客免费！偌大的公园游人免票在广西还真不多见，还允许机动车入园怕也是绝无仅有的。走进大门，迎面是平缓的山丘，坡上绿草茵茵、天空鸽群飞旋；亭亭玉立的槟榔树、高大健硕的椰子树和开满紫花的茶树散布在草坪上，还有一种不知名字的树，树冠上缀满了或白或红的花朵，花形与叶片都很漂亮，一派热带风光！

我们来得早，游人不多，一些孩子在草地上嬉戏撒欢。山丘的后面是一泓碧水，叫“镜湖”。湖面宽广，一直延伸到对面的山下。岸边林木森然，郁郁葱葱。镜湖被群山团团环抱，其中雷山、龙山各自护卫着脚下的雷潭、龙潭，潭水幽深凝碧。这儿曾是贬官于此的柳宗元为民祈雨的地方，可叹政绩卓著的一代文豪在柳州仕上仅 4 年便病逝了！此刻，眼前一对新人在岸边拍婚纱照，新娘拖着长长的雪白的婚纱在青山绿水间留下了他们年轻的倩影。山水见证了新人的幸福，为新人添美；新人也装点了山水，此情此景清雅悦目，美丽动人。

一路漫步于山林中、碧潭边，山高水绿，风光无限。途中有几处华丽的民族建筑——鼓楼、风雨楼等，撩人眼目。走过镜湖长堤，登上龙山之顶眺望，眼下的大龙潭公园是被群山环抱的一个山间湖泊，四周山林繁茂苍翠，深陷的山脚下是一汪湖水，青绿若染。一条细细的银丝缠绕着湖岸，那是环湖小路。大龙潭公园以自然山水为主体，少有人工设施，景色秀美天成，色彩纯净、自然，正如雷山崖壁上的题词“江山如画，人间仙境”是也。站在

雷峰顶上四顾，由于山峰阻挡，看不到柳江环绕市区的景象。一位游客说在马鞍山顶可以实现这个愿望。我们立刻下山，乘19路车过柳江桥来到马鞍山下。

马鞍山因形似马鞍而得名，是市区最高峰。山上多处刻有宋、元、明、清各代文人游览时留下的诗文，其中有徐霞客对此山的生动描述，方知它还是座名山。虽有缆车可直达山顶，而我们依然不放弃徒步登山的机会，既可借此锻炼身体，又能在途中不同位置赏景，获得不同的审美感受。登山的台阶全由凿得规规整整的石条铺就，宽宽的台阶高度适中，阶旁设有大理石护栏，既漂亮又保证了登山的舒适、安全。我有数数的嗜好，看到高楼总想数有多少层，看到登山阶也如此。马鞍山1200阶，上下便是2400阶，感觉没费太多力气。山顶上没有树木遮挡视线，江景、城景尽收眼底；但因不是高空垂直俯瞰，所以，无法看到完整的水围城全景。眼前宽宽的柳江规整地画了个半圆环，把密集的高楼紧裹在其中，江上的几座大桥连通内外。由于雾气很重，远处的景物有些朦胧不清，可水围城的特色却看得清清楚楚。江河穿城而过和挖河护城的城市不少，而如此大的江流环绕大城市的景象却不多见，这宏大的水围城景象别有韵味，达到了我来柳州的主要目的。至此，完成了桂北之旅，该打道回府了。

南宁印象

我们2012年春去了桂北的桂林、龙胜、阳朔、柳州，次年秋又造访了桂西南，完成了游览广西的计划。

桂西南西接云贵高原，南临越南，属亚热带气候，温暖湿润，地形多变，景观和人文资源丰富。此行计划以南宁为中心，先去西北部的巴马、田东、大新，再去南部的凭祥，最后去北海与涠洲岛。

“秋风起兮佳景时”，南国的11月正是游览的最好时节。2013年10月29日，我们乘北京至南宁的火车踏上了去桂南的旅途。虽然又是上铺，但丝毫未减我心头的愉悦感。次日傍晚，到达南宁。

火车站外的出租车很多，但因不知我们预订的宾馆位置而两次被拒载。原以为宾馆电告的“红星电影院旁”是个人们熟悉的地标，谁料司机都摇头。后来，一位年轻司机停下车来，他也不知道红星电影院在何处，打手机问别人才弄清了，告诉我们：“你们要是说派出所那条巷子，司机都知道的。”我不明白为什么司机不知电影院在哪里，却知道派出所的位置？

司机送我们来到民族大道后面的一条闹中取静的巷子里，这是个小宾馆，建成不久，设施很新，交通、餐饮都方便，但入住后感到空间太狭小。一张双人床和一条长桌几乎填满了房间，在室内一隅搭了一个比人稍高的隔断就是卫生间。我们还是第一次遇到这么局促的标准间，淡季房价还要113元。凑合着住了一夜。

清早去吃饭，看到巷子里还有好几家宾馆，我们选了一家，房间宽敞明亮，空调、电脑俱全，长途电话还免费，标间仅 75 元。只是设施陈旧些，没有电梯，可这两样并不是我们择居的主要条件，便欣然搬进了“新居”。下午就近到位于市中心的南湖公园转转。公园的主要组成部分是南湖，湖面广阔、明净，碧波荡漾。一条宽宽的长堤横在水上，堤上翠柳夹道，一端有座九孔拱桥连通湖岸。人们可漫步堤上，也可泛舟湖中。湖心有座长形的小岛，披着茂密的红花绿叶，好似一条载满鲜花的大船。沿湖两岸浓荫蔽道，芳草茵茵。公园虽没有特别的美景可赏，可对住在市中心的百姓来说，是一处不错的休闲之地。

次日上午，我们去了南宁最知名的风景区——青秀山，在民族大道乘 10 路公交车到终点便是。民族大道宽广、洁净，路两旁一色粗壮的大椰子树，整齐、高大、威风！南宁的公交车车体干净，服务规范，显示屏和人工报站并举，都用普通话，大大方便了外地游客。想起 2007 年春在成都某公交车上，乘客多，车内喧闹，售票员却用方言报站，语速又快，很难听懂；尽管我们非常当心，还是听错了站名被拉到了郊区。南宁的公交车上常见年轻人给老者让座，售票员对此也十分关注。有次见一位老太太站在车门口，售票员便反复强调“请给老年人让座”，大有不达目的誓不罢休之势。其实，早有人主动让座了，只因老人一站便下，坚持不坐。各地公交车上通用的说法是“请给抱小孩的乘客让座”，在南宁改为“请给怀抱婴儿的乘客让座”，把小孩的年龄限定在婴儿阶段，这一改动非常符合国情。君不见公交车上那些抱着四五岁甚至更大孩子的成人？可真是惯坏了下一代、又累倒了自己的愚昧之举！其实，应当教育孩子懂得关照他人的道理，自己没有创造财富，但凡能站稳的，就应主动给纳税人让座才对！南宁公交车的这种改法维护了社会优良风尚，也是对下一代真正的关爱，值得称许和推广！

在接触中，感到南宁人多数性格温和，待人热诚，乐于助人，外地人在此生活得自在、放松。例如，在公交车上听到前座的女孩接到错打的电话，当对方道歉时，她却说：“没什么啦，不要客气啊！”如此温婉的女孩，如此友好、宽容的态度令人感动。

来青秀山前得知：本地 60 岁以上、外地 70 岁以上的老人享受半价门票。可当递上身份证付钱时，售票员却说我们可以免票，还友善地提醒我们去旁边的游客中心领景区导游图。这张折叠式的彩色导游路线图内容详尽，制作得和它所介绍的景点一样精美。

走进宽敞、时尚而颇具民族风的大门，迎面便是壮族风格鲜明的壮锦广场，往后是一面高 4.5 米的垂立的大铜鼓造型，名为“铜鼓音乐台”，是供游人观看演出和欢歌曼舞的地方。前行便进入了全长 618 米的“友谊长廊”，此廊虽比北京颐和园 728 米的长廊稍短些，也够名实相符了。长廊建在矮矮的山丘上，高低折回，状若卧龙。整体由廊、亭、桥、楼等构成，形式美观多姿。廊下展示着一盆盆盛开的名贵兰花，品类繁多，柔美、静雅，馨香可人；廊外是体量硕大、形姿奇诡的景石，有洞穿的，有凹凸随形的……石面多光润如涂脂，线条圆滑、流畅，有纹路若丝丝飞云。在我看来件件都是极品！右侧是一处绿树环绕的大草坪，边缘有几组石雕群，内容如西天取经、儿童拔萝卜、拔河等。雕像石材优良、工艺精湛，形象高大、逼真，在北方园林中不多见！

景区西南的山区有座观音禅寺，是广西最大的佛教寺院，寺内殿阁十余座。始建于北宋，距今已逾千年，为信徒必访之地，香火久盛不衰。由于距园中心区较远，且我们也没有求佛祖帮助的祈愿，故未专程前往拜谒。景区

内还有多处古迹，如箫台、水月庵等。其中以标志性建筑龙象塔最为著名，是南宁的十大景观之一。原塔为明代万历年间所建，抗战时期因塔体高，恐成为日寇的轰炸目标而被拆除。1984 年重建，现塔高 50.35 米，共 10 层。我进入塔内，一鼓作气登了 223 个台阶至塔顶。在这个制高点上举目四望，青秀山的山水、森林、草坪、建筑、道路……悉入视野，园林的“青”与“秀”才完美地展示出来了，南宁市区与邕江风光也历历在目。

走出龙象塔，经天云阁过步云门即到天池。这一泓被山林环抱的碧水面积虽不大，可在园林建筑小品的点染下显得优雅悦目、富丽堂皇。其中湖边的霁霖阁最为抢眼，这是一组由二三层高的六座楼阁，通过廊桥连为一体的复合式园林建筑，它背倚青山，足濯绿水，体量宏大、繁复而豪华，集楼阁、轩榭、廊桥等多种功能一身，具有很强的造景和赏景功能，成为天池的视觉中心。池中有游客荡舟，还有千百只五颜六色的肥硕锦鲤吃力地摆动着笨拙的身体，为争抢游客丢下的食物而挤成一团，鱼儿原本浮沉自如、逍遥自在的美感全然丧失了。

离天池不远处便是我国著名的苏铁专类园——苏铁园，内有各类苏铁四十余种，据说仅上千年的苏铁古树就近百株，具有很高的观赏与学术价值。见六七位身着蓝色工作服的女工正在为树木施肥，肥料是一堆堆腐熟后黑得发亮的有机肥与土的混合物，今天还能享受到这贵宾般待遇的植物是很少见的，难怪这里的千年古树也能生长得如此健壮！

青秀山景区面积很大，我们只游览了一条有代表性的线路，看罢植物园便乘车返回出口。长长的电瓶车载着游客穿行在起伏的青翠山林中。在浅山丘陵上设有20公里长的环山自行车道和15公里长的健身徒步山道，都很平整、宽阔，并用明显的颜色加以标识，为健身运动提供了极好的条件。沿途还有许多美景未及细赏，有些遗憾。电瓶车司机说："我们正在努力争取成为五星级景区。"依我看，这里的硬件、软件已经是五星级的了。南宁市民坐拥一处如此宏大、清新而秀丽的园林！真为他们高兴。

回宾馆的途中，去网上热捧的"宏牛牛杂店"。牛羊杂碎是我喜好的食物之一，今天有亲临名店品尝的机会当然不肯放过。入店坐定，看了菜谱，有酱香、干锅等几种，带汤的仅一种叫"生态全牛锅"。我在西安吃过美味的全牛杂碎汤，这里也有"全牛"、而且"生态"，便没细看具体内容就订了一份中锅，88元。不久端上来一大盆，我在盆里翻找，却没找到通常的心、肺、肝、肚之类的牛杂，尽是些从未见过的肉块，疑惑中抬头看到了挂在墙上的食品介绍："生态全牛"有"补肾、壮阳、益精、补髓之功效，为男士之必需"；汤中宝物为"牛蛋、牛鞭、牛胎盘和牛散、牛蹄筋、牛骨髓"。这一看可傻眼了，原来是以牛的生殖器官为主的杂碎，原本旺盛的食欲立刻消失殆尽，老伴的反应更加强烈，仅看了一眼就反胃了！我的自控能力较强，勉强在盆里挑了几块认得出的蹄筋吞入肚中，算是品尝过这道名菜了。教训深刻啊，为什么不先了解内容呢？我也奉劝诸君，以后对那些冠以补肾养生、生态保健之类菜名的要尤加警惕！

次日午后一时许，我们登上了开往巴马的大巴车。开车前，检票员说我们的车票过期了，是昨天的票！老伴仔细说明了买票的过程，这位女检票员不仅没有责怪我们粗心大意，反而安慰我们别着急，等她去处理。不久，她来了，说已办妥，让我们顺利地登上了这班车。面对这位年轻、漂亮的女孩，我们表达了深深的谢意。再次感受到了南宁人对外地人的热诚！

巴马小城

巴马县距南宁市较远，大巴车行驶四个多小时至傍晚才到达。出了汽车站没见出租车，也没见三轮车，我们背着旅行包沿街寻找住处。街道上车少人稀，但旅馆很多。高档的凤凰大酒店淡季的标间 398 元，差点的酒店 198 元，宁肯空着也不降价。所幸，还有许多私人经营的小旅馆：一层常为饭馆或小卖部，二层以上都是出租的客房，大多 60 元一天；只是标间的设施差些，但还干净、清静。我们便选了一家入住。

次日上午，我们去城郊景点赐福湖。此湖不是天然湖泊，而是人工水库，也许是这宽广的水域为贫困的山区创造了财富而被名之为“赐福湖”的吧！去湖区须乘开往凤凰的班车，中途在湖边下车，距核心景区——梦幻演出现场还有 5 公里路，没有交通工具。我们沿着湖边公路徒步前行，右侧紧靠山林，左侧是下沉的湖面。美丽的盘阳河在巴马境内穿行了 60 公里，最后止步于赐福湖。清亮的湖水在群山之间未见尽头，十分辽阔。湖面散布着一片片白色的漂浮物，可能是养鱼的网箱区；远处还漂浮着几个盖满绿色的小岛。这里的农民虽失去了山林土地，却拥有了广阔的水域，养鱼的收入比种地高多了；再加上变成了景区，开发了旅游服务，山民的收入有了很大提高，这赐福湖的含义算是兑现了。

赐福湖湖岸停靠着几只柳叶状的小船；岸边零星的小块梯田里种着蔬菜，地边芭蕉挺立，修竹成丛。风景虽无惊艳之处，却也山高水远、淡泊幽静，不失为一处涤目养心之所。不久就证实了我的想法。一路寂静，后来终于见

到一位老人迎面走来，难得有人相见，我们便驻足聊了起来。他是哈尔滨人，60 岁退休，老伴过世了。他来此旅游时喜欢上这里的环境和风土人情，遂决定在这儿养老，娶了一位瑶族妇人，帮他收拾屋子、洗衣做饭、料理家务，如今在此已住了 5 年。从他的言谈中感受到他生活得很平静。看来赐福湖真是慷慨，外乡人也可领受到福分。第二次遇到的路人是 3 个八九岁的小女孩。她们活泼可爱，骑着两辆旧小轮自行车，摇摇晃晃地顺坡而下，从我们身边越过。我担心这么陡的下坡路，若刹车不灵，她们会冲进湖里。她们总是骑骑停停，时前时后地与我们同行，还不时告诉我们哪儿好玩、怎样走等。其中的一位还建议我们去湖对岸看演出，并自豪地说:“我爸爸是教练！”来此的游客多数是到湖对岸看梦幻演出的，我们则更倾心于现实中的自然美景，没有接受孩子的盛情，只是沿着湖岸漫不经心地走了一个多小时。

该返回了，正巧一辆电动三轮车经过，花 30 元租车下山。顺路还登上一座山坡俯瞰了赐福湖全景。途中，这位中年车主主动给我们介绍起这里的情况：他们原本是农民，以农业收获为生，不时上山采些山货补贴生活。后来修了水库，淹没了农田，主业就变成了养鱼；因为有山有水又发展起旅游业，一些人还可开三轮车接送游客上下山，收入可观。他说这里的人长寿，他爷爷九十多岁去世；奶奶活了 103 岁，不久前刚离世。现在村子里最高寿的老人 123 岁……巴马真是块宝地啊，处处长寿乡！果真如此吗？“长寿”就像一块巨大的磁石，强力地吸引着全国各地“铁了心”想长寿的老年人云集此地。在回住处路上，看到一家店铺橱窗后挂的烤香猪，皮色金黄发亮，十分诱人，50 元一斤，我们便买了 30 元的带到饭店吃晚饭，又点了一菜一汤两碗米饭。香猪皮薄肉香、鲜嫩味美，吃得十分惬意，不愧为巴马一带的名食。第二天再去买，可惜晚了一步，已售完了 。

巴马小城的主街只有一条，黄昏时我们沿街遛达。见一些人的举动很是怪异，他们或背或抱着孩子，旁边一人手挑着一米多长的竹竿，有的观望街景，有的在小摊前买食物，也有的走来走去，不知在干什么。近前才看清，这里是妇幼保健站发热门诊部的门前，那些高挑在竿头的是给发烧孩子退烧的输液瓶。针头插在孩子的手背上、额头上，他们竟若无其事地敢在街上随意转悠。这是否说明：即使在人车喧闹的巴马大街上，空气依然洁净少菌、静脉注射也不会感染？这可真是新鲜事，我想用它来宣传巴马空气质量特优，是最令人信服的活广告！

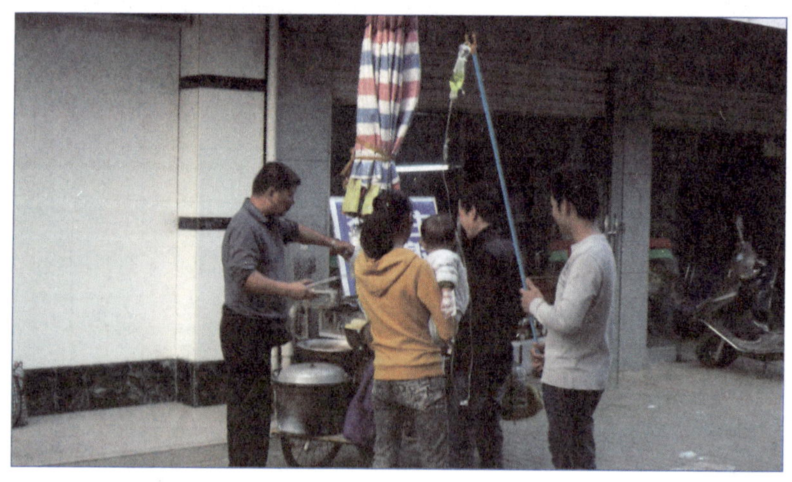

清晨去旅馆旁的早餐铺吃饭，小小的铺子里挤满了食客，里面只有几张桌凳。门口摆着几只不锈钢的粥桶，分别盛满了冒着热气的玉米粥、白米粥、南瓜粥、红豆粥。除南瓜粥 4 元外，其它均 3 元一盆，且盛粥的钢精盆尺寸都不小，每盆都装到了盆沿，以致端起不易，我忙说："少舀点，少舀点。"旁边低矮的长桌上，排放着4个大大的方型钢精盆，盛着新炒的青菜和一盆烧血豆腐，品相都还不错，全都免费自取，不限量。我很纳闷，一盘炒菜的价格可能已超过了一盆粥钱，卖主这么大方还能赚到钱吗？说来也怪，吃饭的客人中拿菜的很少；我又弄不清了，是客人怕老板亏本？还是没有吃菜的习惯？我俩每人一盆粥、一个鸡蛋、共吃一笼包子总计才12元，已经很饱了，也没有去享受免费菜品。店里的几位大嫂温和、亲切地招呼着每位客人；客人话不多，就餐环境很安静，彼此都很和气、谦让，没地方坐就端盆站着吃。深秋的山城晓寒很重，简陋的小店、简单的饭菜，却让人从胃到心都温暖起来。

今天要离开巴马县城，去坡那度假村住几天，感受一下长寿村的味道。离开车还有两三个小时，便去车站旁的河边看看。这条河宽二三十米，是城区的界河。左岸是耸立的山峰，右岸是镇子的街区，问了几位当地人都不知河名，说是从长寿山流过来的。水泥砌成的河岸整整齐齐，岸边有人行道，还装饰着建筑小品，是个河滨游园。河水清澈，一群群比手指稍长的灰色小鱼密密麻麻地穿梭水中。靠城镇一侧的河滨路上有不少宾馆，临河靠山，环境幽静，风景甚佳，问房价，标间才60元。后悔自己没能住在这里，计划从坡那返回时一定要享受一下这价廉而有山水相伴的住处。返程因时间仓促没在巴马县城停留，又错过了心仪的河景房，不免遗憾。

旖旎的盘阳河畔

去坡那的中巴车几乎满员了，乘客多是外地老人。与坐在身旁的一位六十多岁的女士聊天，得知她是从兰州来的。退休后，他们和亲友、同事等几十人，合伙长租了坡那度假村的十几间楼房。她与老伴每年三四月来，九十月回，在这里住上半年。这种候鸟式的生活，已经5年了。说话间就到了坡那。坡那坐落在两座山系之间的一条开阔、平坦的廊道上，一条河、一条公路从中心穿过。两旁的山脚下散布着一片一片的小楼；紧邻公路背依大山的一片楼房，就是我们要去的坡那度假村。

度假村由二十来座三四层住宅楼组成，沿山脚下一字排开。入口处的一层有小饭馆、小卖部等服务性设施，上面的几层都是客房。这里原本也是村落，后来搞旅游，旧房被新楼取代，村民搬进新楼还当上了小老板。同车的兰州邻座非常热情，介绍我们住在他们那里，安排了一间暂时空着的房间，按度假村规定每天 80 元。我们住三层，临窗北望，际目甚宽，楼下是一大片农田，方正、整齐，庄稼长势旺盛。农田尽头是一排绿树，树隙背后隐约可见点点亮光，那就是盘阳河。河的对岸是一片更大的农田，一直延伸到山脚下。一座座独立的山峰拔地而起，山形相似，一字排开，如壮士列阵。在山窝里也有一片片小白楼。这就是度假村的大环境。

兰州人吃不惯当地饭菜，合办了个做家乡菜的食堂，厨师也是北方人，承包了他们的伙食，大家按月交伙食费。我们跟兰州朋友一起吃饭，按顿交钱。在这里能吃到西北的家常饭菜真不容易，所以，兰州朋友对此十分满意。

度假村游客不少，午休后从各幢楼里不约而同地走出来许多人，或三五成群，或由领队带领、一二十人结伴走向河边。从口音判断以北方人居多。盘阳河沿岸是活动中心：河边坐着聊天的，沿河边小路散步的，拍照的，健体的，还有在河里荡舟的，人们尽情地享受着悠闲而自在的下午时光！

我们来到河边散步，猜想这里大概是盘阳河最美的一段：河面约二三十米宽。两岸竿竿青竹修长挺拔，丛丛凤尾竹伸屈有致；树木参差茂密，枝叶交蔽；白、黄、紫、红各色野花疏疏落落地点缀着河边，丰盈的芦苇花穗在

和风中轻舞。明澈、清亮的河水静静地流淌着，像一位纯朴、温柔的妙龄少女款款前行。近岸水中的颗颗卵石清晰可辨，偶见几条小鱼儿跃出水面，泛起点点涟漪。远处的七八只野鸭相向浮在水面，围成一圈，不知在“商议”什么。河上有一条简捷的直桥通向对岸，在转弯处河面变得很宽，中央漂浮着几个盖满野花草的小岛。一座漂亮的五孔大桥横跨河上，这是进入坡那的公路大桥，弯弯的桥洞与水中的倒影组成了5个椭圆形图案，精致而美观！夕阳西下时的景色最美，残辉映天地，山光水色都变了样：云彩被染成了紫红色，山与树后都拖起长长的黑影，河面乌蓝乌蓝的，明亮得出奇。碧空、青山、绿树的身影一起投入河中，水面上呈现出一幅幅色彩浓重的妙不可言的风景油画。我们漫步河边或坐在岸边的长椅上，静静地享受着这美好的时刻，直到夜幕低垂才起身离去。坡那度假村的夜晚十分安静，虽然多数窗口都亮着灯光却没有一般度假村的喧闹。入夜后，公路上几乎没有汽车通过，偶尔可听到摩托车经过的声音，很快就消失了。

清早，山外天光微晞，雾气未散，就有不少人在楼前的小广场上晨练、迎接曙光了。他们依循着严格的起居规律，来这里生活半年。据我看，这里住的多数是健康状况不错的老人，是为养生而来。退休了，一年中拥有一段幽静、舒适、安宁的田园生活，对城市老人来说是个不错的选择！

坡月赶集

坡月距坡那度假村 15 公里，据说外地人多数选择住在那里。我们想去看看，也顺便游游它附近的百魔洞和长寿村，更巧的是恰逢集日，还可去集市上看看热闹！

巴马境内的主要交通工具是中巴车，车多，搭乘很容易。我们在度假村路口拦了一辆。公路和美丽的盘阳河牵手并行，途中穿越了一个精彩的小峡谷，不久就到了坡月镇。一下车，就看到熙熙攘攘的赶集人群；一条小街两边都是商铺，中间的街道不宽，也不干净，地面上还有小片的积水和污渍，地摊一个挨一个地摆着；桌子上、铁架上、箩筐上、硬纸箱上也都是摊位。货品不少：日用百货、各种豆制品、鲜肉、活禽、蔬菜、药材、粑粑、米线……我看见一个大涂料桶里装着一大团黏糊糊的东西，近前才看清那是从野蜂窝里掠来的灌满了蜂蜜的蜂巢，旁边还搁着一排约二十厘米长的直挺挺的干蜈蚣，黑身黄脚。我从未见过这么大的蜈蚣，让人害怕！在人群中转了一会儿，没什么可买的，忽见老伴的眼睛一亮，她看见什么稀罕物了？原来是一家店门口蒸笼屉里的大馒头！到广西后的主食，不是米饭就是米粉，偶尔能买到的馒头也是放了糖的软乎乎的“熟面团”，竟在这里遇到了久违的北方馒头！赶紧买了两个带回旅馆解馋。面板上的切面也让人感到亲切，我们在巴马饭馆里吃的面条，都是散装的方便面饼。这些难得一见的食品的卖家与买家，可能都是北方人。

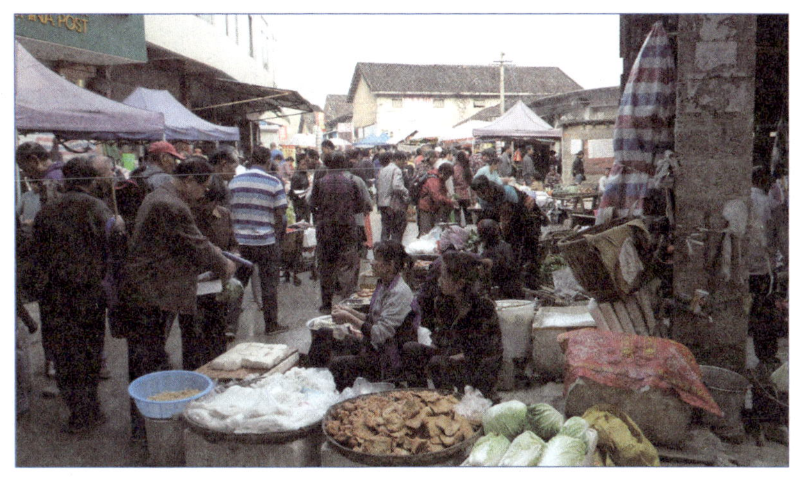

坡月看起来比坡那“繁华”、热闹，但环境却脏、乱、差而拥挤。想起昨天午餐时，在度假村饭馆里遇到的3位中年女士，她们是新加坡人，来巴马旅游的，住在坡月，却坐车来坡那吃饭。他们说坡月的病人太多，还有人说那里是“死人村”（这种说法显然不妥）。我问，那你们为什么不搬到这里住呢？他们说已经在网上预定了坡月的房子，不好意思中途退房。

坡月距长寿村、百魔洞近，取水、养病方便；又有集市，生活所需容易解决，所以，来自各地的养生者、病人多选择住在那里。当然，病人就多了。

集市上没什么好玩的，便花4元钱租了辆“蹦蹦车”去不远的百魔洞。一些人和我一样把“百魔洞”理解为众妖魔的洞窟，其实与魔鬼毫不相干。“百魔”是壮语“出水口”的意思。不过有些事一时弄不清楚，给人留下一些猜想、幻想也未尝不是一件好事，这个神奇的名字就吸引我们去一探究竟，若知是出水口，也许就不去了！

百魔洞与长寿村

逛完坡月集市，乘“蹦蹦车”几分钟便到了百魔洞前。迎面的山壁高耸着，壁下的洞口比城门还要高大许多。洞前立着一块刻着“百魔洞”三字的巨石。有个不大的场地，二十多位锻炼身体的中老年人随意围成一圈，举着双臂左右摆动、小步缓行，一圈接一圈地转着，从穿着上看都是外地人，有老人也有年轻人。他们不像坡那度假村里的老人那么健康、活跃，多是长期住在坡月或长寿村养病的人。

刚入百魔洞口，一块近十米高的巨石竖立中央，形似座钟，自顶而下布满了密密匝匝的石珠，状若珠帘覆盖，好似人们刻意安放在入口处的一件雕刻工艺品！环顾左右，溶洞的高阔使我惊诧不已！据记载，这里的洞平均高

80 米、宽 70 米。巨大的“厅堂”一间接一间，最高者竟达百米！其内还有洞中洞、洞上洞。从主洞中的侧洞外斜射进的白色光柱，如探照灯般明亮，映照在高低错落的钟乳石景上，呈现出如同在影院观看影片的效果。前行，眼前豁然开朗，上空出现一个圆形大天窗，人称“天坑”。数十米高的山壁围成一个数十亩大的桶状空间，这里空气湿润、光照充足，草木生长甚是茂盛。听说此地还有个二十多亩地的橙果园(我未注意到)。在邻近洞的出口处，洞体更加高阔，天窗的光线斜照进洞里，只见地上一泓晶莹的碧水，蓝黑闪亮，若一面巨镜，倒映着洞中诸景，格外明亮、好看。水旁山石上的一些老人，有站立的，也有坐在轮椅上的，他们闭目养神或做着深呼吸，对过往者视而不见。旁边搭建了一个大舞台，上铺红地毯，十多人静立在舞台上，围成一圈，搓手搓脸。走出洞外，见山下有座漂亮的木屋，门楣上书有“养生大讲堂”5 个大红字，很是夺目。管理者考虑得真周到：不仅有神奇的养生环境，而且配备了宣讲养生理论、指导养生实践的大讲堂。纵观百魔洞已不像旅游景区，更像是一处疗养胜地！

在百魔洞里走了一趟，结合媒体的宣传，让我对它有了初步了解。这里侧重养生功能，从提供的数据来看，如森林覆盖率 70% 以上，空气中负氧离子含量 2000~5000 以及弱碱性优质泉水……其主要以气、水、土三方面见

长，这些指标确实有益于人体健康。至于有宣传资料称：这里的水可以进入DNA的说法让人颇感疑惑，我不懂遗传学，不敢枉作评说。

走出洞口，下了几级台阶，就见阶旁有一小小泉眼，涌出一股清流，陆续有人提桶来此取水，称此为“神仙水”。看来，这里才是“百魔洞”。

离开百魔洞，我们怀着好奇心，又乘公交车去看长寿村。巴马长寿村在全国享有盛名，慕名而来者趋之若鹜！我对那里也寄予世外桃源般的美好想象，早想一看究竟。不久，汽车停在路边，隔桥相望，对面群峰拔地而起，峰脚下是一排排密集的楼房，由于坡度较陡，楼间距很小，相当拥挤，这是长寿村吗？再看看路边竖立的巨石上，清楚地刻着“世界长寿之乡”字样，这才确认没走错。盘阳河从山下流过，宽宽的河面，深切的河床，一座宽大的三孔石桥高架河上；河水碧绿，但不甚清澈。过桥沿着河岸的是长寿村的一条主路，路面不平，弯来折去的。路两旁的住宅楼一幢紧靠一幢，因空间太小，有的两楼间共用一个楼梯，还搭起了天桥。路旁一块大广告栏里挂着8位长寿老人的照片，介绍了他们的高龄。路上装运建材的大卡车来回奔忙，狭窄、拥挤的村里还在见缝插针地修楼筑房，准备接纳更多游客。

我沿着一条陡坡小路上山，走进一幢楼房，厅里堆放着杂物，像是村民自住并兼营的旅店。女主人忙迎上来问我，是短租还是长住？短租

50~60 元 / 天，长住 500 元 / 月。屋里没见客人出入，估计现在空房不少。回到主路上，游人已不多了。见一家店外正在烤香猪，每斤 90 元，一斤就比巴马城的贵 40 元！还有卖南瓜饼的摊贩，一个掌心大的薄饼要两元，这里的物价比别处高了许多。本想下至河底拍张桥的照片，可没下到一半，就被倾倒在河边垃圾的臭味熏得难以忍受，只好作罢！

对闻名全国的长寿村说了这么多不是，真不好意思！其实，我绝非故意唱反调以示见闻与众不同，所言确实都是眼见的实情。因此心生疑惑：这样的生存环境能让人长寿吗？我想：当年的巴马长寿村一定是一处山清水秀、清洁幽静的养人长寿的福地；可今天的人们为了获得经济收益而过度宣传和开发，招来了全国各地的游人、病人、养生求长寿者聚集于此，村子的面貌和环境早已今非昔比了！也许长寿村的村民们富了，可生存环境却遭到了破坏。如今的村民在这种环境中生存也不见得能长寿。若还能长寿，那也是托祖先基因的福。至于来此求长寿的外地人，恐怕很难如愿了！

事物发展总是要经历从好到坏，再从坏到好的过程，长寿村也许正走在路上。

纳社水晶宫

水晶宫在纳社，去过这个溶洞的人都说不错，我们来坡那的第三天去游览。

清早，在度假村前的公路上等车的还有两位女士：一位白发苍苍、背微驼，拉着一个小小的拉杆袋；她身旁的那位四十多岁，起初还以为是母女俩呢。和老太太交谈才得知，她们不是一家人，因同时从武汉出发，在火车上偶遇，便成了“旅友”。老太太已年过八十，那位女士一直和她同行。我听了很是感慨：两人年龄相差近一倍，且不说各人的旅游兴趣与节奏的差异，光体力就无法相提并论。年轻的那位原本是个自由自在的独行者，萍水相逢，便主动承担起陪伴和照顾一位耄耋老人的责任，不仅要付出很多精力，还要承担老人安全方面的风险，变成了全程陪护老人的随行者。换成我，肯定做不到！不久前，大学时代的一位女同学提出让我去旅游时带上她，我不假思索地断然拒绝了。一是不想带，担心影响我的旅行计划；二是不敢带，她已年过古稀，心脏里还装着支架，路途万一出事，我没法交待。所以，眼前这位女士令我肃然起敬！当然，她们之间有什么约定，我就不得而知了。

车来了。这辆车是从巴马开往江州的，途径水晶宫。没走多久，就驶上了山区公路。售票员告知：这趟车每天仅两班，返回水晶宫的时间是 11:30，那就是说如车能按时到达，我们也只有一个小时的参观时间。不巧的是这段山区公路，正利用旅游淡季在全面拓宽，路面已被全破开了，成了工地，到处堆积着土方，还有不少小水坑。好几辆重型卡车来回拉运土方，路边几台大型挖掘机正在紧张地工作。工地没留车行道，我们的车只能在破碎、杂乱、凸凹的地面上颠簸择空前行，还要不时地躲避土块、石头和水坑。如不小心开到刚填满虚土的路边，就有翻下山去的可能。有好几次拉土卡车排队装土，我们只能跟在后面等待，要命的是我们的停车位置十分险恶：头顶正上方是刚堆上新土的土台子，一台重型挖掘机就挤在这个小土台子上作业，它用力地甩动着长臂，一铲一铲挖土装车，机身还在轻轻摆动，看上去，那个大家伙随时有压垮虚土掉下来的可能。若真如此，我们这辆破中巴无疑会被贴地压扁，乘客将无一生还！我胆小、谨慎，越想越怕，心一直紧绷着，眼一直紧盯着那个土台的虚土有无变化。十多分钟后，拉土的车终于都装满开走，我才松了口气，总算逃离了险境！按说，这种施工状态完全应当封路，不知为什么还敢冒这样大的风险让客车通行！本该一小时到达水晶宫，结果推迟了三四十分钟，这样一来，游览时间被压缩到了半个小时，肯定不够。几位游客群起与司机理论，司机人不错，同意将返程时间推后半个小时。可我还是有些不放心，在诚信受到严重挑战的今天，这种口头允诺能兑现吗？

车停在水晶宫的岔路口，几位游客一下车就疾奔售票处。票价不菲，150元/人，70岁以上的老人享受半价。今天，由于旅行团的大巴车无法通行，散客也寥寥无几，检票员惊讶地问我们："就你们两个进去吗？"大概是遗憾游客这么少，才来了两位还是半票吧！一进溶洞，我立刻惊呼起来：一个雪白纯净、晶莹剔透的水晶世界近在眼前！看过好几个知名溶洞，虽然都十分精美、景色各有千秋，但似乎都没有这里的美景如此集中、奇幻多姿、精彩纷呈！可惜，洞里灯光暗淡，估计是因为游客少，为了节电，灯没有全部打开。我的猜测是有依据的：那年在看过黄果树大瀑布后，准备去参观安顺附近的织金洞。有位好心司机告诉我们：现在是淡季，游客少，除了进洞门票费外，还要另加200元的开灯费。看来，这里也不例外！好在光线虽暗些，还可以辨识出满洞的奇景：石笋、石柱、石带、石幔、石瀑布、石毛发、卷曲石、石花等各种形态的钟乳石闪闪发光，多姿多彩。它们正在生长发育过程中，显得特别洁净、透明，呈现出水晶般的光泽。每走一步、每一转身，满眼都是新奇迷人、美轮美奂的景致，让人看不够、走不动；可心里还在打鼓，生怕误了返程车。无奈，只能在这些精美的佳作前匆匆而过，未及细细欣赏。据说溶洞有 1000 米长，目前只开发了 700 米，我们不到四十分钟便走到了尽头。出洞后看看车还没来，又返回洞中补看了几处。在这样罕见的美景前走马观花是多么大的憾事啊！

同车的两位游客与我们同样担心误车，都提前在路边等车了。司机没有爽约，我们准时上车返回。回程与来时截然不同：喧闹的工地一片寂静，大卡车、挖掘机都静静地停在一旁，估计司机们去吃午饭了。虽颠簸依旧，可不必为险象担忧，我们一路顺畅地返回了坡那。

回到宾馆才下午两点钟，吃过午饭后立即收拾行囊，告别了坡那返回巴马县城。见汽车站内设有火车票代售点，老伴顺便去了解情况，没想到热心的售票员竟按我们的要求买到了两张 15 天后从南宁到北京的下铺票！在一个不通火车的小镇消解了最担心购票之忧，别提有多高兴了！此后的行程就要按照这个时间安排了！

巴马的旅行计划顺利完成，这时还不到下午三点。未出汽车站就买了到田东的车票，去看望住在那里的老同学潘永球。潘永球是我大学时代的同桌好友，开车前与他通了电话，他激动地说等着我。

再见了，美丽的巴马！再见了，热情、好客的巴马人！

田东访学友

2013年11月7日下午，我们结束了巴马的旅程，马不停蹄翻山越岭赶往田东，去探望阔别多年的大学同桌好友潘永球。汽车离开县城，很快便驶入一条宽阔的带状平原，左右峰峦绵延，遥遥相望，不久穿入山中。在崇山峻岭中历时两个半小时出山，进入田东县境内。眼前灰蒙蒙的一片：公路上积着一层厚厚的灰土，路边田里的甘蔗和芭蕉叶都变成了灰白色，来往的车辆身后拖起一串烟尘。后来看到大卡车的篷布缝隙里不时有水泥粉末飞出，才明白路上的处处“烟尘”原来都是水泥！尽管我们乘坐的大巴车门窗紧闭，仍然闻到了刺鼻的水泥味，进入城区后情况才有所好转。

汽车一进田东车站，就见一位青年向我们走来，是老同学的儿子开车来接我们。本来，我们想住宾馆，以减少对他们生活的干扰，可他们坚决邀请，没有商量余地，只好从命了。

永球家住在老城区的中山路。街道不宽，两旁的住房多是老住户自建的二四层小楼，占地面积不算大，每家楼房的形状和结构几乎是一个模式。大门占了临街的一面墙，整天开着，晚上睡觉前才关闭。高大、宽敞的起居室兼餐厅，汽车、拖拉机都可以直接开进来，后面是厨房。二层、三层是卧室，安排我们住在二楼。

永球夫妇见到我们非常高兴，准备了丰盛的接风晚餐，从饭馆买来的大鱼大肉、大碗大盘地摆满了餐桌。永球反复念叨：“像做梦一样！”我也有“今夕复何夕，共此灯烛光”恍如梦境的感觉！我们边吃边聊，谈起了当年趣事：1956年，潘永球和其他同学离开广西去新疆时，一句普通话也不会讲，路上买食品只能用手指点。到校之初，上课和进食堂都是光脚，北方同学看着那双脚，吃饭很受影响。不久，他们就适应了北方生活。曾经的青春挚友，如今的白发老翁，几十年不曾相见，几十年也不曾遗忘，真是“远隔情愈浓，久别语更密”，满腔说不完的话！

夜晚，老街上相当安静，我们奔波了一天已感疲劳，洗漱后很快就入睡了。半夜，远处的狗吠声吵醒了我们，不久又睡着了。约五更左右，“咯咯咯”高亢而响亮的雄鸡长鸣把我们又从梦中惊醒，三番几次，音量不减！我的睡眠好，还能再入睡，可老伴神经衰弱，总在想着下一啼鸣何时再起？睡意全无了。天蒙蒙亮，另一种“咕咕咕”的叫声此起彼伏，我听出这是永球养在三楼顶上的几十只鸽子，它们起床了，在“互道早安”吧！

起床后，永球问睡得怎样？我忙说很好。出于好奇，我问那只公鸡是怎么回事。永球解释：一个半月前，他回老家迁祖坟，按照传统选定吉日，他要抱上一只大公鸡到坟场，先让公鸡在祖先坟头转一圈才能动土。仪式完毕后，要把这只公鸡在家供养3个月，现在是供养期，在家中它的地位最高，得给它吃香的、喝辣的，叫几声更不在话下，只能期满后才能处置它。我想：这只鸡命真好，在坟头上转了一圈就过上了神仙生活，不然早成餐桌上的大盘鸡了！可时下，我们还得由着它。

永球的老伴一大早就出门采购，买回来各种各样的具有当地特色的早点，摆了几满盆，其中的卷粉特别好吃。我们边吃边研究在田东的旅游行程。来前从网上得知田东也有不少风景区，我们想去棋盘滩与龙须河，永球另外安排去百色转转，就这么定了。

早饭后准备去距城40公里的棋盘滩。找不到乘车点，询问知情者，被告知：那里没有固定的交通，也不过是一小片石滩地而已，没什么看头。交通没有保障，我们不会贸然前往，只好放弃。后来，乘三轮车去了龙须河，这里实在算不上什么风景区：河边有个大发电厂，周围杂树杂草丛生。有几户农家，门前几片菜地。我们循着水声走到龙须河边，眼前是一条很普通的

河，只有一处不大的三叠瀑布算是一景，可旁边垃圾成堆。我们匆匆看过，又乘车去“横山古寨”景点。进入大门，没见游人，找来找去，别说古寨，连个遗址也没见到，但休闲设施不少。来“古寨”唯一的收获是看到了一处很大的荷花塘。时至深秋，满塘棕褐色的残荷虽已枯萎却并不飘零。荷梗竿竿挺立，荷柄深深弯垂，挂在柄端的片片荷叶反扣成一盏盏褶皱均匀的漂亮的灯伞，俯望着水面的青萍，秋风吹过飒飒作响。我循着画家的思路去联想，还真有点悲壮而凄美的感受。想象夏日，这么大的荷塘当是“接天莲叶无穷碧，映日荷花别样红”的宏阔、绚烂气象了，人们在花红叶绿、荷香四溢的环境中休憩、游玩该多惬意！

荷塘岸边展示着一排照片，荟萃了许多珍稀荷花品种，花形奇特，色彩

丰富，皆非我所见。多数花大色艳、花瓣重叠，几乎无异于牡丹。说真的，我还是喜欢荷花原有的清雅、单纯的形象，觉得荷花本该是那种模样。

离开横山古寨后乘三轮车回家，车主五十多岁。告诉他去中山路 140 号。车在一个路口停下，他操着广西普通话说："东山路到了。"看看四周不像永球的家，答："这就戏东山路啊！"老伴又说："是中国的中，不是东西的东。"他说："就戏东（中）国的东啊！"我们这才明白他说的"东"就是"中"。他笑着说："你还考戏我！"我接茬说："是考试，不是考戏，你说说'考试'。"他不作答，只冲我们笑笑开车走了。

次日一早，永球的儿子熙熙开车带我们去百色。在家等车期间闲着无事，见屋里的楼梯需要打扫了，便找来扫把，永球见状忙说："不用啦。"但并未阻拦，我便扫起来。别以为我在作秀，说句不谦虚的话，我自小就是个勤快人！家中 4 个孩子，我排行老三，小时身体最差，可像上街买酱油醋、回家拉风箱、灶前捡煤核这些家务事都是我主动承担的，养成了一生爱干活的好习惯。现在年纪大了，家里有些活孩子不让干，可我却鬼使神差般地偷偷去干。到朋友家也一样，闲着不做事就觉得不舒服。扫完楼梯，又用拖把拖干净了屋里，然后打扫大门前的卫生，永球跟出来斜靠在大门上笑嘻嘻地跟我聊天，左右的邻居们都用奇怪的眼光看着我俩。我猜他们可能在想：这老潘可真够呛，自己袖手旁观，却让客人扫大街！其实，我俩都很自在，永球根本没把我当客人看，而是视为挚友、家人，随我去，这种情分是旁人无法体会的。

去百色的途中，大家在车上聊天。我老伴说："广西是壮族自治州，苗族、瑶族我都见过了，怎么就没见过壮族呢？"熙熙吃惊地说："啊？你没见过壮族？我老爸不就是壮族嘛！"我老伴更吃惊，这些天吃住在壮家，却不知主人是壮族！这不怪她，我从未告诉过她。永球初到校时，我知道他是壮族，但仅此而已。此后几年，大家一起学习、共同生活，我俩又是同桌、好友，族别的概念早已不存在了。要不是今天提到此事，可能我永远想不到了。

想象中的百色是山高林密、交通闭塞、偏远落后的山区，眼前的景象却完全不同。百色市不算大，人口也不算多，它傍山临水，市容整洁、秀美，是一座现代化的新兴城市。在"百色起义纪念公园"参观了"邓小平手迹碑林"，在"邓小平纪念林"散步，看到了茂盛的各色花木。拾级而上，站在山坡上的百色起义纪念馆前眺望，远处高楼错落，绿色环绕；脚下宽阔的右江缓缓流淌，一座纤细的抽丝大桥高高地悬挂其上。桥上车不多，桥下人也少。只见两位垂钓者各踞一石，静静地盯着鱼线。这是一座山清水秀、没有喧嚣的宜居城市。接着，我们又乘游船在"澄碧湖"的青山碧水中转了一圈。然后开车回家。

2013 年 11 月 10 日一早，在永球家吃过早饭，依依不舍地与老友惜别。心绪复杂！有终得一见的欣慰，也有能否再见的隐忧：都是古稀老人了，相距遥远，还能再有这样的幸运吗？

附：此后每到 11 月 7 日，永球就会打电话问我：“记得今天是什么日子吗？”我们相见的那天已然成了友谊纪念日！此后每年此日都要互相问候，真是山水隔不断，感子故意长啊！

“海燕”作伴赴德天

惜别老同学，又上新旅途。接着要去看名闻遐迩的德天跨国大瀑布。不巧的是赶上了超强台风“海燕”登陆，听说南宁已变成海了。我们和台风不期而遇，是喜还是忧？有喜：今生首遇台风，还是二十年一遇超强级的，正好见识一下；更有忧：在特大风雨的裹挟中还能看瀑布吗？嗨，不必多虑，“车到山前必有路”，一向顺其自然的我们就和“海燕”相伴，与德天瀑布如期“赴约”吧！

田东到德天没有直达车，我们选定了一条距离最短的线路：从田东先到天等，再转车去大新，在大新坐专线车到德天。

田东到天等每天只有两班车，我们赶早班车出发了。乘的是一辆破旧的小面包车，由一对中年夫妻营运，开始车上只有5位乘客，我们庆幸运气尚好，不拥挤！车出站后没上大路，一直在乡间小路上穿行，不时有农民上车。不久，车里就站满了人。在一个偏僻的路口，一下子又涌上来十几位村民，男女老少，提箩筐的，背编织袋的，抱小孩的；一位腿有残疾的妇女挑着两笼鸡急忙赶来，将鸡笼塞进后备箱里，然后高高举起挑鸡笼的竹竿，像投标枪似地抛进路旁的甘蔗田里，动作果断而敏捷，似乎丝毫不担心鸡卖不完怎样挑回去的事，然后艰难地上了车。这时的车里真是水泄不通了，因为今天是赶集日。我数了一下大小人头约有四十个，是定员的三倍多，不由心中大惊！

一路上，拉水泥的重型车一辆接一辆，路面上覆盖着一层白色粉末，车过处粉末四处飞扬，坐在车里也很呛，估计PM2.5在三位数以上了。车上却没人戴口罩，也没见人咳嗽，一位年轻人还一直在吸烟。这辆早该报废的旧车，载着超重几倍的乘客，行驶在被载重车压得坑坑洼洼的路面上，每次上下颠簸或左右摇晃都会让我提心吊胆，生怕它散了架！途经一下坡路时，竟没踩刹车，紧张得我都做好了翻车时该如何应对的准备。好不容易挨到一个路口，赶集的人全下了车赶集去了，我这才松了口气。不久，总算安全地到达天等汽车站。

落成不久的天等汽车站时尚、漂亮，有宽敞的停车场、候车厅和先进的设施，服务也很规范化，还有多条始发线路。一下车便买到了去大新的车票，很快又上车了。这辆车车况不错，路况也好，心里踏实了。想想刚才的乘车经历，还心有余悸。当时选择了那条短线原以为很明智，其实是考虑不周，不仅吃了苦，而且风险很大。那条线原本是方便山民的，不是为旅游服务的。是我们坐错了车。

去大新一路顺利，到站后即登上了去瀑布的专线车。天空阴云密布，不久就下起雨来，往来于路上的专线车依旧很多。在距景区不远处，公路靠近了中越归春界河，沿岸边逆流而上。河水是从瀑布流下来的，河床不宽，两岸地势平坦。车行约两个小时到达德天停车场。此时，雨已相当大了。下车后先安排老伴在一家餐馆前的雨棚下避雨，我撑着雨伞在坡上坡下两条街上找住处。旅馆虽不少，但不是没空房就是只接待旅行团。好不容易找到一家旅社余下的最后一间客房，急忙定下来。可在查验身份证时，服务员面露难色。仔细端详了几遍，拿着验证机反复验证之后，才勉强地办了入住手续。我们上楼入室不到三分钟，两位服务员又拿着验证机再次检验身份证，说先前没检验清楚。老伴当即说：“我们旅行了好几年，去了很多地方，没有一次说身份证有问题！”等她们走了，我们这才安稳地住了下来。回想起在安检最严格的新西兰与澳大利亚，通过入境检查时，竟没有要求我们打开旅行包就放行了，并友好地说了声：“祝你们旅行愉快！”这样轻易地放我们入境，显然不是他们的疏忽与失职，而是练就的一双火眼金睛，不做无用功！

坐了一整天的汽车没能好好吃顿饭，现在解决了安身之处，才突然感到肚子很饿。急忙下楼就近找了一家饭馆，点了一盘广西特色菜——酸笋炒肉片、一盘素炒青菜、一碗三鲜汤，热乎乎地吃了一餐。只是酸笋是经过发酵的，那股浓重的酸败味让老伴很不适应，仅吃了一口，余下的就全盘交由我来完成。

回到宾馆卧床休息，瓢泼大雨打得屋顶“哗哗”作响，屋外的排水管像打开的水龙头般向外喷水。这是海燕在施虐！这个风雨交加的夜晚尽管相当吵闹，可我仍睡了个好觉。早晨醒来，雨势更强大了。天气预报明天还有雨，那只好今天冒雨观瀑了！

走出宾馆大门，见一队队、一群群游客身穿花花绿绿的雨衣，跟随着举着小旗的导游，低头急匆匆地走向景区，这么大的台风也丝毫未能阻止游客的步伐，反证了德天瀑布的魅力之大！我俩加快步伐赶在大队人马的前头，抢先进入景区。

去瀑布处有两条路线：一是走下深深的码头乘竹筏前往，二是沿岸边步行。乘竹筏可直至瀑下，正面观赏，但不自由；我们选择了后者。没走多远便从岸边树木的间隙中窥见了瀑布的身影，虽不完整也足以让我震撼了。岸边有一处深入河中的观景平台，位置很好，交5元钱登台观赏。这里距瀑布还有段距离，可以完整地观赏瀑布全貌以及四周环境。此时尽管风急雨骤，但云雨并未锁空，远近景物尚可观览。

眼前是个开阔的U形大山谷，瀑布从山谷尽头宽约百米的崖顶倾泻而下，气势非凡！这里也是归春河的源头。德天瀑布确实不同凡响：一是体量巨大，高与宽都不逊于著名的黄果树大瀑布，若和连接在一起的越南板约瀑布算在一起，其宽度达到208米；二是水流很大，蔚为壮观，年均水流量约为黄果树瀑布的三倍，现在又有“海燕”兴风作浪，更加恢宏、壮观；三是瀑形多变，与黄果树瀑布直落谷底不同，而是分做三层逐级落下，高低错落，形态各异，组成一幅壮阔多姿的画面；四是观赏条件极佳，可在岸边眺望俯视，也可乘筏至瀑布下仰观，感受飞流灌顶、水花扑面和容身于瀑流中的状态。据说若乘竹筏游，不用办护照就可绕到越南的板约瀑布前一瞻。也算出了趟国。总之，不论身在何处，都可将瀑布一览无余！

德天瀑布本身十分壮美，其周围的环境也很幽雅。瀑布后面群峰环立，瀑下的山谷开敞平缓，宽宽的归春河徐徐流过。层层梯田围绕岸边，低矮的小屋错立其间。清雅、恬淡的田园风情赏心悦目！我们不停地转换位置观赏，直到外裤湿了半截、鞋子灌满了雨水，才不得不淌回旅馆。“海燕”真不体恤游人啊！

回到宾馆背起背包，来到坡下的停车场，看到一片“汪洋”中一辆将返回大新的中巴车已起步了，赶紧挥手拦车上去。道路不宽，雨水横流，中巴车像在河中行驶。雨刷来不及刮去密集的雨水，司机专注地盯着前方，小心翼翼地避让着迎面来车。车行约半小时忽然停了下来，见前方的车已排成了长龙，我猜想是出车祸了——唉，果真如此！听说要等大新的交警来现场处理。这一等就是40分钟。放行后，司机更加小心了，我们总算平安回到了大新县城。

去中越边境看学生

去地处中越边境的凭祥，是专程看我的学生郑路一家人的，他在那里的中国林业科学院热林中心工作。对这个学生郑路，我想多写几句：他大学毕业后在天山的一个国有林场工作了十几年才报考了我的研究生。当时，我对他的其它情况一无所知，按常理有点反常：通常，学生考研前后尤其是分数公布后，都会积极地找导师了解情况，联络感情，表达自己如何热爱这一专业云云，可他在报考前后竟没与我联系过一次，有次好像在校园里迎面相遇，他也没跟我打招呼，直到开课我才认识了他本人。此后在读硕的 3 年中，彼此交往多了，渐渐对他有了了解。博士毕业后，他来我家告诉我：中科院生地所留他在图书馆工作，他谢绝了，想去凭祥的中国林科院热林中心干自己的专业。我听后想：他已是上有老下有小、拖家带口的家长了，放着安稳、舒适的工作不干，却要举家由西北边陲南迁到中越边境，到一个气候和人文环境都迥然不同的陌生地方，能适应吗？我知道有的博士生曾到凭祥考察之后，断然放弃的情况。可听他平静的语气，想必是经过深思熟虑了，所以，我没阻拦。现在，郑路已在凭祥工作了好几年，据他说全家在那儿生活得不错，究竟如何，我得去看看！

我 46 年的从教生涯，教过的学生有好几千人了，比孔子的弟子还多（玩笑话，无可比性）。许多学生在毕业后的头几年还会打电话、发短信问候，时间久了就慢慢断了联系。这是顺乎自然规律的，不然，那么多学生不断与老师联系，老师还受得了吗？但也有几位学生一直主动和我保持着联系，无论他（她）们身在何处，心里都有我的位置，郑路就是其中之一。他没有过人的天分，总是说得少、做得多，踏实、勤奋，淡泊名利，从不张扬。这都是我所崇尚的品德（我没有他做得好），也许正是这种共同的思想作风成为纽带，长久地把我们牵在一起了。

2013 年 11 月 13 日，我和老伴离开大新县，乘大巴车经南宁到凭祥，郑路的妻子朝英已在车站等候多时，她说郑路去龙州出差了。我们坐上朝英带来的绿洲商务酒店的轿车回到酒店。

热林中心所坐落在城区边缘的小山坡上，酒店就在它的大门口。从客房透过轻纱般的薄雾眺望：远处青山连绵，山下梯田层叠，挺拔的大王椰，绿色的农田，一派南国田园风光，清新悦目！放好背包，一起去家里吃午饭。朝英炒了几盘菜，主食是我们旅行以来久违的汤面片，吃得很香，真有回家的感觉！

下午六时多，郑路从龙州赶回，直奔酒店。只见他一身迷彩服，壮实的身板，黝黑的脸庞，看不出博士的模样，倒像个不折不扣的民工。朝英说："他还是那个性格，一点没变。常常是别人下班回家了，他还在加班。原来分配了几位硕士协助他做课题，后来单位人手不够就把他们都调走了。郑路只好带着雇来的民工一起砍木桩、进山林、开样地，每天早出晚归很辛苦。"郑路在一旁听着，淡淡地笑着，不作声。晚上，郑路在酒店的餐厅为我们安排了一桌接风盛宴。其实，他俩没必要这么客气，对旅行中的人来说家常饭菜是最好的！但表态已经来不及了，也不能辜负学生的一片真情。我们5人围坐在一张大圆桌旁吃菜品酒交谈，郑路说:“你们来一趟不容易，多住几天再走！”我们告诉他:这次是专程来看望他们的，没有度假旅游的计划;加之还有后续的旅行安排，不能久留;况且，他们的工作都很忙，不便过多打扰。经过一番“讨价还价”，最后决定在此呆4天。离开酒店，朝英与孩子回家了，郑路带我们去看了市里的夜景。市区虽不大，但夜晚很热闹。

在接着的4天中，郑路精心地安排了活动并全程陪同。游览了友谊关、浦寨边贸区、崇左石林景区、左江风景区、崇左斜塔;见识了规模宏大的红木家具城……原计划还要去花山壁画景区，但由于正在维修没能成行而令他遗憾。郑路就是这样的人！

在广西一路走来，感到凭祥的物价较高。有趣的是每逢乘三轮车和买东西，当问过价格后，郑路总要说一句:“太贵了吧？”还没等对方回答，他就上了车或者已经拿上东西了。看来他说太贵，只是对价格的评价，并不想还价。原来，待人厚道也是一种习惯，无论对谁。

在凭祥参观游览中，给我印象最深的是红木家具城。这是一处面积很大的珍稀木材家具交易区，纵横几条大街连成一片，全是经营红木家具和珍稀木材制成的饰品、文具、工艺品的门店与大楼，称之为“城”，一点也不过分！加工的木材多来自越南。仅红木就有十余种，木材的纹路、硬度、色泽各不相同。这里的家具有几个特点：一是体量大，有的太师椅竟高达两米、宽一米多；还有宽四米、长三米的双人床，像个小舞台，除适应于姚明这类巨人外，其他人拥有它，只能当成财富来炫耀；二是雕饰繁复，一些家具“从头到脚”几乎无处不雕，花样让人眼花缭乱；三是价格昂贵，动辄数万元，一套几十万、上百万的家具也不少见；四是已改变了家具的实用功能，俨然变成了家具状的工艺品或投资增值物。尽管昂贵至此，门前卸货的、装货的大卡车仍然往来不绝。在两广、福建等地稍大的公司、宾馆的大堂大厅里，都少不了摆饰几件这类巨型的桌椅家具，坐着很不舒服，看着也不觉其美，仿佛只可用来显示主人的财大气粗。

家具城最让我心仪的是用金丝楠木制作的物品。其中有一张不大的八仙桌与配套的四把椅子最为奇幻，远望桌面上闪动着金黄色的光彩；近前细观，桌面四围用深色硬杂木镶边，中间是一块浅黄色的金丝楠木面板，纯净得一尘不染，丝丝花纹清晰可辨，在灯光照射下，像个发光体，投射出魔幻般的金光，太神奇了！我审视良久才离开，接着又不舍地返回去再次欣赏。老伴见状便问:“想买吗?”当时我还真闪动了一下“买”的念头,说真的,狠下心来,4.8万元的价格还能承受。可冷静地分析了一下:带回家里它还能发出如此神奇的光彩吗(现场配置的灯光也起了作用)?干燥的北方气候会不会令它开裂?

万一开裂就等于给美丽女神的脸上“砍”了一刀,还会那么美吗?再说,摆在家里舍得一日三餐都使用它吗?否则,只是摆设了。这些疑问最终说服了自己,平息了购买的冲动;但金丝楠木的清秀雅致、美轮美奂,给我留下了美好而深刻的印象。在另一处展台上,看到了一个金丝楠木制成的笔筒,又让我动了心,

售价不到两千元，同样因担心干裂破相和体量大而忍痛割爱了。我想不通的是在乌鲁木齐的家里，铺的南洋金不换实木地板已十五六年了，一块也没开裂过，为什么这些高档家具与工艺品就不能让它不裂？我们在红木家具城的几条街上转了几个小时，郑路介绍了许多珍稀木材的知识，一起欣赏了许多精雕细刻的家具及工艺品。真让我们开了眼界，长了见识。

在凭祥的浦寨边贸区，买了许多越南糖果、小食品、咖啡等；行前，朝英又给追加了一大包，共十多公斤，由邮局寄回北京。

临别的前一天上午，郑路带我们上山看了他的科研实验区，下午参观了热林中心的树木园，认识了许多珍稀热带树种。天色渐暗时，在几株高大的相思树下厚厚的落叶中露出了一粒粒鲜红的相思豆，稀罕至极！大诗人王维的诗句“红豆生南国，春来发几枝。劝君多采撷，此物最相思”仿佛在催促我们，于是，我们急忙采撷起来。临别南国前，来到相思树下捡相思豆，何其适时、浪漫！不知是巧合，还是老实巴交的郑路还有着诗人的情怀？回京后，我把它们放在玻璃柜中的白瓷盅内，可爱的小红豆在我眼前闪动时，往事故交又上心头。

4 天很快过去了，到了告别的日子。17 日晚上，在郑路家里吃过朝英给我们包的送行饺子，大家坐在桌边聊天，郑路从卧室拿出一个用交趾黄檀（最珍稀的红酸枝树种）制作的笔筒，形式简约、大方，色泽沉稳，大小适宜，说是他以前的收藏，自己没有用处，送我作纪念。这个笔筒完全符合我的审美感，怎么这么巧呢？我猜八成是他见我很喜欢笔筒，背着我专为我买的！又何必追究呢？我欣然接受了（可惜带回北京不久，就出现了几道深深的裂口，好不伤心）。接着，他又进屋捧出一件相当精美的红木雕大茶盘要送给我们，我以太大太重不便携带为由辞谢了，他还不甘心，又拎出来一个实木大菜墩说很好用，要和茶盘一起寄给我们。几十斤重的木制品，寄到北京光邮资得多少暂且不说，只是南方的好木件到了北方大都开裂，多么可惜！所以，我坚决地阻止了。郑路和那实木菜墩有一比，都是实心眼！

18日晨，夫妇俩来宾馆送行，我们四人合影留念。郑路租车送我们去车站，看着朝英在车下站着的样子，还真感到不舍！路上，郑路说：现在自己没车不方便，他要学开车，明年新建的宽敞住房也完工了，欢迎你们再来，可以在家里住上一阵子！我口头应允，可心里暗自叹息：我已是望八的老人了，还有条件再来吗？很可能已没有下一回了！

终点涠洲岛

桂南旅行常感交通不便：从一个景区转另一景区几乎都要返回南宁换车；即使坐上所谓的直达班车，也不直接到目的地，还要绕道南宁，费时又费钱。从凭祥去北海仍如此：车前窗标明“凭祥——北海”，结果又是从南部的凭祥绕到北边的南宁，换一批乘客再去更南方向的北海。所以，我们历时6个小时才到达北海市。客运公司与车主们实在不该只顾自己多赚钱而损害乘客的利益！

住进预定的北海一宾馆，放下背包即乘15路公交车去看北海著名景点银滩。这里的海岸画了一条流畅的大弧线，海滩宽阔、平坦，岸边没有礁石，只有纯净的灰白色的细如面粉的粉沙，软绵绵的，光脚踩上去一定很舒服。宽宽的沙滩上游客很多，骑沙滩摩托的、打沙滩排球的、戏水的、玩沙的、追逐打闹的……人声鼎沸，热闹非常。银滩白而细的沙子难得一见，但除此之外，似乎再没什么诱人之处，何况环境嘈杂，我们看了一会儿便离开了。在返回的公交车上，一路望着窗外，对这个城市的外貌留下了一点肤浅的印象。这是座新兴城市，规划颇有现代气息。宽阔的街道、高标准的绿化，还有不少空地尚待开发建设。路旁巨大的售楼广告牌上显示，每平方米仅三千多元（不知是何时的价位），在沿海城市中算是相当低廉了。记得十几年前，北海有人去乌鲁木齐动员我们来此买房，承诺15万一套（多大面积忘了）。可现今游客在此的住宿、饮食、交通等消费，却比广西各地（包括首府南宁）都贵。就拿老伴爱吃的绿豆沙雪糕为例，南宁南湖公园和福建厦门都只卖1.5

元，银滩一支要6元。

我们在宾馆买了渡轮票。次日晨6时，搭出租车去国际码头，乘头班轮船去涠洲岛。这条可载千人的大船分三层，高高在上的第三层只有24席，是头等舱，船票240元；二层是普通舱，每位150元，我们坐在这层，舱内空间很大，像个中型剧场，座位也宽敞、舒适。八点十分，准时开船了，和岛上预定好的旅馆联系，老板说有车在码头接我们。海上风平浪静，船行平稳，偶有轻晃，不至让人眩晕。在茫茫大海中航行了七十多分钟抵达涠洲岛。约好的司机顺利地接上我们驱车南下，几乎纵穿了整个岛屿，来到南端我们入住的滴水村滴水芭蕉旅馆，付车费40元后与司机道别。

岛上旅馆很多，都是岛民自营的三层小楼，室内设施简陋些。我们选滴水芭蕉旅馆是因这里距海滩不足百米，两个主要景点就在附近，下坡即到。住在三楼，本以为可眺望海景，可视线被院内的大树遮挡得严严实实。岛上的旅馆大多可为游客提供饭菜，可这家拥有两幢三层楼的旅馆，当下却只有我们两位客人，老板便推荐我们去斜对面的一家小饭馆吃饭。饭馆是间高敞的板房，老板是位文质彬彬的小伙子。我要了15元一份的炒饭，内有鸡蛋、肉丁和豇豆丁；老伴点了12元一碗的肉丝米粉，她吃饭不能没有青菜，而岛上青菜很少，只有炒莴笋叶，一盘要18元。老板还慷慨地送了一份莴笋叶汤，他说："以后就不要点炒青菜了，我在汤里多放些菜叶就是了。"老伴说："那可太不好意思了。"小老板回答："自己种的，有什么关系！"他肯减少自己的收入为客人省钱，现今还真是稀罕事，让人刮目相看！老伴来此岛除了看风景，还有一大期望就是吃海鲜。我是"老陕"，对海鲜倒无所谓。老伴提出这一要求，老板欣然同意，说每天下午4点，海边渔市出售刚打捞上的鲜货，他去选购来做。今天吃虾，明天吃蟹，这可了却了老伴一个心愿！

饭后，我们首先去火山公园（也叫鳄鱼背公园），很多游客在路旁乘观光车去那儿。我们想仅两三公里的路程，还是步行为好，一路舒展了筋骨还能欣赏沿途风光。天空薄云遮日，空气清新，海风送爽；路两旁红花绿树夹道，还惊奇地看到了花间起舞的彩蝶与翻飞的蜻蜓，这阔别了几十年的景象，只留在童年的记忆里，此时竟然出现眼前，觉得十分亲切和感动。唯愿可爱的小精灵们不被污染的环境所虐杀，不被捕捉成为买卖的商品，能长久自由地流连于它们的天地里！路两旁连片的香蕉林是岛上主要的作物。香蕉树体就一人来高，果实也不大，这种矮化变小的现象，可能是对海岛强风的一种适应。时下正逢果实成熟时节，成串的香蕉低垂着，有的已熟透，掉在田里，无人问津。蕉林无人看管，也未设防。

不多久，我们就到了公园入口处。这里处于崖壁的边缘，海岸线沉在深深的崖底，我们踩着曲折的石阶下到海边。眼前是宽阔的海滩，大大小小的灰黑色礁石俯卧在水中，露出水面的部分，表面呈凹凸不平的蜂窝状，黑灰色，很像鳄鱼的脊背。沙滩上的礁石周围，是一堆堆白色小石棍，形与色都酷似小食品江米条，问了工作人员，才知那是折断的珊瑚枝，被海浪推上沙滩的。沙滩上还散落着一些表面很光滑的小石头，有的洁白如乳，有的黑亮如漆，都很可爱。我低头找寻，还真捡到了几块称心如意的收入囊中。发现水边有块珊瑚石盘，俨然是一件石雕盆景，极具观赏性，让我爱不释手，可终因它体量大且沉重，无法带回而忍痛割爱了，只与它留了一张合影作为纪念！回望高高的崖壁、岩石及山下巨大的石洞、陷阱，它们表面都是铁灰色和凹凸的，鲜明地显示出火山熔岩的特征，别有一番趣味。

晚6时，我们去小饭馆吃晚餐，海虾是主菜，再配一份炒莴笋叶、一盆蛤蜊汤、两碗米饭。那盘红亮的大虾可真漂亮！但满满一盘足有30只，能吃完吗？以往这么大小的虾一次不过吃五六只啊。嗨，别想那么多，赶紧开吃吧！虾肉紧实饱满，非常鲜美，蘸料也很香。我们不停地剥着吃着，竟然一扫而光了！饭后又担心起是否会上胃火。第二天，小老板又去市场为我们买了螃蟹，依然鲜香无比。4点从大海运到岸边市场，6点就摆在了餐桌上，这才是真正的海鲜，难怪和以前吃过的味道大不一样。这样的美味，每餐只收六七十元，真是太优惠了（我住旅馆的价目表上：一斤海鲜的加工费是30元）！与我们同时进餐的还有老板一家祖孙三代。他们围坐在一张大圆桌边，菜肴相当丰盛。老板的父亲向我们举手致意，并热情招呼去他们桌上盛冬瓜排骨汤喝。那盆汤真的很诱人，可我不好意思去盛，婉谢了老人家的美意。深切感受到了岛民们的热诚、好客！

滴水丹屏和石螺口景区

滴水丹屏景区就在滴水村下面的海滩上，从旅馆下坡步行10分钟就到了。下到海滩回望，崖壁被浓密苍绿的植物覆盖着，一段裸露的岩层从裂隙中滴下一串串水线，像是悬挂在崖壁前的珠帘，薄透晶莹。最吸引我的还是散落在崖下的巨石和那一弯石岸：有斜靠在崖边的几块巨石，体大如屋，四面宛若刀切似的有棱有角，岩石由千百层片岩叠加而成，石层间隙清晰、美观，似人工雕饰一般。沙滩上的石岸平展延伸，画出一条灵动而流畅的曲线，让人联想起婉转、优美的圆舞曲的旋律和舞姿！我认为，这丰富多姿的曲线美才是这个景区的精华所在！海岸上有独立的石桌、石凳、石盘和长长的石案，表面皆平整、光滑；旁边一地美石，目不暇接，我们在其间盘桓良久！我还特意坐在石案上拍照留念。漫步沙滩时，遇到了五六只狗儿，它们干干净净的，在沙滩上开心地奔跑着，嬉戏着，都那么温顺亲人。其中一只还跑到我面前，低着头任我抚摸、与我一起追逐玩耍，伴随我们走了很长一段路，直到我们将要上坡回旅馆时，它才掉头去追沙滩上的伙伴们。岛上的狗儿也

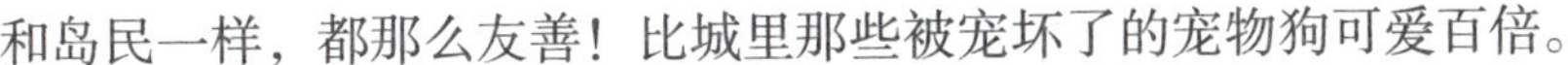
和岛民一样，都那么友善！比城里那些被宠坏了的宠物狗可爱百倍。

和滴水丹屏相邻的是石螺口海滩，远近的海面上几只渔船随波浮动，岸边有渔民在补网，这里像是个渔船码头。沙滩上游人很多，也很热闹，有的坐在沙滩躺椅上休息，有的围成一圈烧烤，还有人在岸边玩水、沙滩上捡贝壳……返回的路上，一位年轻女孩迎面走来，高兴地说这里的香蕉特别好吃，顺手从串上拔下来两只，递给我们品尝。哦，确实果皮薄、果肉香甜软润。这是现摘的自然成熟的香蕉，城里人是享受不到的，我们可不想坐失良机，又回转从一位老婆婆那里买了一串黄橙橙的香蕉，二十来根才 4 元钱！

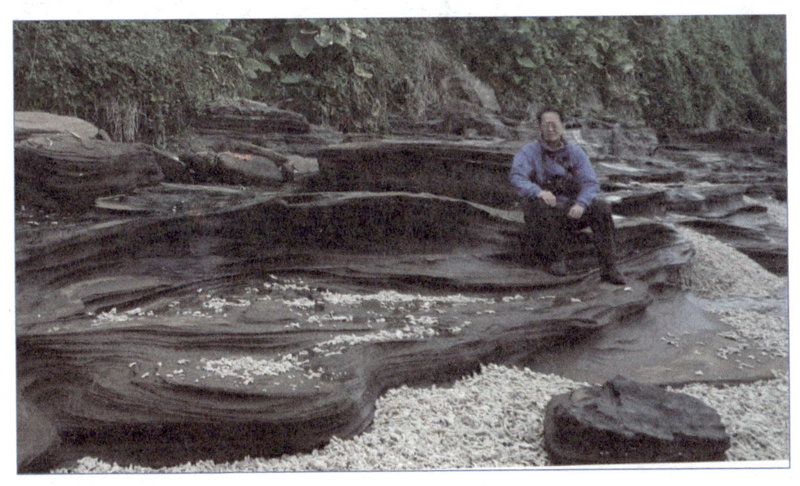

天主教堂与贝壳沙滩

入夜，下起雨来，直至清晨仍未停歇。吃了旅馆老板提供的简单早餐，去昨天约定的“滴水丹屏”路牌下等车。旁边有家小卖部，因时间尚早还没开门。前门有个宽大的遮雨棚。棚下的一条长凳前斜靠着一根长 50 厘米、粗约五厘米的竹筒，凳上放着个小铁盒，这些物件不知何用。不久，来了位岛民，坐在长凳上拿起竹筒，从铁盒内捏了一嘬东西放在竹筒里，用自带的打火机点燃，对着另一头吸起来，我这才知道这是一种较原始的吸烟装置，看来这烟是免费向公众提供的，烟民随时都可来此过几口烟瘾。

电动三轮车按时到来，开车的是一位矮瘦的四十来岁的妇女，姓黄，大大的眼睛又黑又亮，十分精干！岛上开三轮车的多是妇女。我们原计划去五彩湾，她说那里正在维修不开放，建议我们去东边的天主教堂和北部的贝壳沙滩，这就把岛的各处基本都走到了。我们接受了她的建议，并询问了买明天返回北海船票的事，她说:“去码头买票太远了，我带你们就近去代售点买。你们是老人家，就不另收买船票往返的车费了，昨天带一位老人去买票就没收车费。”老伴说：“你对老年人这么关照，我们心领了，可这次一定要收车费，你也是为养家挣这份辛苦钱的！”

船票代售点设在一个渔家小卖部里，屋内凌乱地堆放着许多杂物，一隅

摆张小桌，放着一台电脑。现在还不到出票时间，女司机让我们把钱和身份证留下，等游过景点返回时再来取。身份证交给别人安全吗？这在城里是不可能的，她看出我们有点犹豫，就说："没问题，不会出错的！"那肯定的语气让我们放心了。

先去东部的天主教堂。心想一个小岛上的教堂不过是个做礼拜的小屋吧！来到门前，却叫我吃惊不小！它和一般大教堂的外形无大差异，内部设施也一应俱全，只是没有我们见过的一些大教堂那么雄伟而已。教堂高 13.5 米，宽 17 米，长 56 米，内外墙面上都贴着各色小贝壳，闪着荧光，有点像童话世界的建筑，很有特色。今天不是礼拜日，出入教堂的多是游人和来此画素描的学生，也有几位坐在长椅上默默祷告的人。这座哥特式的建筑可容纳 1500 人，始建于 1861 年，历时 20 年才最终完工。包含男女修道院、医院、神父楼、育婴堂等，据说当时是全国四大教堂之一。门外有售卖贝壳、珊瑚及其它工艺品的小摊贩。我挑选了两只花纹奇特的贝壳和一朵掌心大小，雪白的形似白菊花的珊瑚石留做纪念。

离开教堂仍乘原来的三轮车迎着风雨去网上推崇的贝壳沙滩，却令人失望！一处普通沙滩，景色单调，也没见到一粒好看的贝壳。除了几位冒雨写生的学生外，没有其他游客。凄冷的风雨让人满目萧瑟，混身发冷，我们转了一会儿就匆匆离开了。在返程途中绕道顺利地取上了船票和身份证。只是大船票已售罄，买到的是可乘 400 人的小船票。女司机载着我们转了大半天，相处也不错，我们约定次日还乘她的车去码头，告别时便一次性地付了她 100 元（包含明天送去码头的车费），她一再表示感谢！

岛上的妇女很辛苦，她们除了操持家务、接送孩子上下学、种田外，还要抽空赚钱，多数人开三轮车接送游客。我们住的这家旅馆的老板娘也是里外一把手，经营旅店，打扫卫生，待客、做饭；我只看到男主人在早晨扫扫院子，此后一天中，再也没见到他的面。听说，男人们除打鱼和十年九不遇地盖一次房子外，其余时间好像就是坐在小卖部前的棚子下吸旱烟、聊天了。

返回北海、南宁

夜里风雨大作，关不紧的房门"咔嗒、咔嗒"地响了一夜。心想明天我们就要走了，海上一定是风急浪高，乘的又是小船，要经历一场严峻考验啦！好在天公作美，天亮后风雨小了。

早饭后，约好的三轮车8点准时到了，来的却是另一位年轻些的女士。她说黄女士要送小孩去学校，代她送我们。迎着凄风冷雨经过二十多分钟才到码头，膝盖都冻僵了。女司机热心地把车开到离检票口最近的地方，目送我们进了候船大厅才离开。

"北海6号"是条小轮船，上下两层，我们坐上层。看上去风浪还不算大，可是船一离港就摇晃起来，年轻人兴奋地叫起来。船体随着风浪一会儿左右摇晃，一会儿上下颠簸，有时还会像筛糠那样旋转几下，动作虽不剧烈，但让人难受，船舱里立刻静了下来。多数人都闭目静坐。两个过道的尽头各站着一位服务员，手里捏着大把的塑料袋，专注地观察着乘客，时刻准备着递上塑料袋。不久就有人举手、有人抬头示意，服务员心知肚明，一点不敢怠慢，疾步上前。她们不断地跑前跑后，可不雅的声音、难闻的气味很快就弥漫了船舱。老伴虽不晕船，但这种氛围让她有点受不了，我忙让她看窗外远处的海面，转移注意力，这才没出严重后果。这种环境我尚能应付。

90分钟后，我们结束了海上颠簸，停靠在北海码头。一上岸即租车去北海汽车总站，乘大巴车回到南宁市。仍然住进原来的旅馆，放下背包就到街对面的"日头火"餐厅吃饭。这家知名的连锁店的快餐质优价廉，口味好，它的桂林米粉比桂林的更好吃！环境卫生也不错，是我们在南宁的"定点餐厅"。这回要了两份套餐，有烧鸭、青菜、排骨萝卜汤、米饭，一份才15元，吃得很舒服。晚上又去附近的中山路逛夜市，街上人来人往、熙熙攘攘，街两边挤满了饭馆和摊贩，售卖各种食品小吃，以海鲜烧烤最受欢迎，烤牡蛎10元3只，食客特别多。可惜，我们对这些没有胃口，倒是对鲜榨果汁、玉米汁和现做的紫菜卷情有独钟，买过好几次，带回旅馆慢慢消受。

回京

来桂南 27 天，顺利地完成了旅行计划，买了从南宁开往北京的火车票。该回家了。

长途旅行，我们往往选择坐火车。乘飞机虽然能省些时间，可几个小时蜷曲在狭窄的座位上挺受罪的。火车卧铺不仅休息得好，更开心的是能与不同职业、不同境遇的人们聊天，很有意思；通过听到的一些闻所未闻的新鲜事，也可了解社会、增长知识，这也是旅行的重要收获之一。

凭年龄优势，我们拿到两张下铺。中铺是一对五十来岁的夫妇，大家很快就聊了起来……

黄昏时分，列车到达北京西客站，我们告别了同车旅伴，就此结束了 27 天的桂南之旅，女儿接我们回到了温暖的家中。

旅行，真好

我和老伴用了几年的时间游走在祖国的广阔西南大地上，从盆地到高原，从北方的寒冷湖泊到南国的热带雨林。领略了大西南的奇幻美景，感受了众多民族的民俗风情，接触到境况殊异的人群，可谓经风雨、见世面，增体力、长心智，乐趣多多，收获满满！旅行真好！

西南之行仅仅是我们旅行生活的一部分，借这本游记把我们的见闻与感受奉献给感兴趣的朋友们，请大家在分享的同时，提出宝贵意见和建议，以便我们在整理修改尚未刊出的那些游记时加以改进和提高。

图书在版编目（CIP）数据

信马由缰大西南 / 冯大千，王路著．-- 北京：企业管理出版社，2017.1

ISBN 978-7-5164-1450-7

Ⅰ．①信… Ⅱ．①冯… ②王… Ⅲ．①游记－作品集－中国－当代 Ⅳ．① I267.4

中国版本图书馆 CIP 数据核字（2017）第 005433 号

书　　名：信马由缰大西南
作　　者：冯大千　王　路
责任编辑：宋可力
书　　号：ISBN 978-7-5164-1450-7
出版发行：企业管理出版社
地　　址：北京市海淀区紫竹院南路17号　邮编：100048
网　　址：http：//www.emph.cn
电　　话：编辑部（010）68416775　总编室（010）68701719
　　　　　发行部（010）68701816
电子信箱：qygl002@sina.com
印　　刷：中煤（北京）印务有限公司
经　　销：新华书店
规　　格：710mm × 1000mm　1/16　20印张　293 千字
版　　次：2017年1月第1版　2017年1月第1次印刷
定　　价：79.80元